अमरका

अमरकान्त का जन्म 1 जुलाई, 1925 को ग्राम–भगमलपुर, जिला–बलिया, उत्तर प्रदेश में हुआ था।

उनकी प्रकाशित कृतियाँ हैं—'सूखा पत्ता', 'काले-उजले दिन', 'कटीली राह के फूल', 'ग्रामसेविका', 'सुखजीवी', 'बीच की दीवार', 'सुन्नर पांडे की पतोहू', 'आकाशपक्षी', 'इन्हीं हथियारों से' (उपन्यास); 'जिन्दगी और जोंक', 'देश के लोग', 'मौत का नगर', 'मित्र-मिलन तथा अन्य कहानियाँ', 'कुहासा', 'तूफान', 'कलाप्रेमी', 'एक धनी व्यक्ति का बयान', 'सुख और दुःख का साथ', 'प्रतिनिधि कहानियाँ', 'दस प्रतिनिधि कहानियाँ', 'अमरकान्त की सम्पूर्ण कहानियाँ' (दो खंडों में) (कहानी-संग्रह); 'कुछ यादें, कुछ बातें' (संस्मरण); 'नेऊर भाई', 'वानर सेना', 'खूँटा में दाल है', 'सुग्गी चाची का गाँव', 'झगरू लाल का फैसला', 'एक स्त्री का सफर', 'मँगरी', 'बाबू का फैसला', 'दो हिम्मती बच्चे' (बाल-साहित्य)।

उनकी कहानियों पर बनी फिल्में दूरदर्शन पर प्रदर्शित हुई हैं और कहानियों के नाट्य-रूपान्तरों का मंचन भी हुआ है।

उन्हें 'सोवियत लैंड नेहरू पुरस्कार', 'मैथिलीशरण गुप्त पुरस्कार', 'उत्तर प्रदेश हिन्दी संस्थान पुरस्कार', 'यशपाल पुरस्कार', 'जन-संस्कृति सम्मान', मध्य प्रदेश के 'अमरकान्त कीर्ति सम्मान', 'इन्हीं हथियारों से' उपन्यास के लिए 'साहित्य अकादेमी पुरस्कार' से पुरस्कृत किया गया।

निधन : 17 फरवरी, 2014

प्रतिनिधि कहानियाँ

अमरकांत

राजकमल पेपरबैक्स

राजकमल पेपरबैक्स में
पहला संस्करण : 1984
तेरहवाँ संस्करण : 2025

राजकमल पेपरबैक्स : उत्कृष्ट साहित्य के जनसुलभ संस्करण

राजकमल प्रकाशन प्रा.लि.
1-बी, नेताजी सुभाष मार्ग, दरियागंज
नई दिल्ली-110 002
द्वारा प्रकाशित

शाखाएँ : अशोक राजपथ, साइंस कॉलेज के सामने, पटना-800 006
पहली मंजिल, दरबारी बिल्डिंग, महात्मा गांधी मार्ग, प्रयागराज-211 001
1, अनमोल सोराबजी सन्तुक लेन, धोबी तलाव, मरीन लाइंस, मुम्बई-400 002

वेबसाइट : www.rajkamalprakashan.com
ई-मेल : info@rajkamalprakashan.com

बी.के. ऑफसेट
नवीन शाहदरा, दिल्ली-110 032
द्वारा मुद्रित

मूल्य : ₹199

PRATINIDHI KAHANIYAN
Representative Stories of Amarkant

ISBN : 978-81-267-0247-3

क्रम

डिप्टी-कलक्टरी

शकलदीप बाबू कहीं एक घंटे बाद वापस लौटे। घर में प्रवेश करने के पूर्व उन्होंने ओसारे के कमरे में झाँका, कोई भी मुवक्किल नहीं था और मुहर्रिर साहब भी गायब थे। वह भीतर चले गए और अपने कमरे के सामने ओसारे में खड़े होकर बंदर की भाँति आँखें मलका-मलकाकर उन्होंने रसोईघर की ओर देखा। उनकी पत्नी जमुना,चौके के पास पीढ़े पर बैठी होंठ-पर-होंठ दबाकर मुँह फुलाए तरकारी काट रही थी। वह मंद-मंद मुस्कराते हुए अपनी पत्नी के पास चले गए। उनके मुख पर असाधारण संतोष, विश्वास एवं उत्साह का भाव अंकित था। एक घंटे पूर्व ऐसी बात नहीं थी।

बात इस प्रकार आरंभ हुई। शकलदीप बाबू सबेरे दातौन-कुल्ला करने के बाद अपने कमरे में बैठे ही थे कि जमुना ने एक तश्तरी में दो जलेबियाँ नाश्ते के लिए सामने रख दीं। वह बिना कुछ बोले जलपान करने लगे।

जमुना पहले तो एक-आध मिनट चुप रही। फिर पति के मुख की ओर उड़ती नजर से देखने के बाद उसने बात छेड़ी, "दो-तीन दिन से बबुआ बहुत उदास रहते हैं।"

"क्या ?" सिर उठाकर शकलदीप बाबू ने पूछा और उनकी भौंहें तन गईं।

जमुना ने व्यर्थ में मुस्कराते हुए कहा, "कल बोले, इस साल डिप्टी-कलक्टरी की बहुत-सी जगहें हैं, पर बाबूजी से कहते डर लगता है। कह रहे थे, दो-चार दिन में फीस भेजने की तारीख बीत जाएगी।"

शकलदीप बाबू का बड़ा लड़का नारायण, घर में बबुआ के नाम से ही पुकारा जाता था। उम्र उसकी लगभग 24 वर्ष की थी। पिछले तीन-चार साल से बहुत-सी परीक्षाओं में बैठने, एम.एल.ए. लोगों के दरवाजों के चक्कर लगाने तथा और भी उल्टे-सीधे फन इस्तेमाल करने के बावजूद उसको अब तक कोई

नौकरी नहीं मिल सकी थी। दो बार डिप्टी-कलक्टरी के इम्तहान में भी वह बैठ चुका था, पर दुर्भाग्य! अब एक अवसर उसे और मिलना था, जिसको वह छोड़ना न चाहता था, और उसे विश्वास था कि चूँकि जगहें काफी हैं और वह अबकी जी-जान से परिश्रम करेगा, इसलिए बहुत संभव है कि वह ले लिया जाए।

शकलदीप बाबू मुख्तार थे। लेकिन इधर डेढ़-दो साल से मुख्तारी की गाड़ी उनके चलाए न चलती थी। बुढ़ौती के कारण अब उनकी आवाज में न वह तड़प रह गई थी, न शरीर में वह ताकत और न चाल में वह अकड़, इसलिए मुवक्किल उनके यहाँ कम ही पहुँचते। कुछ तो आकर भी भड़क जाते। इस हालत में वह राम का नाम लेकर कचहरी जाते, अक्सर कुछ पा जाते, जिससे दोनों जून चौका-चूल्हा चल जाता।

जमुना की बात सुनकर वह एकदम बिगड़ गए। क्रोध से उनका मुँह विकृत हो गया और वह सिर को झटकते हुए,कटाह कुकुर की तरह बोले, ''तो मैं क्या करूँ? मैं तो हैरान-परेशान हो गया हूँ। तुम लोग मेरी जान लेने पर तुले हुए हो। साफ-साफ सुन लो, मैं तीन बार कहता हूँ, मुझसे नहीं होगा, मुझसे नहीं होगा, मुझसे नहीं होगा।''

जमुना कुछ न बोली, क्योंकि वह जानती थी कि पति का क्रोध करना स्वाभाविक है।

शकलदीप बाबू एक-दो क्षण चुप रहे, फिर दाएँ हाथ को ऊपर-नीचे नचाते हुए बोले, ''फिर इसकी गारंटी ही क्या है कि इस दफे बाबू साहब ले ही लिए जाएँगे? मामूली ए.जी. ऑफिस की क्लर्की में तो पूछे नहीं गए, डिप्टी-कलक्टरी में कौन पूछेगा? आप में क्या खूबी है, साहब, कि आप डिप्टी-कलक्टर हो ही जाएँगे? थर्ड क्लास बी.ए. आप हैं, चौबीसों घंटे मटरगश्ती आप करते हैं, दिन-रात सिगरेट आप फूँकते हैं। आप में कौन-से सुर्खाब के पर लगे हैं? बड़े-बड़े बह गए, गदहा पूछे कितना पानी! फिर करम-करम की बात होती है। भाई, समझ लो, तुम्हारे करम में नौकरी लिखी ही नहीं। अरे हाँ, अगर सभी कुकुर काशी ही सेवेंगे तो हँडिया कौन चाटेगा? डिप्टी-कलक्टरी, डिप्टी-कलक्टरी! सच पूछो, तो डिप्टी-कलक्टरी नाम से मुझे घृणा हो गई है!'' और होंठ बिचक गए।

जमुना ने अब मृदु स्वर में उनके कथन का प्रतिवाद किया, ''ऐसी कुभाषा मुँह से नहीं निकालनी चाहिए। हमारे लड़के में दोष ही कौन-सा है? लाखों में एक है। सब्र की सौ धार, मेरा तो दिल कहता है इस बार बबुआ जरूर ले लिए

जाएँगे। फिर पहली भूख-प्यास का लड़का है, माँ-बाप का सुख तो उसने जाना नहीं। इतना भी नहीं होगा, तो उसका दिल टूट जाएगा। यों ही न मालूम क्यों, हमेशा उदास रहता है, ठीक से खाता-पीता नहीं, ठीक से बोलता नहीं, पहले की तरह गाता-गुनगुनाता नहीं। न मालूम मेरे लाड़ले को क्या हो गया है!" अंत में उसका गला भर आया और वह दूसरी ओर मुँह करके आँखों में आए आँसुओं को रोकने का प्रयास करने लगी।

जमुना को रोते हुए देखकर शकलदीप बाबू आपे से बाहर हो गए। क्रोध तथा व्यंग्य से मुँह चिढ़ाते हुए बोले, "लड़का है तो लेकर चाटो! सारी खुराफात की जड़ तुम ही हो, और कोई नहीं! तुम मुझे जिंदा रहने देना नहीं चाहतीं, जिस दिन मेरी जान निकलेगी, तुम्हारी छाती ठंडी होगी!" वह हाँफने लगे।

उन्होंने जमुना पर निर्दयतापूर्वक ऐसा जबरदस्त आरोप किया था, जिसे वह सह न सकी। रोती हुई बोली, "अच्छी बात है, अगर मैं सारी खुराफात की जड़ हूँ, तो मैं कमीनी की बच्ची, जो आज से कोई बात..." रुलाई के मारे वह आगे न बोल सकी और तेजी से कमरे से बाहर निकल गई।

शकलदीप बाबू कुछ नहीं बोले, बल्कि वहीं बैठे रहे। मुँह उनका तना हुआ था और गर्दन टेढ़ी हो गई थी। एक-आध मिनट तक उसी तरह बैठे रहने के पश्चात वह जमीन पर पड़े अखबार के एक फटे-पुराने टुकड़े को उठाकर इस तल्लीनता से पढ़ने लगे, जैसे कुछ भी न हुआ हो।

लगभग पंद्रह-बीस मिनट तक वह उसी तरह पढ़ते रहे। फिर अचानक उठ खड़े हुए। उन्होंने लुंगी की तरह लिपटी धोती को खोलकर ठीक से पहन लिया और ऊपर से अपना पारसी कोट डाल लिया, जो कुछ मैला हो गया था और जिसमें दो चिप्पियाँ लगी थीं, और पुराना पंप शू पहन, हाथ में छड़ी ले, एक-दो बार खाँसकर बाहर निकल गए।

पति की बात से जमुना के हृदय को गहरा आघात पहुँचा था। शकलदीप बाबू को बाहर जाते हुए उसने देखा, पर वह कुछ नहीं बोली। वह मुँह फुलाए चुपचाप घर के अटरम-सटरम काम करती रही। और एक घंटे बाद भी जब शकलदीप बाबू बाहर से लौट उसके पास आकर खड़े हुए, तब भी वह कुछ न बोली, चुपचाप तरकारी काटती रही।

शकलदीप बाबू ने खाँसकर कहा, "सुनती हो, यह डेढ़ सौ रुपए रख लो। करीब सौ रुपए बबुआ की फीस में लगेंगे और पचास रुपए अलग रख देना, कोई और काम आ पड़े।"

जमुना ने हाथ बढ़ाकर रुपए तो अवश्य ले लिए, पर अब भी कुछ नहीं

बोली।

लेकिन शकलदीप बाबू अत्यधिक प्रसन्न थे और उन्होंने उत्साहपूर्ण आवाज में कहा, "सौ रुपए बबुआ को दे देना, आज ही फीस भेज दें। होंगे, जरूर होंगे, बबुआ डिप्टी-कलक्टर अवश्य होंगे। कोई कारण ही नहीं कि वह न लिए जाएँ। लड़के के जेहन में कोई खराबी थोड़े है। राम-राम!... नहीं, चिंता की कोई बात नहीं। नारायण जी इस बार भगवान की कृपा से डिप्टी-कलक्टर अवश्य होंगे।"

जमुना अब भी चुप रही और रुपयों को ट्रंक में रखने के लिए उठकर अपने कमरे में चली गई।

शकलदीप बाबू अपने कमरे की ओर लौट पड़े। पर कुछ दूर जाकर फिर घूम पड़े और जिस कमरे में जमुना गई थी, उसके दरवाजे के सामने आकर खड़े हो गए और जमुना को ट्रंक में रुपए बंद करते हुए देखते रहे। फिर बोले, "गलती किसी की नहीं। सारा दोष तो मेरा है। देखो न, मैं बाप होकर कहता हूँ कि लड़का नाकाबिल है! नहीं, नहीं, सारी खुराफात की जड़ मैं ही हूँ, और कोई नहीं।"

एक-दो क्षण वह खड़े रहे, लेकिन तब भी जमुना ने कोई उत्तर नहीं दिया तो कमरे में जाकर वह अपने कपड़े उतारने लगे।

नारायण ने उसी दिन डिप्टी-कलक्टरी की फीस तथा फार्म भेज दिए।

दूसरे दिन आदत के खिलाफ प्रातःकाल ही शकलदीप बाबू की नींद उचट गई। वह हड़बड़ाकर आँखें मलते हुए उठ खड़े हुए और बाहर ओसारे में आकर चारों ओर देखने लगे। घर के सभी लोग निद्रा में निमग्न थे। सोए हुए लोगों की साँसों की आवाज और मच्छरों की भनभन सुनाई दे रही थी। चारों ओर अँधेरा था। लेकिन बाहर के कमरे से धीमी रोशनी आ रही थी। शकलदीप बाबू चौंक पड़े और पैरों को दबाए कमरे की ओर बढ़े।

उनकी उम्र पचास के ऊपर होगी। वह गोरे, नाटे और दुबले-पतले थे। उनके मुख पर अनगिनत रेखाओं का जाल बुना था और उनकी बाँहों तथा गर्दन पर चमड़े झूल रहे थे।

दरवाजे के पास पहुँचकर, उन्होंने पंजे के बल खड़े हो, होंठ दबाकर कमरे के अंदर झाँका। उनका लड़का नारायण मेज पर रखी लालटेन के सामने सिर झुकाए ध्यानपूर्वक कुछ पढ़ रहा था।

शकलदीप बाबू कुछ देर तक आँखों को साश्चर्य फैलाकर अपने लड़के को देखते रहे, जैसे किसी आनंददायी रहस्य का उन्होंने अचानक पता लगा लिया हो। फिर वह चुपचाप धीरे-से पीछे हट गए और वहीं खड़े होकर ज़रा मुस्कराए और फिर दबे पाँव धीरे-धीरे वापस लौटे और अपने कमरे के सामने ओसारे के किनारे खड़े होकर आसमान को उत्सुकतापूर्वक निहारने लगे।

उनकी आदत छह, साढ़े छह बजे से पहले उठने की नहीं थी। लेकिन आज उठ गए थे, तो मन अप्रसन्न नहीं हुआ। आसमान में तारे अब भी चटक दिखाई दे रहे थे और बाहर के पेड़ों को हिलाती हुई और खपड़े को स्पर्श करके आँगन में न मालूम किस दिशा से आती ताजी हवा उनको आनंदित एवं उत्साहित कर रही थी। वह पुनः मुस्करा पड़े और उन्होंने धीरे-से फुसफुसाया, "चलो, अच्छा ही है।"

और अचानक उनमें न मालूम कहाँ का उत्साह आ गया। उन्होंने उसी समय ही दातौन करना शुरू कर दिया। इन कार्यों से निबटने के बाद भी अँधेरा ही रहा, तो बाल्टी में पानी भरा और उसे गुसलखाने में ले जाकर स्नान करने लगे। स्नान से निवृत्त होकर जब वह बाहर निकले, तो उनके शरीर में एक अपूर्व ताजगी तथा मन में एक अवर्णनीय उत्साह था।

यद्यपि उन्होंने अपने सभी कार्य चुपचाप करने की कोशिश की थी, तो भी देह दुर्बल होने के कारण कुछ खटपट हो गई, जिसके परिणामस्वरूप उनकी पत्नी की नींद खुल गई। जमुना को तो पहले चोर-वोर का संदेह हुआ, लेकिन उसने झटपट आकर जब देखा, तो आश्चर्यचकित हो गई। शकलदीप बाबू आँगन में खड़े-खड़े आकाश को निहार रहे थे।

जमुना ने चिंतातुर स्वर में कहा, "इतनी जल्दी स्नान की जरूरत क्या थी? इतना सबेरे तो कभी भी नहीं उठा जाया जाता था? कुछ हो-हवा गया, तो?"

शकलदीप बाबू झेंप गए। झूठी हँसी हँसते हुए बोले, "धीरे-धीरे बोलो, भाई, बबुआ पढ़ रहे हैं।"

जमुना बिगड़ गई, "धीरे-धीरे क्यों बोलूँ, इसी लच्छन से परसाल बीमार पड़ जाया गया था।"

शकलदीप बाबू को आशंका हुई कि इस तरह बातचीत करने से तकरार बढ़ जाएगी, शोर-शराबा होगा, इसलिए उन्होंने पत्नी की बात का कोई उत्तर नहीं दिया। वह पीछे घूम पड़े और अपने कमरे में आकर लालटेन जलाकर चुपचाप रामायण का पाठ करने लगे।

पूजा समाप्त करके जब वह उठे, तो उजाला हो गया था। वह कमरे से

बाहर निकल आए। घर के बड़े लोग तो जाग गए थे, पर बच्चे अभी तक सोए थे।

जमुना भंडार-घर में कुछ खटर-पटर कर रही थी। शकलदीप बाबू ताड़ गए और वह भंडार-घर के दरवाजे के सामने जाकर खड़े हो गए और कमर पर दोनों हाथ रखकर कुतूहल के साथ अपनी पत्नी को कुंडे में से चावल निकालते हुए देखते रहे।

कुछ देर बाद उन्होंने प्रश्न किया, ''नारायण की अम्मा, आजकल तुम्हारा पूजा-पाठ नहीं होता क्या?'' और झेंपकर वह मुस्कराए।

शकलदीप बाबू प्रयागराज में निवास करनेवाले एक साधुबाबा से, जो एक बार पर्यटन करते हुए यहाँ आ पहुँचे थे, गुरुमुख हो गए थे। आशा उनको यह थी कि घर की औरतें भी उन्हीं बाबा से गुरुमुख हो जाएँगी, परंतु जैसा कहा जाता है, औरतों की जात का कोई ठिकाना नहीं, उन्होंने दूर के रिश्ते की एक बुढ़िया चाची के प्रवचन से प्रभावित होकर चुपके से राधास्वामी धर्म की दीक्षा ले ली।

शकलदीप बाबू इसके पूर्व सदा राधास्वामीवादियों पर बिगड़ते थे और मौका-बेमौका उनकी कड़ी आलोचना भी करते थे। इसको लेकर औरतों में कभी-कभी रोना-पीटना तक भी हो जाता था। इसलिए आज भी जब शकलदीप बाबू ने पूजा-पाठ की बात की, तो जमुना ने समझा कि वह व्यंग कर रहे हैं। उसने भी प्रत्युत्तर दिया, ''हम लोगों को पूजा-पाठ से क्या मतलब? हमको तो नरक में ही जाना है। जिनको सरग जाना हो, वह करें!''

''लो, बिगड़ गईं,'' शकलदीप बाबू मंद-मंद मुस्कराते हुए झट-से बोले, ''अरे, मैं मजाक थोड़े कर रहा था! मैं बड़ी गलती पर था, राधास्वामी तो बड़े प्रभावशाली देवता हैं।''

जमुना को राधास्वामी को देवता कहना बहुत बुरा लगा और वह तिनककर बोली, ''राधास्वामी को देवता कहते हैं? वह तो परमपिता परमेसर हैं, उनका लोक सबसे ऊपर है, उसके नीचे ही ब्रह्मा, विष्णु और महेश के लोक आते हैं।''

''ठीक है, ठीक है, लेकिन कुछ पूजा-पाठ भी करोगी? सुनते हैं सच्चे मन से राधास्वामी की पूजा करने से सभी मनोरथ सिद्ध हो जाते हैं।'' शकलदीप बाबू उत्तर देकर काँपते होंठों में मुस्कराने लगे।

जमुना ने पुनः भूल-सुधार किया, ''इसमें दिखाना थोड़े होता है, मन में नाम ले लिया जाता है। सभी मनोरथ बन जाते हैं और मरने के बाद आत्मा

परमपिता में मिल जाती है। फिर चौरासी नहीं भुगतना पड़ता।''

शकलदीप बाबू ने सोत्साह कहा, ''ठीक है, बहुत अच्छी बात है। जरा और सबेरे उठकर नाम ले लिया करो। सुबह नहाने से तबीयत दिन-भर साफ रहती है। कल से तुम भी शुरू कर दो। मैं तो अभागा था कि मेरी आँखें आज तक बंद रहीं। खैर, कोई बात नहीं, अब भी कुछ नहीं बिगड़ा है, कल से तुम भी सबेरे चार बजे उठ जाना।''

उनको भय हुआ कि जमुना कहीं उनके प्रस्ताव का विरोध न करे, इसलिए इतना कहने के बाद वह पीछे घूमकर खिसक गए। लेकिन अचानक कुछ याद करके वह लौट पड़े।

पास आकर उन्होंने पत्नी से मुस्कराते हुए पूछा, ''बबुआ के लिए नाश्ते का इंतजाम क्या करोगी?''

''जो रोज होता है, वही होगा, और क्या होगा?'' उदासीनतापूर्वक जमुना ने उत्तर दिया।

''ठीक है, लेकिन आज हलवा क्यों नहीं बना लेतीं? घर का बना सामान अच्छा होता है। और कुछ मेवे मँगा लो।''

''हलवे के लिए घी नहीं है। फिर इतने पैसे कहाँ हैं?'' जमुना ने मजबूरी जाहिर की।

''पचास रुपए तो बचे हैं न, उसमें से खर्च करो। अन्न-जल का शरीर, लड़के को ठीक से खाने-पीने को न मिलेगा, तो वह इम्तहान क्या देगा? रुपए की चिंता मत करो, मैं अभी जिंदा हूँ!'' इतना कहकर शकलदीप बाबू ठहाका लगाकर हँस पड़े।

वहाँ से हटने के पूर्व वह पत्नी को यह भी हिदायत देते गए, ''एक बात और करो। तुम लड़के लोगों से डाँटकर कह देना कि वे बाहर के कमरे में जाकर बाजार न लगाएँ, नहीं तो मार पड़ेगी। हाँ, पढ़ने में बाधा पहुँचेगी। दूसरी बात यह कि बबुआ से कह देना, वह बाहर के कमरे में बैठकर इत्मीनान से पढ़ें, मैं बाहर सहन में बैठ लूँगा।''

शकलदीप बाबू सबेरे एक-डेढ़ घंटे बाहर के कमरे में बैठते थे। वहाँ वह मुवक्किलों के आने की प्रतीक्षा करते और उन्हें समझाते-बुझाते।

और वह उस दिन सचमुच ही मकान के बाहर पीपल के पेड़ के नीचे, जहाँ पर्याप्त छाया रहती थी, एक मेज और कुर्सियाँ लगाकर बैठ गए। जान-पहचान के लोग वहाँ से गुजरे, तो उन्हें वहाँ बैठे देखकर आश्चर्य हुआ। जब सड़क से गुजरते हुए बब्बनलाल पेशकार ने उनसे पूछा कि 'भाई साहब, आज क्या बात

है ?' तो उन्होंने जोर से चिल्लाकर कहा कि 'भीतर बड़ी गर्मी है।' और उन्होंने जोकर की तरह अपना मुँह बना दिया और अंत में ठहाका मारकर हँस पड़े, जैसे कोई बहुत बड़ा मजाक कर दिया हो।

शाम को जहाँ रोज वह पहले ही कचहरी से आ जाते थे, उस दिन देर से लौटे। उन्होंने पत्नी के हाथ में चार रुपए तो दिए ही, साथ ही दो सेब तथा कैंची सिगरेट के पाँच पैकेट भी बढ़ा दिए।

"सिगरेट क्या होगी ?" जमुना ने साश्चर्य पूछा।

"तुम्हारे लिए है," शकलदीप बाबू ने धीरे-से कहा और दूसरी ओर देखकर मुस्कराने लगे, लेकिन उनका चेहरा शर्म से कुछ तमतमा गया।

जमुना ने माथे पर की साड़ी को नीचे खींचते हुए कहा, "कभी सिगरेट पी भी है कि आज ही पीऊँगी। इस उम्र में मजाक करते लाज नहीं आती ?"

शकलदीप बाबू कुछ बोले नहीं और थोड़ा मुस्कराकर इधर-उधर देखने लगे। फिर गंभीर होकर उन्होंने दूसरी ओर देखते हुए धीरे-से कहा, "बबुआ को दे देना," और वह तुरंत वहाँ से चलते बने।

जमुना भौंचक होकर कुछ देर उनको देखती रही, क्योंकि आज के पूर्व तो वह यही देखती आ रही थी कि नारायण के धूम्रपान के वह सख्त खिलाफ रहे हैं और इसको लेकर कई बार लड़के को डाँट-डपट चुके हैं।

उसकी समझ में कुछ न आया, तो वह यह कहकर मुस्करा पड़ी कि बुद्धि सठिया गई है।

नारायण दिन-भर पढ़ने-लिखने के बाद टहलने गया हुआ था।

शकलदीप बाबू जल्दी से कपड़े बदलकर हाथ में झाड़ू ले बाहर के कमरे में जा पहुँचे। उन्होंने धीरे-धीरे कमरे को अच्छी तरह झाड़ा-बुहारा, इसके बाद नारायण की मेज को साफ किया तथा मेजपोश को जोर-जोर से कई बार झाड़-फटककर सफाई के साथ उस पर बिछा दिया। अंत में नारायण की चारपाई पर पड़े बिछौने को खोलकर उसमें की एक-एक चीज को झाड़-फटकारकर यत्नपूर्वक बिछाने लगे।

इतने में जमुना ने आकर देखा, तो मृदु स्वर में कहा, "कचहरी से आने पर यही काम रह गया है क्या ? बिछौना रोज बिछ ही जाता है और कमरे की महरिन सफाई कर ही देती है।"

"अच्छा, ठीक है। मैं अपनी तबीयत से कर रहा हूँ, कोई जबरदस्ती थोड़ी है।" शकलदीप बाबू के मुख पर हल्के झेंप का भाव अंकित हो गया था और वह अपनी पत्नी की ओर न देखते हुए ऐसी आवाज में बोले, जैसे उन्होंने अचानक

यह कार्य आरंभ कर दिया था—और जब इतना कर ही लिया है, तो बीच में छोड़ने से क्या लाभ, पूरा ही कर लें।

कचहरी से आने के बाद रोज का उनका नियम यह था कि वह कुछ नाश्ता-पानी करके चारपाई पर लेट जाते थे। उनको अक्सर नींद आ जाती थी और वह लगभग आठ बजे तक सोते रहते थे। यदि नींद न भी आती, तो भी वह इसी तरह चुपचाप पड़े रहते थे।

"नाश्ता तैयार है," यह कहकर जमुना वहाँ से चली गई।

शकलदीप बाबू कमरे को चमाचम करने, बिछौने लगाने तथा कुर्सियों को तरतीब से सजाने के पश्चात आँगन में आकर खड़े हो गए और बेमतलब ठनककर हँसते हुए बोले, "अपना काम सदा अपने हाथ से करना चाहिए, नौकरों का क्या ठिकाना?"

लेकिन उनकी बात पर संभवतः किसी ने ध्यान नहीं दिया और न उसका उत्तर ही।

धीरे-धीरे दिन बीतते गए और नारायण कठिन परिश्रम करता रहा।

कुछ दिनों से शकलदीप बाबू सायंकाल घर से लगभग एक मील की दूरी पर स्थित शिवजी के एक मंदिर में भी जाने लगे थे। वह बहुत चलता मंदिर था और उसमें भक्तजनों की बहुत भीड़ होती थी। कचहरी से आने के बाद वह नारायण के कमरे को झाड़ते-बुहारते, उसका बिछौना लगाते, मेजं-कुर्सियाँ सजाते और अंत में नाश्ता करके मंदिर के लिए रवाना हो जाते। मंदिर में एक-डेढ़ घंटे तक रहते और लगभग दस बजे घर आते।

एक दिन जब वह मंदिर से लौटे, तो साढ़े दस बज गए थे। उन्होंने दबे पाँव ओसारे में पाँव रखा और अपनी आदत के अनुसार कुछ देर तक मुस्कराते हुए झाँक-झाँककर कोठरी में नारायण को पढ़ते हुए देखते रहे।

फिर भीतर जा अपने कमरे में छड़ी रखकर, नल पर हाथ-पैर धोकर, भोजन के लिए चौके में जाकर बैठ गए।

पत्नी ने खाना परोस दिया। शकलदीप बाबू ने मुँह में कौर चुभलाते हुए पूछा, "बबुआ को मेवे दे दिए थे?"

वह आज सायंकाल जब कचहरी से लौटे थे, तो मेवे लेते आए थे। उन्होंने मेवे को पत्नी के हवाले करते हुए कहा था कि इसे सिर्फ नारायण को ही देना, और किसी को नहीं।

जमुना को झपकी आ रही थी, लेकिन उसने पति की बात सुन ली, चौंककर बोली, ''कहाँ ? मेवा ट्रंक में रख दिया था, सोचा था, बबुआ घूमकर आएँगे तो चुपके से दे दूँगी। पर लड़के तो दानव-दूत बने हुए हैं, ओना-कोना, अँतरा-सँतरा, सभी जगह पहुँच जाते हैं। टुनटुन ने कहीं से देख लिया और उसने सारा-का-सारा खा डाला।''

टुनटुन शकलदीप बाबू का सबसे छोटा बारह वर्ष का अत्यंत ही नटखट लड़का था।

''क्यों ?'' शकलदीप बाबू चिल्ला पड़े। उनका मुँह खुल गया था और उनकी जीभ पर रोटी का एक छोटा टुकड़ा दृष्टिगोचर हो रहा था।

जमुना कुछ न बोली।

अब शकलदीप बाबू ने गुस्से में पत्नी को मुँह चिढ़ाते हुए कहा, ''खा गया, खा गया ! तुम क्यों न खा गईं ! तुम लोगों के खाने के लिए ही लाता हूँ न ? हुँ ! खा गया !''

जमुना भी तिनक उठी, ''तो क्या हो गया ? कभी मेवा-मिश्री, फल-मूल तो उनको मिलता नहीं, बेचारे खुद्दी-चुन्नी जो कुछ मिलता है, उसी पर सब्र बाँधे रहते हैं। अपने हाथ से खरीदकर कभी कुछ दिया भी तो नहीं गया। लड़का ही तो है, मन चल गया, खा लिया। फिर मैंने उसे बहुत मारा भी, अब उसकी जान तो नहीं ले लूँगी।''

''अच्छा तो खाओ तुम और तुम्हारे लड़के ! खूब मजे में खाओ ! ऐसे खाने पर लानत !'' वह गुस्से से थर-थर काँपते हुए चिल्ला पड़े और फिर चौके से उठकर कमरे में चले गए।

जमुना भय, अपमान और गुस्से से रोने लगी। उसने भी भोजन नहीं किया और वहाँ से उठकर चारपाई पर मुँह ढँककर पड़ रही।

लेकिन दूसरे दिन प्रातःकाल भी शकलदीप बाबू का गुस्सा ठंडा न हुआ और उन्होंने नहाने-धोने तथा पूजा-पाठ करने के बाद सबसे पहला काम यह किया कि जब टुनटुन जागा, तो उन्होंने उसको अपने पास बुलाया और उससे पूछा कि उसने मेवा क्यों खाया ? जब उसको कोई उत्तर न सूझा और वह भक्कू बनकर अपने पिता की ओर देखने लगा, तो शकलदीप बाबू ने उसे कई तमाचे जड़ दिए।

डिप्टी-कलक्टरी की परीक्षा इलाहाबाद में होनेवाली थी और वहाँ रवाना होने के दिन आ गए। इस बीच नारायण ने इतना अधिक परिश्रम किया कि सभी आश्चर्यचकित थे। वह अट्ठारह-उन्नीस घंटे तक पढ़ता। उसकी पढ़ाई

में कोई बाधा उपस्थित नहीं होने पाती, बस उसे पढ़ना था। उसका कमरा साफ मिलता, उसका बिछौना बिछा मिलता, दोनों जून गाँव के शुद्ध घी के साथ दाल-भात, रोटी, तरकारी मिलती। शरीर की शक्ति तथा दिमाग की ताजगी को बनाए रखने के लिए नाश्ते में सबेरे हलवा-दूध तथा शाम को मेवा या फल। और तो और, लड़के की तबीयत न उचटे, इसलिए सिगरेट की भी समुचित व्यवस्था थी। जब सिगरेट के पैकेट खत्म होते, तो जमुना उसके पास चार-पाँच पैकेट और रख आती।

जिस दिन नारायण को इलाहाबाद जाना था, शकलदीप बाबू की छुट्टी थी और वह सबेरे ही घूमने निकल गए। वह कुछ देर तक कंपनी गार्डन में घूमते रहे, फिर वहाँ तबीयत न लगी, तो नदी के किनारे पहुँच गए। वहाँ भी मन न लगा, तो अपने परम मित्र कैलाश बिहारी मुख्तार के यहाँ चले गए। वहाँ बहुत देर तक गप-सड़ाका करते रहे, और जब गाड़ी का समय निकट आया, तो जल्दी-जल्दी घर आए।

गाड़ी नौ बजे खुलती थी। जमुना तथा नारायण की पत्नी निर्मला ने सबेरे ही उठकर जल्दी-जल्दी खाना बना लिया था। नारायण ने खाना खाया और सबको प्रणाम कर स्टेशन को चल पड़ा। शकलदीप बाबू भी स्टेशन गए।

नारायण को विदा करने के लिए उसके चार-पाँच मित्र भी स्टेशन पर पहुँचे थे। जब तक गाड़ी नहीं आई थी, नारायण प्लेटफार्म पर उन मित्रों से बातें करता रहा। शकलदीप बाबू अलग खड़े इधर-उधर इस तरह देखते रहे, जैसे नारायण से उनका कोई परिचय न हो। और जब गाड़ी आई और नारायण अपने पिता तथा मित्रों के सहयोग से गाड़ी में पूरे सामान के साथ चढ़ गया, तो शकलदीप बाबू वहाँ से धीरे-से खिसक गए और व्हीलर के बुकस्टाल पर जा खड़े हुए।

बुकस्टाल का आदमी जान-पहचान का था, उसने नमस्कार करके पूछा, "कहिए, मुख्तार साहब, आज कैसे आना हुआ?"

शकलदीप बाबू ने संतोषपूर्वक मुस्कराते हुए उत्तर दिया, "लड़का इलाहाबाद जा रहा है, डिप्टी-कलक्टरी का इम्तहान देने। शाम तक पहुँच जाएगा। ड्योढ़े दर्जे के पास जो डिब्बा है न, उसी में है। नीचे जो चार-पाँच लड़के खड़े हैं, वे उसके मित्र हैं। सोचा, भाई हम लोग बूढ़े ठहरे, लड़के इम्तहान-विम्तहान की बात कर रहे होंगे, क्या समझेंगे, इसलिए इधर चला आया।" उनकी आँखें हास्य से संकुचित हो गईं।

वहाँ वह थोड़ी देर तक रहे। इसके बाद जाकर घड़ी में समय देखा, कुछ देर

तक तारघर के बाहर तार बाबू को खटर-पटर करते हुए निहारा और फिर वहाँ से हटकर रेलगाड़ियों के आने-जाने का टाइम-टेबुल पढ़ने लगे। लेकिन उनका ध्यान संभवतः गाड़ी की ओर ही था, क्योंकि जब ट्रेन खुलने की घंटी बजी, तो वहाँ से भागकर नारायण के मित्रों के पीछे आ खड़े हुए।

नारायण ने जब उनको देखा, तो उसने झटपट नीचे उतरकर पैर छुए।

"खुश रहो, बेटा, भगवान तुम्हारी मनोकामना पूरी करे!" उन्होंने लड़के से बुदबुदाकर कहा और दूसरी ओर देखने लगे।

नारायण बैठ गया और अब गाड़ी खुलने ही वाली थी। अचानक शकलदीप बाबू का दाहिना हाथ अपने कोट की जेब में गया। उन्होंने जेब से कोई चीज लगभग बाहर निकाल ली, और वह कुछ आगे भी बढ़े, लेकिन फिर न मालूम क्या सोचकर रुक गए। उनका चेहरा कुछ तमतमा-सा गया और जल्दीबाजी में वह इधर-उधर देखने लगे।

गाड़ी सीटी देकर खुल गई तो शकलदीप बाबू चौंक उठे। उन्होंने जेब से वह चीज निकालकर मुट्ठी में बाँध ली और उसे नारायण को देने के लिए दौड़ पड़े।

वह दुर्बल तथा बूढ़े आदमी थे, इसलिए उनसे तेज क्या दौड़ा जाता, वह पैरों में फुर्ती लाने के लिए अपने हाथों को इस तरह भाँज रहे थे, जैसे कोई रोगी, मरियल लड़का अपने साथियों के बीच खेल-कूद के दौरान कोई हल्की-फुल्की शरारत करने के बाद तेजी से दौड़ने के लिए गर्दन को झुकाकर हाथों को चक्र की भाँति घुमाता है। उनके पैर थप-थप की आवाज के साथ प्लेटफार्म पर गिर रहे थे, और उनकी हरकतों का उनके मुख पर कोई विशेष प्रभाव दृष्टिगोचर नहीं हो रहा था, बस यही मालूम होता कि वह कुछ परेशान हैं। प्लेटफार्म पर एकत्रित लोगों का ध्यान उनकी ओर आकर्षित हो गया। कुछ लोगों ने मौज में आकर जोर से ललकारा, कुछ ने किलकारियाँ मारीं और कुछ लोगों ने दौड़ के प्रति उनकी तटस्थ मुद्रा को देखकर बेतहाशा हँसना आरंभ किया। लेकिन यह उनका सौभाग्य ही था कि गाड़ी अभी खुली ही थी और स्पीड में नहीं आई थी। परिणामस्वरूप उनका हास्यजनक प्रयास सफल हुआ और उन्होंने डिब्बे के सामने पहुँचकर उत्सुक तथा चिंतित मुद्रा में डिब्बे से सिर निकालकर झाँकते हुए नारायण के हाथ में एक पुड़िया देते हुए कहा, "बेटा, इसे श्रद्धा के साथ खा लेना, भगवान शंकर का प्रसाद है।"

पुड़िया में कुछ बताशे थे, जो उन्होंने कल शाम को शिवजी को चढ़ाए थे और जिसे, पता नहीं क्यों, नारायण को देना भूल गए थे।

नारायण के मित्र कुतूहल से मुस्कराते हुए उनकी ओर देख रहे थे, और जब वह पास आ गए, तो एक ने पूछा, "बाबू जी, क्या बात थी, हमसे कह देते।"

शकलदीप बाबू यह कहकर कि, 'कोई बात नहीं, कुछ रुपए थे, सोचा, मैं ही दे दूँ,' तेजी से आगे बढ़ गए।

परीक्षा समाप्त होने के बाद नारायण घर वापस आ गया। उसने सचमुच पर्चे बहुत अच्छे किए थे और उसने घरवालों से साफ-साफ कह दिया कि यदि कोई बेईमानी न हुई, तो वह इंटरव्यू में अवश्य बुलाया जाएगा। घरवालों की बात तो दूसरी थी, लेकिन जब मुहल्ले और शहर के लोगों ने यह बात सुनी, तो उन्होंने विश्वास नहीं किया। लोग व्यंग में कहने लगे, हर साल तो यही कहते हैं बच्चू! वह कोई दूसरे होते हैं, जो इंटरव्यू में बुलाए जाते हैं!

लेकिन बात नारायण ने झूठ नहीं कही थी, क्योंकि एक दिन उसके पास सूचना आई कि उसको इलाहाबाद में प्रादेशिक लोक सेवा आयोग के समक्ष इंटरव्यू के लिए उपस्थित होना है।

यह समाचार बिजली की तरह सारे शहर में फैल गया। बहुत साल बाद इस शहर से कोई लड़का डिप्टी-कलक्टरी के इंटरव्यू के लिए बुलाया गया था। लोगों के आश्चर्य का ठिकाना न रहा।

सायंकाल कचहरी से आने पर शकलदीप बाबू सीधे आँगन में जा खड़े हो गए और जोर से ठठाकर हँस पड़े। फिर कमरे में जाकर कपड़े उतारने लगे।

शकलदीप बाबू ने कोट को खूँटी पर टाँगते हुए लपककर आती हुई जमुना से कहा, "अब करो न राज! हमेशा शोर मचाए रहती थी कि यह नहीं है, वह नहीं है! यह मामूली बात नहीं है कि बबुआ इंटरव्यू में बुलाए गए हैं, आया ही समझो!"

"जब आ जाएँ, तभी न," जमुना ने कंजूसी से मुस्कराते हुए कहा।

शकलदीप बाबू थोड़ा हँसते हुए बोले, "तुमको अब भी संदेह है? लो, मैं कहता हूँ कि बबुआ जरूर आएँगे, जरूर आएँगे, जरूर आएँगे! नहीं आए, तो मैं अपनी मूँछ मुड़वा दूँगा। और कोई कहे या न कहे, मैं तो इस बात को पहले से ही जानता हूँ। अरे, मैं ही क्यों, सारा शहर यही कहता है। अंबिका बाबू वकील मुझे बधाई देते हुए बोले, 'इंटरव्यू में बुलाए जाने का मतलब यह है कि अगर इंटरव्यू थोड़ा भी अच्छा हो गया, तो चुनाव निश्चित है।' मेरी नाक में दम था, जो भी सुनता, बधाई देने चला आता।"

''मुहल्ले के लड़के मुझे भी आकर बधाई दे गए हैं। जानकी, कमल और गौरी तो अभी-अभी गए हैं। जमुना ने स्वप्निल आँखों से अपने पति को देखते हुए सूचना दी।

''तो तुम्हारी कोई मामूली हस्ती है! अरे, तुम डिप्टी-कलक्टर की माँ हो न, जी!'' इतना कहकर शकलदीप बाबू ठहाका मारकर हँस पड़े।

जमुना कुछ नहीं बोली, बल्कि उसने मुस्की काटकर साड़ी का पल्ला सिर के आगे थोड़ा और खींचकर मुँह टेढ़ा कर लिया।

शकलदीप बाबू ने जूते निकालकर चारपाई पर बैठते हुए धीरे-से कहा, ''अरे भाई, हमको-तुमको क्या लेना है, एक कोने में पड़कर रामनाम जपा करेंगे। लेकिन मैं तो अभी यह सोच रहा हूँ कि कुछ साल तक और मुख्तारी करूँगा। नहीं, यही ठीक रहेगा।'' उन्होंने गाल फुलाकर एक-दो बार मूँछ पर ताव दिए।

जमुना ने इसका प्रतिवाद किया, ''लड़का मानेगा थोड़े, खींच ले जाएगा। हमेशा यह देखकर उसकी छाती फटती रहती है कि बाबू जी इतनी मेहनत करते हैं और वह कुछ भी मदद नहीं करता।''

''कुछ कह रहा था क्या ?'' शकलदीप बाबू ने धीरे-से पूछा और पत्नी की ओर न देखकर दरवाजे के बाहर मुँह बाकर देखने लगे।

जमुना ने आश्वासन दिया, ''मैं जानती नहीं क्या ? उसका चेहरा बताता है। बाप को इतना काम करते देखकर उसको कुछ अच्छा थोड़े लगता है!'' अंत में उसने नाक सुड़क लिए।

नारायण पंद्रह दिन बाद इंटरव्यू देने गया। और उसने इंटरव्यू भी काफी अच्छा किया। वह घर वापस आया, तो उसके हृदय में अत्यधिक उत्साह था, और जब उसने यह बताया कि जहाँ और लड़कों का पंद्रह-बीस मिनट तक ही इंटरव्यू हुआ, उसका पूरे पचास मिनट तक इंटरव्यू होता रहा और उसने सभी प्रश्नों के संतोषजनक उत्तर दिए, तो अब यह सभी ने मान लिया कि नारायण का लिया जाना निश्चित है।

दूसरे दिन कचहरी में फिर वकीलों और मुख्तारों ने शकलदीप बाबू को बधाइयाँ दीं और विश्वास प्रकट किया कि नारायण अवश्य चुन लिया जाएगा। शकलदीप बाबू मुस्कराकर धन्यवाद देते और लगे हाथों नारायण के व्यक्तिगत जीवन की एक-दो बातें भी सुना देते और अंत में सिर को आगे बढ़ाकर फुसफुसाहट में दिल का राज प्रकट करते, ''आपसे कहता हूँ, पहले मेरे मन में शंका थी, शंका क्या सोलहों आने शंका थी, लेकिन आप लोगों की दुआ से

अब वह दूर हो गई है।"

जब वह घर लौटे, तो नारायण, गौरी और कमल दरवाजे के सामने खड़े बातें कर रहे थे। नारायण इंटरव्यू के संबंध में ही कुछ बता रहा था। वह अपने पिता जी को आता देखकर धीरे-धीरे बोलने लगा। शकलदीप बाबू चुपचाप वहाँ से गुजर गए, लेकिन दो-तीन गज ही आगे गए होंगे कि गौरी कि आवाज उनको सुनाई पड़ी, "अरे, तुम्हारा हो गया, अब तुम मौज करो!"

इतना सुनते ही शकलदीप बाबू घूम पड़े और लड़कों के पास आकर उन्होंने पूछा, "क्या?" उनकी आँखें संकुचित हो गई थीं और उनकी मुद्रा ऐसी हो गई थी, जैसे किसी महफिल में जबरदस्ती घुस आए हों।

लड़के एक-दूसरे को देखकर शिष्टतापूर्वक होंठों में मुस्कराए। फिर गौरी ने अपने कथन को स्पष्ट किया, "मैं कह रहा था नारायण से, बाबू जी, कि उनका चुना जाना निश्चित है।"

शकलदीप बाबू ने सड़क से गुजरती हुई एक मोटर को गौर से देखने के बाद धीरे-धीरे कहा, "हाँ, देखिए न, जहाँ एक-से-एक धुरंधर लड़के पहुँचते हैं, सबसे तो बीस मिनट ही इंटरव्यू होता है, पर इनसे पूरे पचास मिनट! अगर नहीं लेना होता, तो पचास मिनट तक तंग करने की क्या जरूरत थी, पाँच-दस मिनट पूछताछ करके..."

गौरी ने सिर हिलाकर उनके कथन का समर्थन किया और कमल ने कहा, "पहले का जमाना होता, तो कहा भी नहीं जा सकता, लेकिन अब तो बेईमानी-वेईमानी उतनी नहीं होती होगी।"

शकलदीप बाबू ने आँखें संकुचित करके हल्की-फुल्की आवाज में पूछा, "बेईमानी नहीं होती न?"

"हाँ, अब उतनी नहीं होती। पहले बात दूसरी थी। वह जमाना अब लद गया।" गौरी ने उत्तर दिया।

शकलदीप बाबू अचानक अपनी आवाज पर जोर देते हुए बोले, "अरे, अब कैसी बेईमानी साहब, गोली मारिए, अगर बेईमानी ही करनी होती, तो इतनी देर तक इनका इंटरव्यू होता? इंटरव्यू में बुलाया ही न होता और बुलाते भी तो चार-पाँच मिनट पूछताछ करके बिदा कर देते।"

इसका किसी ने उत्तर नहीं दिया, तो वह मुस्कराते हुए घूमकर घर में चले गए।

घर में पंहुँचने पर जमुना से बोले, "बबुआ अभी से ही किसी अफसर की तरह लगते हैं। दरवाजे पर बबुआ, गौरी और कमल बातें कर रहे हैं। मैंने दूर

ही से गौर किया, जब नारायण बाबू बोलते हैं, तो उनके बोलने और हाथ हिलाने से एक अजीब ही शान टपकती है। उनके दोस्तों में ऐसी बात कहाँ ?"

"आज दोपहर में मुझसे कह रहे थे कि तुझे मोटर में घुमाऊँगा।" जमुना ने खुशखबरी सुनाई।

शकलदीप बाबू खुश होकर नाक सुड़कते हुए बोले, "अरे, तो उसको मोटर की कमी होगी, घूमना न जितना चाहना।" वह सहसा चुप हो गए और खोए-खोए इस तरह मुस्कराने लगे, जैसे कोई स्वादिष्ट चीज खाने के बाद मन-ही-मन उसका मजा ले रहे हों।

कुछ देर बाद उन्होंने पत्नी से प्रश्न किया, "क्या कह रहा था, मोटर में घुमाऊँगा ?"

जमुना ने फिर वही बात दोहरा दी।

शकलदीप बाबू ने धीरे-से दोनों हाथों से ताली बजाते हुए मुस्कराकर कहा, "चलो, अच्छा है।" उनके मुख पर अपूर्व स्वप्निल संतोष का भाव अंकित था।

सात-आठ दिनों में नतीजा निकलने का अनुमान था। सभी को विश्वास हो गया था कि नारायण ले लिया जाएगा और सभी नतीजे की बेचैनी से प्रतीक्षा कर रहे थे।

अब शकलदीप बाबू और भी व्यस्त रहने लगे। पूजा-पाठ का उनका कार्यक्रम पूर्ववत जारी था। लोगों से बातचीत करने में उनको काफी मजा आने लगा और वह बातचीत के दौरान ऐसी स्थिति उत्पन्न कर देते कि लोगों को कहना पड़ता कि नारायण अवश्य ही ले लिया जाएगा। वह अपने घर पर एकत्रित नारायण तथा उसके मित्रों की बातें छिपकर सुनते और कभी-कभी अचानक उनके दल में घुस जाते तथा जबरदस्ती बात करने लगते। कभी-कभी नारायण को अपने पिता की यह हरकत बहुत बुरी लगती और वह क्रोध में दूसरी ओर देखने लगता। रात में शकलदीप बाबू चौंककर उठ बैठते और बाहर आकर कमरे में लड़के को सोते हुए देखने लगते या आँगन में खड़े होकर आकाश को निहारने लगते।

एक दिन उन्होंने सबेरे ही सबको सुनाकर जोर से कहा, "नारायण की माँ, मैंने आज सपना देखा है कि नारायण बाबू डिप्टी-कलक्टर हो गए।"

जमुना रसोई के बरामदे में बैठी चावल फटक रही थी और उसी के पास

नारायण की पत्नी, निर्मला, घूँघट काढ़े दाल बीन रही थी।

जमुना ने सिर उठाकर अपने पति की ओर देखते हुए प्रश्न किया, ''सपना सबेरे दिखाई पड़ा था क्या ?''

''सबेरे के नहीं तो शाम के सपने के बारे में तुमसे कहने आऊँगा ? अरे, एकदम ब्राह्ममुहूर्त में देखा था ! देखता हूँ कि अखबार में नतीजा निकल गया है और उसमें नारायण बाबू का भी नाम है। अब यह याद नहीं कि कौन नंबर था, पर इतना कह सकता हूँ कि नाम काफी ऊपर था।''

''अम्मा जी, सबेरे का सपना तो एकदम सच्चा होता है न !'' निर्मला ने धीरे-से जमुना से कहा।

मालूम पड़ता है कि निर्मला की आवाज शकलदीप बाबू ने सुन ली, क्योंकि उन्होंने बिहँसकर प्रश्न किया, ''कौन बोल रहा है, डिप्टाइन हैं क्या ?'' अंत में वह ठहाका मारकर हँस पड़े।

''हाँ, कह रही हैं कि सबेरे का सपना सच्चा होता है। सच्चा होता ही है।'' जमुना ने मुस्कराकर बताया।

निर्मला शर्म से संकुचित हो गई। उसने अपने बदन को सिकोड़ तथा पीठ को नीचे झुकाकर अपने मुँह को अपने दोनों घुटनों के बीच छिपा लिया।

अगले दिन भी सबेरे शकलदीप बाबू ने घरवालों को सूचना दी कि उन्होंने आज भी हू-ब-हू वैसा ही सपना देखा है।

जमुना ने अपनी नाक की ओर देखते हुए कहा, ''सबेरे का सपना तो हमेशा ही सच्चा होता है। जब बहू को लड़का होनेवाला था, मैंने सबेरे-सबेरे सपना देखा कि कोई सरग की देवी हाथ में बालक लिए आसमान से आँगन में उतर रही है। बस, मैंने समझ लिया कि लड़का ही है। लड़का ही निकला।''

शकलदीप बाबू ने जोश में आकर कहा, ''और मान लो कि झूठ है, तो यह सपना एक दिन दिखाई पड़ता, दूसरे दिन भी हू-ब-हू वही सपना क्यों दिखाई देता, फिर वह भी ब्राह्ममुहूर्त में ही !''

''बहू ने भी ऐसा ही सपना आज सबेरे देखा है !''

''डिप्टाइन ने भी ?'' शकलदीप बाबू ने मुस्की काटते हुए कहा।

''हाँ, डिप्टाइन ने ही। ठीक सबेरे उन्होंने देखा कि एक बँगले में हम लोग रह रहे हैं और हमारे दरवाजे पर मोटर खड़ी है।'' जमुना ने उत्तर दिया।

शकलदीप बाबू खोए-खोए मुस्कराते रहे। फिर बोले, ''अच्छी बात है, अच्छी बात है।''

एक दिन रात को लगभग एक बजे शकलदीप बाबू ने उठकर पत्नी को

जगाया और उसको अलग ले जाते हुए बेशर्म महाब्राह्मण की भाँति हँसते हुए प्रश्न किया, "कहो भाई, कुछ खाने को होगा ? बहुत देर से नींद ही नहीं लग रही है, पेट कुछ माँग रहा है। पहले मैंने सोचा, जाने भी दो, यह कोई खाने का समय है, पर इससे काम बनते न दिखा, तो तुमको जगाया। शाम को खाया था, सब पच गया।"

जमुना अचंभे के साथ आँखें फाड़-फाड़कर अपने पति को देख रही थी। दांपत्य-जीवन के इतने दीर्घकाल में कभी भी, यहाँ तक कि शादी के प्रारंभिक दिनों में भी, शकलदीप बाबू ने रात में उसको जगाकर कुछ खाने को नहीं माँगा था। वह झुँझला पड़ी और उसने अपना असंतोष व्यक्त किया, "ऐसा पेट तो कभी भी नहीं था। मालूम नहीं, इस समय रसोई में कुछ है या नहीं।"

शकलदीप बाबू झेंपकर मुस्कराने लगे।

एक-दो क्षण बाद जमुना ने आँखें मलकर पूछा, "बबुआ के मेवे में से थोड़ा दूँ क्या ?"

शकलदीप बाबू झट-से बोले, "अरे, राम-राम ! मेवा तो, तुम जानती हो, मुझे बिलकुल पसंद नहीं। जाओ, तुम सोओ, भूख-वूख थोड़े है, मजाक किया था।"

यह कहकर वह धीरे-से अपने कमरे में चले गए। लेकिन वह लेटे ही थे कि जमुना कमरे में एक छिपुली में एक रोटी और गुड़ लेकर आई। शकलदीप बाबू हँसते हुए उठ बैठे।

शकलदीप बाबू पूजा-पाठ करते, कचहरी जाते, दुनिया-भर के लोगों से दुनिया-भर की बातचीत करते, इधर-उधर मटरगश्ती करते और जब खाली रहते, तो कुछ-न-कुछ खाने को माँग बैठते। वह चटोर हो गए और उनके जब देखो, भूख लग जाती। इस तरह कभी रोटी-गुड़ खा लेते, कभी आलू भुनवाकर चख लेते और कभी हाथ पर चीनी ही लेकर फाँक जाते। भोजन में भी वह परिवर्तन चाहने लगे। कभी खिचड़ी की फरमाइश कर देते, कभी सत्तू-प्याज की, कभी सिर्फ रोटी-दाल की, कभी मकुनी की और कभी सिर्फ दाल-भात की ही। उनका समय कटता ही न था और वह समय काटना चाहते थे।

इस बदपरहेजी तथा मानसिक तनाव का नतीजा यह निकला कि वह बीमार पड़ गए। उनको बुखार तथा दस्त आने लगे।

उनकी बीमारी से घर के लोगों को बड़ी चिंता हुई। जमुना ने रुआँसी आवाज में कहा, "बार-बार कहती थी कि इतनी मेहनत न कीजिए, पर सुनता ही कौन है ? अब भोगना पड़ा न !"

पर शकलदीप बाबू पर इसका कोई असर न हुआ। उन्होंने बात उड़ा दी, "अरे, मैं तो कचहरी जानेवाला था, पर यह सोचकर रुक गया कि अब मुख्तारी तो छोड़नी ही है, थोड़ा आराम कर लें।"

"मुख्तारी जब छोड़नी होगी, होगी, इस समय तो दोनों जून की रोटी-दाल का इंतजाम करना है।" जमुना ने चिंता प्रकट की।

"अरे, तुम कैसी बात करती हो? बीमारी-हैरानी तो सबको होती है, मैं मिट्टी का ढेला तो हूँ नहीं कि गल जाऊँगा। बस, एक-आध दिन की बात है। अगर बीमारी सख्त होती, तो मैं इस तरह टनक-टनककर बोलता?" शकलदीप बाबू ने समझाया और अंत में उनके होंठों पर एक क्षीण मुस्कराहट खेल गई।

वह दिन-भर बेचैन रहे। कभी लेटते, कभी उठ बैठते और कभी बाहर निकलकर टहलने लगते। लेकिन दुर्बल इतने हो गए थे कि पाँच-दस कदम चलते ही थक जाते और फिर कमरे में आकर लेटे रहते।

करते-करते शाम हुई और जब शकलदीप बाबू को यह बताया गया कि कैलाशबिहारी मुख्तार उनका समाचार लेने आए हैं, तो वह उठ बैठे और झटपट चादर ओढ़, हाथ में छड़ी ले पत्नी के लाख मना करने पर भी बाहर निकल आए। दस्त तो बंद हो गया था, पर बुखार अभी था और इतने ही समय में वह चिड़चिड़े हो गए थे।

कैलाशबिहारी ने उनको देखते ही चिंतातुर स्वर में कहा, "अरे, तुम कहाँ बाहर आ गए, मुझे ही भीतर बुला लेते।"

शकलदीप बाबू चारपाई पर बैठ गए और क्षीण हँसी हँसते हुए बोले, "अरे, मुझे कुछ हुआ थोड़े है। सोचा, आराम करने की ही आदत डालूँ।" यह कहकर वह अर्थपूर्ण दृष्टि से अपने मित्र को देखकर मुस्कराने लगे।

सब हाल-चाल पूछने के बाद कैलाशबिहारी ने प्रश्न किया, "नारायण बाबू कहीं दिखाई नहीं दे रहे, कहीं घूमने गए हैं क्या?"

शकलदीप बाबू ने बनावटी उदासीनता प्रकट करते हुए कहा, "हाँ, गए होंगे कहीं, लड़के उनको छोड़ते भी तो नहीं, कोई-न-कोई आकर लिवा जाता है।"

कैलाशबिहारी ने सराहना की, "खूब हुआ, साहब! मैं भी जब इस लड़के को देखता था, दिल में सोचता था कि यह आगे चलकर कुछ-न-कुछ जरूर होगा। वह तो, साहब, देखने से ही पता लग जाता है। चाल में और बोलने-चालने के तरीके में कुछ ऐसा है कि… चलिए, हम सब इस माने में

बहुत भाग्यशाली हैं।''

शकलदीप बाबू इधर-उधर देखने के बाद सिर को आगे बढ़ाकर सलाह-मशविरे की आवाज में बोले, ''अरे भाई साहब, कहाँ तक बताऊँ? अपने मुँह से क्या कहना, पर ऐसा सीधा-सादा लड़का तो मैंने देखा नहीं, पढ़ने-लिखने का तो इतना शौक कि चौबीसों घंटे पढ़ता रहे। मुँह खोलकर किसी से कोई भी चीज माँगता नहीं।''

कैलाशबिहारी ने भी अपने लड़के की तारीफ में कुछ बातें पेश कर दीं, ''लड़के तो मेरे भी सीधे हैं, पर मझला लड़का शिवनाथ जितना गऊ है, उतना कोई नहीं। ठीक नारायण बाबू ही की तरह है!''

''नारायण तो उस जमाने का कोई ऋषि-मुनि मालूम पड़ता है,'' शकलदीप बाबू ने गंभीरतापूर्वक कहा, ''बस, उसकी एक ही आदत है। मैं उसकी माँ को मेवा दे देता हूँ और नारायण रात में अपनी माँ को जगाकर खाता है। भली-बुरी उसकी बस एक यही आदत है। अरे भैया, तुमसे बताता हूँ, लड़कपन में हमने इसका नाम पन्नालाल रखा था, पर एक दिन एक महात्मा घूमते हुए हमारे घर आए। उन्होंने नारायण का हाथ देखा और बोले, इसका नाम पन्नालाल-सन्नालाल रखने की जरूरत नहीं, बस आज से इसे नारायण कहा करो, इसके कर्म में राजा होना लिखा है। पहले जमाने की बात दूसरी थी, लेकिन आजकल राजा का अर्थ क्या है? डिप्टी-कलक्टर तो एक अर्थ में राजा ही हुआ!'' अंत में आँखें मटकाकर उन्होंने मुस्कराने की कोशिश की, पर हाँफने लगे।

दोनों मित्र बहुत देर तक बातचीत करते रहे, और अधिकांश समय वे अपने-अपने लड़कों का गुणगान करते रहे।

घर के लोगों को शकलदीप बाबू की बीमारी से बहुत चिंता थी। बुखार के साथ दस्त भी था, इसलिए वह बहुत कमजोर हो गए थे, लेकिन वह बात को यह कहकर उड़ा देते, ''अरे, कुछ नहीं, एक-दो दिन में मैं अच्छा हो जाऊँगा।'' और एक वैद्य की कोई मामूली, सस्ती दवा खाकर दो दिन बाद वह अच्छे भी हो गए, लेकिन उनकी दुर्बलता पूर्ववत थी।

जिस दिन डिप्टी-कलक्टरी का नतीजा निकला, रविवार का दिन था। शकलदीप बाबू सबेरे रामायण का पाठ तथा नाश्ता करने के बाद मंदिर चले गए। छुट्टी के दिनों में वह मंदिर पहले ही चले जाते और वहाँ दो-तीन घंटे, और

कभी-कभी तो चार-चार घंटे रह जाते। वह आठ बजे मंदिर पहुँच गए। जिस गाड़ी से नतीजा आनेवाला था, वह दस बजे आती थी।

शकलदीप बाबू पहले तो बहुत देर तक मंदिर की सीढ़ी पर बैठकर सुस्ताते रहे, वहाँ से उठकर ऊपर आए, तो नंदलाल पंडे ने, जो चंदन रगड़ रहा था, नारायण के परीक्षाफल के संबंध में पूछताछ की। शकलदीप वहाँ पर खड़े होकर असाधारण विस्तार के साथ सबकुछ बताने लगे। वहाँ से जब उनको छुट्टी मिली, तो धूप काफी चढ़ गई थी। उन्होंने भीतर जाकर भगवान शिव के पिंड के समक्ष अपना माथा टेक दिया। काफी देर तक वह उसी तरह पड़े रहे। फिर उठकर उन्होंने चारों ओर घूम-घूमकर मंदिर के घंटे बजाकर मंत्रोच्चारण किए और गाल बजाए। अंत में भगवान के समक्ष पुनः दंडवत कर बाहर निकले ही थे कि जंगबहादुर सिंह मास्टर ने शिवदर्शनार्थ मंदिर में प्रवेश किया और उन्होंने शकलदीप बाबू को देखकर आश्चर्य प्रकट किया, ''अरे,मुख्तार साहब ! घर नहीं गए ? डिप्टी-कलक्टरी का नतीजा तो निकल गया।''

शकलदीप बाबू का हृदय धक-से कर गया। उनके होंठ काँपने लगे और उन्होंने कठिनता से मुस्कराकर पूछा, ''अच्छा, कब आया ?''

जंगबहादुर सिंह ने बताया, ''अरे, दस बजे की गाड़ी से आया। नारायण बाबू का नाम तो अवश्य है, लेकिन...'' वह कुछ आगे न बोल सके।

शकलदीप बाबू का हृदय जोरों से धक-धक कर रहा था। उन्होंने अपने सूखे होंठों को जीभ से तर करते हुए अत्यंत ही धीमी आवाज में पूछा, ''क्या कोई खास बात है ?''

''कोई खास बात नहीं है। अरे, उनका नाम तो है ही, यह है कि ज़रा नीचे है। दस लड़के लिए जाएँगे, लेकिन मेरा ख्याल है कि उनका नाम सोलहवाँ-सत्रहवाँ पड़ेगा। लेकिन कोई चिंता की बात नहीं, कुछ लड़के तो कलक्टरी में चले जाते हैं, कुछ मेडिकल में ही नहीं आते, और इस तरह पूरी-पूरी उम्मीद है कि नारायण बाबू ले ही लिए जाएँगे।''

शकलदीप बाबू का चेहरा फक पड़ गया। उनके पैरों में जोर नहीं था और मालूम पड़ता था कि वह गिर जाएँगे। जंगबहादुर सिह तो मंदिर में चले गए। लेकिन वह कुछ देर तक वहीं सिर झुकाकर इस तरह खड़े रहे, जैसे कोई भूली बात याद कर रहे हों। फिर वह चौंक पड़े और अचानक उन्होंने तेजी से चलना शुरू कर दिया। उनके मुँह से धीमे स्वर में तेजी से शिव-शिव निकल रहा था। आठ-दस गज आगे बढ़ने पर उन्होंने चाल और तेज कर दी, पर शीघ्र ही बेहद थक गए और एक नीम के पेड़ के नीचे खड़े होकर हाँफने लगे।

चार-पाँच मिनट सुस्ताने के बाद उन्होंने फिर चलना शुरू कर दिया। वह छड़ी को उठाते-गिराते, छाती पर सिर गाड़े तथा शिव-शिव का जाप करते, हवा के हल्के झोंके से धीरे-धीरे टेढ़े-तिरछे उड़नेवाले सूखे पत्ते की भाँति डगमग-डगमग चले जा रहे थे। कुछ लोगों ने उनको नमस्ते किया, तो उन्होंने देखा नहीं, और कुछ लोगों ने उनको देखकर मुस्कराकर आपस में आलोचना-प्रत्यालोचना शुरू कर दी, तब भी उन्होंने कुछ नहीं देखा। लोगों ने संतोष से, सहानुभूति से तथा अफसोस से देखा, पर उन्होंने कुछ भी ध्यान नहीं दिया। उनको बस एक ही धुन थी कि वह किसी तरह घर पहुँच जाएँ।

घर पहुँचकर वह अपने कमरे में चारपाई पर धम-से बैठ गए। उनके मुँह से केवल इतना ही निकला, ''नारायण की अम्माँ!''

सारे घर में मुर्दनी छाई हुई थी। छोटे-से आँगन में गंदा पानी, मिट्टी, बाहर से उड़कर आए हुए सूखे पत्ते तथा गंदे कागज पड़े थे, और नाबदान से दुर्गंध आ रही थी। ओसारे में पड़ी पुरानी बँसखट पर बहुत-से गंदे कपड़े पड़े थे और रसोईघर से उस वक्त भी धुआँ उठ-उठकर सारे घर की साँस को घोट रहा था। कहीं कोई खटर-पटर नहीं हो रही थी और मालूम होता था कि घर में कोई है ही नहीं।

शीघ्र ही जमुना न मालूम किधर से निकलकर कमरे में आई और पति को देखते ही उसने घबराकर पूछा, ''तबीयत तो ठीक है?''

शकलदीप बाबू ने झुंझलाकर उत्तर दिया, ''मुझे क्या हुआ है, जी? पहले यह बताओ, नारायण जी कहाँ हैं?''

जमुना ने बाहर के कमरे की ओर संकेत करते हुए बताया, ''उसी में पड़े हैं, न कुछ बोलते हैं और न कुछ सुनते हैं। मैं पास गई, तो गुमसुम बने रहे। मैं तो डर गई हूँ।''

शकलदीप बाबू ने मुस्कराते हुए आश्वासन दिया, ''अरे, कुछ नहीं, सब कल्याण होगा, चिंता की कोई बात नहीं। पहले यह तो बताओ, बबुआ को तुमने कभी यह तो नहीं बताया था कि उनकी फीस तथा खाने-पीने के लिए मैंने 600 रुपए कर्ज लिए हैं। मैंने तुमको मना कर दिया था कि ऐसा किसी भी सूरत में न करना।''

जमुना ने कहा, ''मैं ऐसी बेवकूफ थोड़े हूँ। लड़के ने एक-दो बार खोद-खोदकर पूछा था कि इतने रुपए कहाँ से आते हैं? एक बार तो उसने यहाँ तक कहा था कि यह फल-मेवा और दूध बंद कर दो, बाबू जी बेकार में इतनी फिजूलखर्ची कर रहे हैं। पर मैंने कह दिया कि तुमको फिक्र करने की जरूरत

नहीं, तमु बिना किसी चिंता के मेहनत करो, बाबू जी को इधर बहुत मुकदमे मिल रहे हैं।''

शकलदीप बाबू बच्चे की तरह खुश होते हुए बोले, ''बहुत अच्छा। कोई चिंता की बात नहीं। भगवान सब कल्याण करेंगे। बबुआ कमरे ही में हैं न ?''

जमुना ने स्वीकृति में सिर हिला दिया।

शकलदीप बाबू मुस्कराते हुए उठे। उनका चेहरा पतला पड़ गया था, आँखें धँस गई थीं और मुख पर मूँछें झाड़ू की भाँति फरक रही थीं। वह जमुना से यह कहकर कि 'तुम अपना काम देखो, मैं अभी आया', कदम को दबाते हुए बाहर के कमरे की ओर बढ़े। उनके पैर काँप रहे थे और उनका सारा शरीर काँप रहा था, उनकी साँस गले में अटक-अटक जा रही थी।

उन्होंने पहले ओसारे ही में से सिर बढ़ाकर कमरे में झाँका। बाहरवाला दरवाजा और खिड़कियाँ बंद थीं, परिणामस्वरूप कमरे में अँधेरा था। पहले तो कुछ न दिखाई पड़ा और उनका हृदय धक-धक करने लगा। लेकिन उन्होंने थोड़ा और आगे बढ़कर गौर से देखा, तो चारपाई पर कोई व्यक्ति छाती पर दोनों हाथ बाँधे चित्त पड़ा था। वह नारायण ही था।

वह धीरे-से चोर की भाँति पैरों को दबाकर कमरे के अंदर दाखिल हुए। उनके चेहरे पर अस्वाभाविक विश्वास की मुस्कराहट थिरक रही थी। वह मेज के पास पहुँचकर चुपचाप खड़े हो गए और अँधेरे ही में किताब उलटने-पुलटने लगे। लगभग डेढ़ दो मिनट तक वहीं उसी तरह खड़े रहने पर वह सराहनीय फुर्ती से घूमकर नीचे बैठ गए और खिसककर चारपाई के पास चले गए और चारपाई के नीचे झाँक-झाँककर देखने लगे, जैसे कोई चीज खोज रहे हों। तत्पश्चात पास में रखी नारायण की चप्पल को उठा लिया और एक-दो क्षण उसको उलटने-पुलटने के पश्चात उसको धीरे-से वहीं रख दिया। अंत में वह साँस रोककर धीरे-धीरे इस तरह उठने लगे, जैसे कोई चीज खोजने आए थे, लेकिन उसमें असफल होकर चुपचाप वापस लौट रहे हों। खड़े होते समय वह अपना सिर नारायण के मुख के निकट ले गए और उन्होंने नारायण को आँखें फाड़-फाड़कर गौर से देखा। उसकी आँखें बंद थीं और वह चुपचाप पड़ा हुआ था, लेकिन किसी प्रकार की आहट, किसी प्रकार का शब्द नहीं सुनाई दे रहा था। शकलदीप बाबू एकदम डर गए और उन्होंने काँपते हृदय से अपना बायाँ कान नारायण के मुख के बिलकुल नजदीक कर दिया। और उस समय उनकी खुशी का ठिकाना न रहा, जब उन्होंने अपने लड़के की साँस को नियमित रूप से चलते पाया।

वह चुपचाप जिस तरह आए थे, उसी तरह बाहर निकल गए। पता नहीं कब से, जमुना दरवाजे पर खड़ी चिंता के साथ भीतर झाँक रही थी।

उसने पति का मुँह देखा और घबराकर पूछा, "क्या बात है ? आप ऐसा क्यों कर रहे हैं ? मुझे बड़ा डर लग रहा है।"

शकलदीप बाबू ने इशारे से उसको बोलने से मना किया और फिर उसको संकेत से बुलाते हुए अपने कमरे में चले गए।

जमुना ने कमरे में पहुँचकर पति को चिंतित एवं उत्सुक दृष्टि से देखा।

शकलदीप बाबू ने गद्गद् स्वर में कहा, "बबुआ सो रहे हैं।"

वह आगे कुछ न बोल सके। उनकी आँखें भर आई थीं। वह दूसरी ओर देखने लगे।

मौत का नगर

राम घर से निकला। उसने कौए की भाँति सिर घुमाकर शंका से दोनों ओर देखा। ऊपर आकाश एक स्वच्छ नीले तंबू की तरह तना था। सामने पार्क में तथा मकानों और वृक्षों के शिखरों पर एक सुहावनी धूप फैली थी। इस समय तक सारा मोहल्ला एक मीठे शोरगुल से गूँजने और चहचहाने लगता था, लेकिन अब कहीं भी औरतें और बच्चे दिखाई नहीं दे रहे थे। चारों ओर एक भयावह सन्नाटा कुंडली मारकर बैठा था। किसी-किसी घर के सामने दो-दो, चार-चार व्यक्ति मुँह-से-मुँह सटाकर षड्यंत्रकारियों की तरह बातें कर रहे थे। वह अधेड़ उम्र का एक ठिगना और दुबला-पतला व्यक्ति था, जिसकी कमीज कंधे पर फटी थी और सिकुड़नों से भरी पैंट पाजामे की तरह दिखाई दे रही थी। उसकी आँखें लाल-लाल और सूजी हुई थीं। उसने सिर उठाकर आकाश की ओर देखा फिर देखा और उसके मुँह से एक गहरा निःश्वास निकल गया।

कुछ कदम आगे बढ़ने पर वह ठिठक गया। उसके चेहरे पर एक घबराहट-सी दिखाई देने लगी और उसने कान खड़े करके चारों ओर देखा। उसको लगा कि बाईं ओर के सटे हुए मोहल्ले से एक शोर उठ रहा है और बहुत-से लोग 'मारो-मारो' की आवाज करते हुए इधर ही दौड़े आ रहे हैं।

उसकी आँखों के सामने एक छुरा चमक उठा। क्या वह घर के अंदर भाग जाए? वह दो कदम पीछे हट गया। पर कुछ मकानों के सामने खड़े गिरोहों के लोग उसी तरह बातों में मशगूल थे। वह कुछ आश्वस्त होकर शोर को ध्यानपूर्वक सुनने लगा, तो उसकी समझ में आया। बगलवाले मोहल्ले में बहुत-से कुत्ते लड़ रहे थे। 'आजकल कुत्ते भी खूब लड़ रहे हैं,' उसने सोचा और मुस्कराने की चेष्टा की, पर उसकी मुस्कराहट पानी के बुलबुले की तरह समाप्त हो गई।

इस समय लगभग आठ बजे थे। कई दिनों के बाद कर्फ्यू आज सवेरे और शाम को चार-चार घंटे के लिए हटा था। घर से चलते समय उसकी पत्नी ने गिड़गिड़ाकर कहा था, 'सँभल कर जाइएगा।' वह स्वयं इस हद तक भयभीत एवं सतर्क था कि किसी की सीख अशुभ लगती थी। वह गरजने लगा, 'तुम चाहती हो कि कुछ हो जाए।' पत्नी रोने लगी और उसको घर से निकलते समय अपने व्यवहार पर पश्चाताप होने लगा, पर भय एवं आतंक के वातावरण में हर सुंदर भावना बाढ़ के पानी में छोटी कंकड़ी की तरह डूब जाती थी।

आगे चलकर उसने मोहल्ले के दो और व्यक्तियों को ले लिया। ऐसा पहले से ही निश्चित किया जा चुका था। वे तीनों आगे बढ़े। उनके चेहरे सूखे हुए थे। वे एक-दूसरे को इस तरह देख रहे थे, गोया उन्होंने कोई अपराध किया हो।

"कोई खास बात?" उन तीनों में से एक ने होंठों में ही भुनभुनाकर पूछा।

"स्टेशन के पास एक आदमी को छुरा लगा है।" दूसरे ने सूचना दी।

"हिंदू है?"

"नहीं, मोहमडन है।"

"क्या हिम्मतगंज में किसी लड़की की लाश मिली है?"

"हाँ।"

"मोहमडन है?"

"नहीं, हिंदू है।"

राम चुपचाप सुन रहा था। उसको लगा, जैसे कोई उसके दिल को ऐंठकर रक्त निचोड़ रहा हो। सहसा वे मौन हो गए थे। मोहल्ला जहाँ खत्म होता था, वहाँ ईंट की एक चहारदीवारी कुछ दूर तक चली गई थी। पर लोगों को अलग करने की कोशिशें सदा के लिए सफल नहीं होतीं और चहारदीवारी को बीच में तोड़-तोड़कर कई रास्ते बना लिए गए थे। उधरवाला मोहल्ला मुसलमानों का था। आजादी के बाद दोनों मोहल्लों के लोग प्रेम से रहने लगे थे। वे आपस में

व्यवहार रखते थे। मुसलमान ग्वालों के यहाँ से हिंदू लोग दूध ले आते थे और हिंदू बनियों के यहाँ से मुसलमान उधार सामान ले जाते थे। शादी-ब्याह में वे एक-दूसरे के यहाँ जाते थे और एक-दूसरे की मदद करते थे। दोनों मोहल्लों के लड़कों के बीच अक्सर क्रिकेट या फुटबाल के मैच होते रहते थे। अभी दो-तीन वर्ष पहले जमील नामक एक लड़का राम के मोहल्ले में काफी लोकप्रिय हो गया था। उसको नाटक और गाने-बजाने से बहुत प्रेम था। उसने 'वीर अभिमन्यु' नाटक में सुभद्रा का अभिनय किया था। उसने एक ऐतिहासिक हिंदू महिला का पार्ट अत्यंत सच्चाई से करने का निश्चय किया था। उसका उत्साह इतना अधिक था कि अभिमन्यु की मृत्यु के बाद विलाप करते समय उसने निर्देशक की हिदायतों की अवहेलना कर छह बार खड़े ही गिर-गिरकर अपना सिर फोड़ लिया। इससे हिंदू जनता में एक वास्तविक कलाकार के रूप में उसकी ख्याति बहुत जल्दी ही फैल गई थी। लेकिन अचानक यह सब खत्म हो गया था और अब लोग हत्या, भय और अफवाहों के अलावा और किसी बात पर विश्वास नहीं करते थे।

वे तीनों चहारदीवारी से आगे बढ़ गए। उनमें से प्रत्येक बीच में रहने की कोशिश करता, पर किसी को भी इसमें स्थाई सफलता नहीं मिल रही थी। इसी समय पीछे से उनकी ओर कोई लपका। राम बाएँ किनारे पर था, इसलिए सबसे पहले वही चौंका। लेकिन वह एक नौजवान पंडित था। वह धोती और बनियान पहने था और नंगे पैर था। उसकी चुटिया फहरा रही थी तथा उसके ललाट पर चंदन का टीका लगा था। वह कर्फ्यू खत्म होने पर किसी उपाय से इस बस्ती में किसी के यहाँ पूजा-पाठ करने के लिए आया था और वापस जाने के लिए अपने धर्मावलम्बियों के किसी दल के संग-साथ का इंतजार कर रहा था।

''मैं भी चला चलूँ...''वह होंठों में ही बोला, साथ ही उसने मुस्कराने की असफल चेष्टा की। पंडित भी बड़ी ही मुस्तैदी से उस गिरोह के बीच में ही रहने की कोशिश कर रहा था। चाल की गति के दबाव में वह गुल्ली की तरह इधर-उधर छिटक जाता, लेकिन फौरन ही चूहे की तरह पुनः भीतर आ घुसड़ता। पहले तो तीनों को उस पर बहुत गुस्सा आया, किंतु बाद में उन्होंने उसकी मजबूरी समझी, क्योंकि वह अपने पहनावे में सबसे अधिक हिंदू था।

वह पतली सड़क विधवा की माँग की तरह सूनी थी। राम को किसी धुँधले स्वप्न की तरह याद आया कि पहले इसी सड़क पर दो-चार बुर्केवालियाँ अवश्य दिखाई दे जाती थीं। छोटे बच्चे धूल में खेलते और चहकते रहते थे। लकड़ी के टालवाली बुढ़िया करीमन सड़क को पार करती हुई या 'ए शब्बीर' चिल्लाती

हुई अवश्य मिल जाती। नवहे लड़के अखाड़े में जोर करने के बाद लँगोट पहनकर नल के नीचे नहाते होते थे। उनकी आँखों में कैसी चमक और आत्मविश्वास की भावना होती थी! लेकिन अब बाईं ओर की चाय की दुकान के सामने केवल बीस-पच्चीस व्यक्ति खड़े थे। वे सिर झुकाकर और आँखें उठाकर, जैसे उनको भौंहों से ही घूर रहे थे। उनके होंठ विषभरी मुस्कराहट से फैल गए थे।

वे और तेजी से चलने लगे। उनकी टाँगों में दम नहीं था। उनके शरीर ताजिए की तरह हिल रहे थे। जब वे होटल से आगे निकल आए तो पी.ए.सी. के पाँच जवान गस्त करते हुए मिले। कुछ दूर जाने पर हिंदुओं की एक बस्ती थी। झोंपड़ी और फूस के मकान। जगह-जगह कूड़ों के ढेर पड़े थे। नाली का पानी जमकर काला पड़ गया था। एक बूढ़ा रोगी अपने घर के सामने बैठा बुरी तरह खाँस रहा था। पंडित इसी बस्ती में रहता था, इसलिए यहाँ आकर वह गिरोह से अलग हो गया और छाती निकालकर चलने लगा।

"मैं अँधेरी रात में इसी तरह अकेले निकल जाता हूँ।" वह दाँत खोलकर हँसने लगा।

जब वे मुख्य सड़क पर आ गए तो दोनों मित्र दूसरे रास्ते से मुड़कर चले गए और राम अकेला रह गया। पहले इस सड़क पर कितनी चहल-पहल रहती थी। अब न कहीं रिक्शेवाले थे और न पटरियों पर साईकिल मरम्मत करनेवाली छोटी-मोटी दुकानें थीं, जिनके सामने स्कूल-कॉलेज के लड़कों की भीड़ लगी रहती थी। बहुत-सी दुकानें भी बंद थीं। लाई-चना और बर्फ बेचनेवाले ठेलेवालों का भी कहीं पता नहीं था। कभी-कभी निम्नवर्ग के लोगों का कोई गिरोह एक ओर से आता और दूसरी ओर निकल जाता। अभी मुसलमान मजदूरों का एक जत्था दाहिनी ओर से तेजी से आया था और बाईं ओर चला गया था। कैसे वे भेड़ों की तरह एक-दूसरे से टकरा रहे थे। कभी-कभी वे कुत्तों की तरह चौकन्ने होकर इधर-उधर देख लेते।

राम आगे बढ़ता गया। बार-बार मुड़कर वह पीछे देख लेता—शहर में घुसे हुए गीदड़ की तरह। डर के अलावा वह कुछ भी नहीं सोच पाता था। वह कायर नहीं था और ऐसी लड़ाइयों के वह सदा विरुद्ध रहा था। पर अनजान की भयावह कल्पना ने उसके शरीर के रक्त की एक-एक बूँद खींच ली थी। पता नहीं कैसे उसके अंदर एक विष प्रवेश कर गया था और उसके भीतर-ही-भीतर भिन रहा था। इन सबकी वजह से वह अपने को कितना छोटा महसूस कर रहा था! कितना भयानक सन्नाटा था। उसमें एक छोटी-सी आवाज भीड़ के

आक्रमण का आभास देती थी। काश, वह आज न आया होता! पर इसके बिना काम भी कैसे चल सकता था। वह सिविल लाइंस की एक छोटी-सी दुकान पर काम करता था और काम पर लगातार न जाने से उसकी तनख्वाह कट रही थी।

एक छोटी-सी मुसलमानी बस्ती आ गई थी। लोग कहीं-कहीं मकानों या दुकानों के सामने गिरोह बनाकर खड़े थे। वे उसको खूँखार आँखों से घूर रहे थे। कुछ अन्य लोग भी सड़क पर आ-जा रहे थे। राम के शरीर में ताकत नहीं थी, पर जान का भय उसको भगाए लिए जा रहा था। वह बार-बार अगल-बगल या पीछे देख लेता। इसी समय बाईं ओर से एक नौजवान दौड़ते हुए आया। उसकी उम्र बीस से अधिक न होगी। वह जाँधिया और बनियान पहने था और उसके हाथ में एक छुरा था। पर राम की नजर उस पर पहले ही पड़ गई थी। उसका सार शरीर सुन्न पड़ गया था। पी.ए.सी. के जवान कुछ दूर पर बैठे थे, पर चाहने पर भी वह चिल्ला नहीं पाया। वह नौजवान उसी की ओर दौड़ते हुए आया, पर वह बड़ी फुर्ती से पीछे हट गया और नौजवान के आशंकित वार की जद से बच गया। नौजवान ने उसको घूरकर देखा, फिर हँसते हुए छूटे वाण की तरह दौड़ते हुए दूसरी ओर की गली में घुस गया।

उसकी साँस जैसे रुक गई थी। उसको इतना भी होश नहीं था कि वह चल रहा है या नहीं। वह अपने को मरा हुआ देख रहा था। पता नहीं वह होंठों में बुदबुदा रहा था या उसके दाँत किटकिटा रहे थे। उसकी आँखों के सामने एक क्षण के लिए अपनी बीवी और उदास बच्चों के चेहरे उभर आए।

शायद कोई और भी उसकी ओर बढ़ा आ रहा था। वह लुंगी और कमीज पहने हुए था। उसने कहा, "बाबू जी, आप सीधे चले जाइए, घबड़ाइए नहीं। ये साले बाहर से आकर मोहल्ले को बदनाम करना चाहते हैं। मैं ज़रा दूसरी जगह चला गया था तो ऐसी बात हुई, नहीं तो मैं यहीं खड़े होकर सबकुछ देखा करता हूँ कि कोई वारदात न हो जाए। उफ, कैसा खराब जमाना आ गया है। आप मजीद दूधवाले के यहाँ से दूध लेते हैं न?"

राम ने उसको गौर से देखने की कोशिश की, लेकिन उसकी समझ में नहीं आया। कहीं यह उसको धोखा देने की कोशिश तो नहीं कर रहा है! उसने बिना रुके हुए ही जवाब दिया, "हाँ..."

"मजीद मेरे मामू हैं। आप बेफिक्र चले जाइए। बाबू जी, आपसे एक बात कहता हूँ। आप दो-तीन दिन न निकलिए। समय ठीक नहीं है... अच्छा, आप चले जाइए... मैं यहीं खड़ा हूँ..."

राम बेहोशी की-सी हालत में चल रहा था। उसको अब भी लग रहा था

कि वह जाँघिएवाला नौजवान उसका पीछा कर रहा है। वह क्यों हँसा था? उसको याद आया कि जब वह हाईस्कूल में पढ़ता था, तो एक बार ठीक ऐसा ही जाँघिया और बनियान पहनकर वह एक मील की दौड़ में दौड़ा था और जीत गया था।

चौक में पहुँचकर उसकी जान में कुछ जान आई। कुछ लोग सहमे-सहमे इधर-उधर चक्कर लगा रहे थे। वे एक-दूसरे से बच रहे थे, क्योंकि किसी का कुछ ठिकाना नहीं था। राम स्वयं दूसरों से बच रहा था। कुछ रिक्शे खड़े थे या इधर-उधर चक्कर लगा रहे थे। एक रिक्शावाला 'सिविल लाइंस, एक सवारी' चिल्लाते हुए उसके पास से गुजरा। रिक्शे की छतरी आगे की ओर तनी थी, जिससे वह उसमें बैठे हुए आदमी को देख नहीं सका। उसने भाड़ा तय किया और रिक्शे पर बैठ गया। बैठते ही उसका सारा शरीर फिर सुन्न हो गया। भीतर एक दाढ़ीवाला मुसलमान बैठा था, जो एक पतला-सा पाजामा और कमीज पहने थे। उसके गाल पिचके हुए थे और आँखें धँसी हुई थीं। वह राम को आतंक और आतंक के प्रति विरोध के भाव से देख रहा था।

रिक्शा चलने लगा। बार-बार दोनों की आँखें टकराती थीं। वे रिक्शा के दोनों किनारों से सटे थे, ताकि उनके शरीर स्पर्श न करें। दोनों शरीर को टेढ़ा करके अपने मुँह को दूसरी ओर घुमाए हुए थे, लेकिन बार-बार कनखी से एक-दूसरे को देख लेते थे। राम ने गौर किया कि दाढ़ीवाले व्यक्ति की नजरें उसकी कमर या पैंट की जेब की ओर भी चली जाती थीं। इसका कारण वह जानता था, क्योंकि वह स्वयं दाढ़ीवाले की कमर की ओर देख लेता था। जब रिक्शा सड़क पर हिचकोले खाता था तो उनके शरीर एक-दूसरे से आ सटते थे, लेकिन वे फुर्ती से अलग होकर अपने-अपने किनारों को पकड़ लेते थे।

अब रिक्शा एक ऐसी जगह से गुजर रहा था, जहाँ एक होटल के सामने स्थित फुटपाथ पर आठ-दस आदमी खड़े थे। उनमें दो या तीन पहलवान की तरह थे और लाल अँगोछा तथा बनियान पहने थे। उनमें से किसी एक ने रिक्शे की ओर इशारा किया। इसके बाद सभी खूँखार दृष्टि से रिक्शे की ओर घूरने लगे। सहसा दाढ़ीवाले मुसलमान के मुँह से निकला, 'या खुदा!' राम ने चौंककर देखा। दाढ़ीवाले व्यक्ति ने अपना माथा रिक्शे की पीठ पर टेक दिया था। उसकी आँखें ऊपर टँग गई थीं और उसके पैर बुरी तरह काँप रहे थे। कारण समझने में उसको देरी नहीं लगी, जिससे वह स्वयं इतना डर रहा था, उसको इस तरह डरा हुआ देखकर उसको कुछ संतोष हुआ! पर क्या वह मरनेवाला तो नहीं! कुछ देर पहले उसकी भी तो ऐसी ही हालत हो गई थी!

''सुनिए ··· होश में आइए ··· '' राम ने उसके शरीर को हिलाकर कहा।

दाढ़ीवाले व्यक्ति ने बहुत ही बेचारगी से उसकी ओर देखा। पर उसके मुँह से कोई आवाज नहीं निकली।

''क्या तबीयत खराब है?''

''न ·· हीं ··· '' उसके मुँह से अस्फुट स्वर निकला।

''कोई बात नहीं है।'' राम ने आश्वासन दिया।

उसके मुँह से अनजाने में ये बातें निकली थीं और इस पर उसको कुछ आश्चर्य हुआ। उसको याद आया कि कुछ दिन पहले वह इंसान था। हाँ, इंसान! क्या अभ्यासवश उसके मुँह से ये बातें निकली थीं!

रिक्शा आगे निकल गया। अब वह दाढ़ीवाला व्यक्ति सीधा बैठ गया था। वह कुछ सुस्थिर हो चला था।

''कैसा खराब वक्त आ गया है।'' वह बोला।

''हाँ, बहुत खराब समय आ गया है।'' राम ने उसके शब्दों को दुहरा दिया।

''प्लेग में जैसे चूहे मरते हैं, उसी तरह लोग मर रहे हैं।''

''हाँ, हिंदू-मुसलमान दोनों मर रहे हैं।''

''सब गरीब मारे जाते हैं। रोज कमाने-खानेवाला हूँ। तीन दिन से घर में कुछ नहीं बना।''

''कहाँ काम करते हैं?'' राम ने पूछा।

''नेशनल टेलरिंग हाउस में। अपने तो भूखा रह सकता है आदमी, पर बच्चों को भूखा नहीं देखा जाता, जी। आज न आता तो क्या करता?''

''हाँ, यही तो बात है ···''

''आपसे सच कहता हूँ, जैसे बाड़े में मुर्गियाँ ठूँस दी जाती हैं, उसी तरह औरतें भागकर आई हैं और एक-एक मकान में रह रही हैं। उनकी हालत क्या बयान करूँ! लोग भूखों मर रहे हैं। कोई अपनी साइकिल बेच रहा है, कोई अपनी घड़ी बेच रहा है। गहने गिरवी रखे जा रहे हैं ···''

''गलतियाँ दोनों ओर से हो रही हैं।''

''कोई भी पाक-साफ नहीं है, जी। मेरे दो-तीन दोस्त हिंदू हैं, पर अब वे आँखें नहीं मिलाते। झूठ क्यों कहूँ, मैं भी उनसे नजरें चुराता हूँ।''

''यही तो खराबी है। इसीलिए हम तरक्की नहीं कर पाते।''

''हाँ, मिल-जुलकर रहें, तो आँखें उठाने की किसी की हिम्मत न पड़े।''

सहसा वे चुप हो गए। उनका उत्साह भीतर ही न मालूम कहाँ गुम हो गया

था। राम की इच्छा नहीं कर रही थी बात करने की, जैसे रोगी को खाने की इच्छा नहीं करती। रिक्शा तेजी से चल रहा था। वे सामने देख रहे थे। हर अच्छी बात कितनी अस्वाभाविक लग रही थी! राम के दिमाग में एक क्षण के लिए यह भी विचार उठा था कि उस मुसलमान ने आत्मरक्षा के लिए ही वैसी बातें की हैं।

सिविल लाइंस आ गया था। दाढ़ीवाले व्यक्ति ने चौराहे के पहले ही रिक्शे को रुकवा दिया। उसने रिक्शा से उतरकर पैसा चुकाया और राम की ओर बिना देखे ही घूमकर चलने लगा। पर चार कदम चलकर जैसे उसको कुछ याद आया और वह लौट पड़ा। राम के पास आकर जैसे कोई शुभ सूचना दे रहा हो, इस तरह मुस्कराकर वह बोला, "देखिए, आज शाम को लौटकर घर पहुँचता हूँ या नहीं!··· अच्छा, आदाबअर्ज··· कभी मुलाकात होगी।"

यह कहकर वह घूमकर तेज चाल से चलता बना। वह पत्ते की तरह उधियाता टेढ़ा-तिरछा चल रहा था। राम का रिक्शा आगे बढ़ गया। चौराहे पर वह स्वयं उतर गया। पता नहीं क्यों, उसकी आँखें भरी हुई थीं। ये आँसू उस व्यक्ति के प्रति कृतज्ञता के थे या अपनी मजबूरी के प्रति, यह वह समझ नहीं पाया। पर इस दुख के अहसास से उसको खुशी हो रही थी। आह, डर के मारे वह न सुख का अनुभव कर सकता था और न दुख का, पर इस व्यक्ति ने उसके दिल को बहुत मुलायम बना दिया था और उसकी दुख की भावना को उभार दिया था। वह कुछ देर पहले इसको हत्यारा समझता था, पर यह मेमने की तरह प्यारा है। मजीद का रिश्तेदार भी ऐसा ही था···

राम चौराहे को पार करके आगे की सड़क पर निकल गया था। उसने चारों ओर खुशी-खुशी देखा। खूबसूरत सड़कें और दुकानें। हरे-हरे वृक्ष। तभी उसको याद आया कि शाम को फिर उसे लौटना है। यह सोचते ही उसके दिल पर जैसे कोई भारी बोझ रख दिया गया हो। उसका मन फिर डूबने लगा। हवा तेज चल रही थी। उसको लगा कि हवा की हहराहट किसी स्त्री के रोने की आवाज ले आ रही है! या बच्चों के कराहने की आवाज? तभी किसी वृक्ष पर कोयल बोलने लगी थी। कोयल की कूक! जब से झगड़ा हुआ था, पता नहीं कितनी बार कोयल कूकी होगी, लेकिन उसकी ओर उसका ध्यान नहीं जाता था। पर इस समय उसको कूक बराबर सुनाई देती रही।

असमर्थ हिलता हाथ

झींगुरों के स्वर में रात की खामोशी झनझना रही थी। मीना की नींद टूट गई। उसने हड़बड़ाकर खुले हुए दरवाजे की ओर देखा और कमरे में नजर दौड़ाई, लेकिन कुछ नहीं था। और अब वह धीरे-से कुर्सी खिसकाकर चारपाई पर झुक आई तो लक्ष्मी पर दृष्टि पड़ते ही अँगूठे से लेकर माथे तक उसके शरीर का रक्त जैसे सूख गया। उसकी माँ का सिर तकिए पर एक ओर लटक आया था। मुँह खुला था, आँखें बंद थीं और हाथ-पैर बेजान-से पड़े थे।

एक असहाय रुलाई और चीख उसके हृदय से उठकर गले में फँस गई। उसके हाथ-पैर काँपने लगे, इसलिए वह भागकर घर के अन्य लोगों को जगा भी न सकी। अंत में मजबूर होकर लक्ष्मी की नब्ज टटोलने लगी। दिल अवश्य धड़क रहा थ, परंतु अनियमित रूप से—कभी धीमे-धीमे और कभी तेज चलनेवाली घड़ी की तरह। इतने दिनों की बीमारी में उसकी माँ को आज ही ऐसी बेहोश नींद आई थी। आश्वासन का आधार पाकर मीना का भय आँसुओं में बहने लगा।

वह दरवाजे के बाहर देखने लगी। अंधकार का पर्दा क्षितिज पर फट गया था और पूरबी आकाश का गँदला नीलापन दिखाई दे रहा था। उसको यह सोचकर किंचित् आश्चर्य हो रहा था कि माँ के लिए वह इतनी क्यों दुखित रहती है, जबकि लक्ष्मी और उसका संबंध इधर छत्तीस के दोनों अंकों की तरह रहा है। जब फागुन के आरंभ में लक्ष्मी की हालत गंभीर हो गई, तो एक दिन ऐसी ही सुबह नींद खुलने पर मीना के दिमाग में यह विचार कौंध गया कि माँ की मृत्यु के बाद वह चिड़िया की तरह आजाद हो जाएगी।

परंतु उजाला होने पर इसी विचार के लिए वह लज्जा और धिक्कार का अनुभव करने लगी। ऐसा तुच्छऔर निर्दय खयाल वह अपने मन में ला ही कैसे सकी? यह विचार उसका पीछा करता रहा तथा उसको भारी कष्ट देता रहा, जिसको झुठलाने के लिए ही वह माँ की जी-जान से सेवा करने लगी। इसमें संदेह नहीं कि लक्ष्मी साठ पार कर चुकी थी और घर के अन्य लोग उसकी बीमारी के प्रति उदासीन हो चले थे, यहाँ तक कि भाभियाँ उससे मन-ही-मन नाराज भी रहने लगी थीं। किंतु जब मीना माँ का चेहरा देखती, जिसके तनाव से एक समय लोग काँप उठते थे और जो अब पतला, पीला तथा निस्सहाय

सिकुड़नों से भयावह हो गया था, तो उसको बहुत दया आती। क्या वह सचमुच माँ की सेवा किसी खुशी को छिपाने के लिए कर रही है?

"अम्मा! अम्मा!" उसने धीरे-से पुकारा।

लक्ष्मी के गले से घरघराहट की आवाज आई थी। फिर साँस उसी तरह चलने लगी। मीना अब कमरे के अंधकार में ताक रही थी। यह गलत है। वह अपनी माँ की जिंदगी के लिए कुछ भी कुर्बान कर सकती है! हवा में फूले हुए गुब्बारे की तरह ऐसे ही निश्चयों से वह इधर भरी रहती थी। और तब भी इन रातों में माँ के सिरहाने बैठी और झपकियों तथा थकान से लड़ती वह सर्वाधिक आतुरता के साथ किसी दूसरे के ही पैरों की आहटें सुनती रहती है। ···

लगभग चार वर्ष पूर्व, क्वार के अंत में, जब हवा में शीत की खुनखुनाहट थी, दिलीप एक दिन शाम को छोटे भैया के साथ आकर इसी बरामदे में बैठा था। उसका रंग देखकर बड़ी भाभी ने कमरे में आकर कहा था, "लाला जी को एक-से-एक मिल जाते हैं··· एकदम लंगूर।" मीना हँसने लगी थी। वह आँखें नीची करके बातें करता था, जैसे उसको दूसरों की दृष्टि से बचने की चिंता अधिक हो। फिर वह अक्सर आने लगा, लंबे-लंबे डग भरते हुए, सामने के मैदान को पार करके। तब उसके रूखे बाल हवा में बढ़ी हुई घास की तरह फरफराते थे। वह घर के सभी लोगों से हिल-मिल गया। परंतु मीना अब भी उससे भागती थी। वह उसको देखते ही कमरे के अंदर छिप जाती और आँचल को मुँह में ठूँसकर खूब हँसती। मीना की उम्र सोलह से अधिक न थी। एक दिन दोपहर में जब भाई लोग नहीं थे और माँ कमरे में खर्राटें भर रही थीं, मीना ने उसकी चप्पलें छिपा दीं तथा बाद में उसकी परेशानी देखकर खिलखिलाती रही।

"बीबी, क्यों सताती हो उस गऊ आदमी को?" बड़ी भाभी ने कमरे में आकर हँसते हुए कहा था।

"आप मुझे झूठ-मूठ क्यों लगाती हैं? मैं क्या जानूँ किसी की चप्पल-वप्पल? ··· हाँ, आपके कहने से खोज सकती हूँ··· ।"

मीना ने जब चप्पलें ढूँढ़कर उसको दी थीं, तो शर्म से लाल हो गई थी, और वह स्वयं उसको इस तरह देख रहा था, जैसे उसके दिल को बहुत चोट पहुँची हो। इसके बाद एक दिन दिलीप के कंधे पर कागज की एक छोटी-सी गोली आकर लगी। दूसरे दिन गेंदे का फूल। दिलीप चौंककर पीछे देखता और किसी को न पाकर हैरान हो जाता। वह इतना सीधा और काला था कि मीना को यह मजाक अनुचित नहीं, बल्कि स्वाभाविक प्रतीत होता। परंतु जब वह कुछ दिनों

के लिए बाहर चला गया और उसके यहाँ नहीं आया, तो मीना को बड़ा सूना-सूना लगने लगा। कोई आहट होने पर उसका दिल धड़कने लगता। वह बार-बार बाहर के दरवाजे को निहारती। वह गंभीर तथा उदास रहने लगी। उसको महसूस होता कि वह कभी नहीं आएगा। उसकी हालत उस शासक की तरह हो गई जिसकी गद्दी छीन ली गई हो।...

मीना सहसा कुर्सी पर से उठी और हल्के कदम रखते हुए बरामदे में चली आई। वह बीचवाले खंभे का सहारा लेकर खड़ी हो गई थी। आँगन के गहन अंधकार के ऊपर सामने का आकाश धीरे-धीरे उजला हो रहा था।... इस समय वह क्या कर रहा होगा? शायद सुखपूर्वक सो रहा होगा, और यह सोचकर उसका हृदय ईर्ष्या से जलने लगा। माघ महीने में माँ गंगा-स्नान करना चाहती थी। छोटे भैया, लक्ष्मी और मीना को बनारस ले गए। साथ में वह दिलीप को भी खींच ले गए। वे धर्मशाला में ठहरे। वे साथ-ही-साथ घूमने या स्नान करने जाते, एक ही साथ नाश्ता और भोजन करते, यहाँ तक कि किसी चीज पर आश्चर्य करने या हँसने की क्रियाएँ भी वे एक ही साथ करते थे। शहर में या नदी के किनारे भीड़ में दिलीप ने न मालूम कितनी बार मीना को हाथ का सहारा दिया था।

धर्मशाला में आकर माँ जब भोजन बनाने लगतीं, तो वे तीनों देर तक बातें करते रहते थे। दिलीप इस विशाल देश, इसके पुराने इतिहास, इसकी उन्नत संस्कृति और इसके महान भविष्य का उल्लेख करता था। वह कहता था कि जब तक यहाँ की औरतें तरक्की नहीं करेंगी, यह देश तरक्की नहीं कर सकता। मीना उसके विश्वास-युक्त भरे-भरे होंठों को हिलते हुए देखा करती थी। वह स्वयं उन बातों को अधिक नहीं समझ पाती थी, परंतु उसके मन में अजीब-अजीब खयाल उठा करते थे, जैसे किसी ने शांत नदी में ढेला फेंक दिया हो। रात में वह सोती, तो उसको देर तक नींद नहीं आती और वह पड़ी-पड़ी अँधेरे को ताकती रहती। एक रात को, जब सभी सो रहे थे, वह चुपके से बाहर निकल आई और मैदान में चबूतरे पर बैठ गई। चारों ओर अंधकार था और आकाश शबनम के धुएँ से भरा था। उसको लगा जैसे अँधेरे के उस पार से उसको कोई बुला रहा है।

"मैदान में इस तरह बैठने से सर्दी लग जाएगी। नींद नहीं आ रही न?" उसकी पीठ पर किसी ने कोमलता से हाथ रख दिया।

मीना नीचे से ऊपर तक काँप रही थी। उसने सिर घुमाकर नहीं देखा। वह घुटनों में मुँह छिपाकर सिसकने लगी थी।...

फिर वह दिन आया। बोटैनिकल गार्डन में ऐसी ही तेज और ताजी हवा बह रही थी। ऊपर स्वच्छ नीला आकाश था और चटक धूप निकली थी। वे दोनों छिपकर यहाँ आए थे। मीना भी कुछ लड़कियों के साथ विश्वविद्यालय कनवोकेशन देखने गई थी, जहाँ दिलीप उसका इंतजार करता रहा था। लज्जा और संभवत: भय से भी मीना ने रास्ते-भर दिलीप की ओर नहीं देखा, जैसे वह स्वयं अपनी भावनाओं को पढ़ लेगी। लंबे और घने वृक्षों से घिरी खामोशी में पहुँचकर उसने मीना को अपने पास खींच लिया था। चंचल हवा घास तथा फूल की खुशबू उड़ाती रही।

"अब चलें?" दिलीप ने कुछ देर बाद पूछा था।

"हाँ।" मीना ने उसकी ओर झुकी-झुकी दृष्टि से देखा। उसको लगा जैसे वह लजाया हुआ है। यह उसका प्रथम अवसर था जिसकी महानता से वह अभिभूत भी था। वह स्वयं वाणी से दूर पहुँच गई थी। वह सिर झुकाकर चल रही थी। वह जानती थी कि पेड़-पौधों में भी जान होती है। अनंत बाँहोंवाले वे वृक्ष क्या उनको देखकर कुछ सोच रहे होंगे?

पूरे दो वर्ष बीत गए और मीना ने इंटरमीडिएट पास कर लिया, तो एक दिन दिलीप ने मीना के छोटे भैया से साफ-साफ कह दिया कि वह उससे शादी करना चाहता है। देखते-ही-देखते कई वर्षों की प्रगाढ़ मैत्री टूट गई। घर में तूफान मच गया। छोटे भैया ने मीना पर हाथ छोड़ दिया। वह देर तक गरजते-तड़पते रहे।

"मैंने आइंदा तुमको कभी उसके साथ देख लिया तो मार डालूँगा। मैं नहीं जानता था कि वह आस्तीन का साँप है। रोज खिलाने-पिलाने और अहसान करने का उसने यह बदला दिया है। नीच जाति के लोगों से दोस्ती करने का यही नतीजा निकलता है। किस मुँह से उसने ऐसी बात कही है? मैं इसको बरदाश्त नहीं कर सकता…।"

"हे भगवान! इसने हमारी इज्जत चौराहे पर फोड़ दी। मैंने पैदा होते ही इसका गला क्यों नहीं घोंट दिया। अब इसका पढ़ना-लिखना बंद। ब्राह्मण की लड़की को पढ़ने-लिखने से क्या मतलब? बहुत क्रीम-पाउडर लगाकर और साड़ी का पल्ला मारकर निकलती थी… अब निकलो तो मैं बताती हूँ," लक्ष्मी दाँत पीस-पीसकर अपना माथा ठोंक रही थी।…

मीना कमरे में आकर कुर्सी पर बैठ गई। लक्ष्मी अभी तक सो रही थी। मीना की आँखें लाल थीं और होंठ काँप रहे थे। बड़े भैया के कहने पर उसकी पढ़ाई तो

बंद नहीं हुई, किंतु उस पर कड़ा प्रतिबंध लग गया। दिलीप का आना-जाना तो एकदम बंद हो गया था। घर के सभी लोगों का रुख ही बदल गया। भैया लोग, भाभियाँ, अम्माँ, कोई भी जब उससे बोलता, तो उनकी भौंहें सिकुड़ जातीं। वे सदा कोसते रहते। लक्ष्मी का मुँह तो हमेशा कुल्हड़ की तरह फूला रहता। अपनी कुछ सहेलियों की मदद से मीना दिलीप से पत्र-व्यवहार जारी रखती थी। इन सहेलियों में से कुछ बड़ी साहसी और तेज थीं। उन्होंने प्रस्ताव रखा कि यदि मीना तैयार हो जाए तो वे उसके घर के सामने आमरण अनशन कर देंगी। इस युग में स्त्री पर इस किस्म की पाबंदी नहीं लगाई जा सकती। मीना में ऐसा साहस नहीं था। लेकिन एक दिन दिलीप का एक पत्र पकड़ लिया गया। घर में फिर तूफान खड़ा हो गया।

''मैं आज जान दे दूँगी...।'' लक्ष्मी ने दीवार से सिर टकराते हुए कहा था।

''अम्मा! अम्मा! माफ करो।'' मीना का चेहरा आतंक से स्याह हो गया था।

मीना ने घोर निराशा से भरकर दिलीप के पास पत्र लिखा था–'आप आज से यही समझिए कि मीना मर गई या उससे कोई परिचय नहीं था...।' लेकिन जब कुछ दिन बीत गए, तो मीना का हृदय ज्वार के समय चट्टान से टकरानेवाली समुद्र की लहरों की तरह टुकड़े-टुकड़े हो गया। उसके दिल में कुछ नहीं, सिर्फ दिलीप का प्यार था, जो फागुन के अंधड़ की तरह बह रहा था। वह चाहकर भी रुक नहीं सकी। बरसात के दिन थे, आकाश बादलों से ढका था, यद्यपि पानी नहीं पड़ रहा था। वह विश्वविद्यालय से चोरी-छिपे दिलीप के दफ्तर गई। उसको देखते ही दिलीप का चेहरा सूख गया। वे दोनों पास ही के एक होटल में चाय पीने गए। केबिन में पहुँचकर वह दिलीप का हाथ पकड़कर काँप-काँपकर रोने लगी।

''मैं वह पत्र नहीं लिखना चाहती थी। उसकी बातें झूठी हैं...।'' उसकी समझ में नहीं आया कि वह अपने हृदय की भावनाएँ कैसे प्रकट करे।

इसी तरह दिन बीतने लगे। एक ओर उसकी माँ थी, जिसने उसके चारों ओर एक लकीर खींच दी थी। दूसरी ओर उसका प्यार था, जो उस लकीर को अस्वीकार करता था। अब उसका विश्वास हो गया था कि प्यार लकीर से बड़ा होता है। वह दिलीप को नहीं छोड़ सकती थी।

क्षितिज का उजाला फैलने के कारण आँगन का एक धुँधला अस्तित्व प्रकट हो रह था। बाहर किसी वृक्ष पर दो-तीन कौए बोल उठे। दरवाजे से ताजी और ठंडी हवा आ रही थी। मीना ने कुछ और सोचने की चेष्टा की, लेकिन उसकी पलक भारी होने लगीं।

लक्ष्मी जागते ही कराहने लगी, परंतु उसकी आवाज इतनी क्षीण थी कि उससे मीना की नींद खुल न सकी। उजाला कमरे में घुसने की चेष्टा कर रहा था। लक्ष्मी के दाहिने पैर और दाहिने हाथ में बहुत जोर का दर्द हो रहा था। चेहरे का दाहिना हिस्सा सुन्न, जिसको अनुभव करने के लिए उसने मुँह को गाय की पगुरी की तरह चलाने की चेष्टा की। उसके पेट और छाती में भी बहुत बेचैनी मालूम हो रही थी। क्या उसका अंत आ पहुँचा?

उसकी इच्छा हुई कि वह मीना को जगा दे। दो दिनों से वह लड़की से कुछ कहना चाहती थी, लेकिन इस आखिरी समय में भी एक निरुपाय हठ उसका मुँह बंद कर देता था। उसको डर हुआ कि कुछ कहे बिना ही उसकी कहीं मृत्यु न हो जाए। परंतु वह लड़की को पुकार न सकी। अन्य कारणों के अलावा उसको यह सोचकर भी मीना पर बड़ी दया आ रही थी कि वह दिन-रात चुपचाप उसकी तीमारदारी करती थी और इस समय दुर्लभ अवसर पाकर सो रही है। मीना का चेहरा कुर्सी के ऊपरी हिस्से की टेक लेकर एक ओर लुढ़क गया था और उसके गालों की हड्डियों से गोया एक पवित्र और निर्दोष जीवन की निष्फलता झाँक रही थी। मीना के प्रति उसने इतना अन्याय क्यों किया था? जीवन की आखिरी मंजिल पर पहुँचकर वह मीना के सिवाय हर चीज से उदासीन हो गई थी। उसने जीवन में हर सुख प्राप्त किया था—आज्ञाकारी पति, जो मर चुके थे, बच्चे, बहुएँ, धन, मकान, रोब-दाब, प्रतिष्ठा, और फिर भी इसमें से किसी से उसकी जीवन-रक्षा नहीं हो सकती थी और न किसी को उसकी परवाह ही थी। छह माह पूर्व जब वह पहले-पहले रियूमेटिक फीवर का शिकार होकर बीमार पड़ी, तो उसको बड़ा गुस्सा आता। वह कभी किसी से मुँह फुला लेती और कभी किसी से। उसको सब पर शासन करने की आदत थी, इसलिए बीमारी का खयाल आते ही उसको उन लोगों की आजादी का क्षोभपूर्ण स्मरण हो आता। मीना की शक्ल से तो उसको नफरत हो गई थी और उसने कह दिया था कि वह अपनी शक्ल न दिखाए। कई बार तो मन का खाना न मिलने पर उसने थाली और प्लेट नीचे फेंक दी। फिर उसकी हालत खराब होती गई। उसको मधुमेह, रक्तचाप आदि की भी शिकायत थी। अब उसके शरीर का मांस गल गया था, चेहरे की हड्डियों का ढाँचा उभर आया था और सारे शरीर पर किसी बीमार गाय के पैरों का पीलापन छाया हुआ था।

हाँ, अब वह जीवन और मृत्यु के रहस्य को जान चुकी है। करीब दस दिन पूर्व एक रात को जब सभी सो गए थे, उसको ऐसा महसूस हुआ कि कोई दरवाजे पर खड़ा है—एकदम काला। वह समझ गई कि उसका बुलावा आ गया है। उसी वक्त से वह हर चीज के प्रति उदासीन हो गई थी। वह इतनी

दूरी से अपने सारे जीवन को सामने पड़ा देखने लगी थी और किसी कुशल सर्जन की तरह उसके रेशे-रेशे को अलग कर सकती थी। उसने अपनी जिंदगी की बहुत बड़ी इमारत बनाई थी, लेकिन वह झूठ, आडंबर, दंभ, ईर्ष्या और शासन की महत्त्वाकांक्षा की नींव पर बनी थी। वह जीवन-भर इसी झूठ के लिए मरती रही और अब मृत्यु के निकट पहुँचकर उसके प्राण रेगिस्तान में घिरे किसी प्यासे व्यक्ति की तरह जीवन की सच्चाई के लिए छटपटा रहे थे। क्या कभी उसका दिल सच्चाई से धड़का था ? क्या कभी उसने अपने रक्त में सरलता, निर्दोषता, पवित्रता, समर्पण और त्याग का अनुभव किया था ? और उसके भटकते हुए प्राण अब बड़े स्थलों को छोड़कर दूर, किसी भूले हुए कोने में जाकर धड़क रहे थे। वह सोलह-सत्तरह वर्ष की एक लड़की हो गई थी, और उसके सामने एक उन्नीस-बीस वर्ष का नौजवान खड़ा था। ठिगना शरीर, गोरा दपदपाता चेहरा, विचारों में खोई आँखें...

लक्ष्मी को संतोष था कि उसने जीवन को एक बार सच्चाई और तीव्रता से भोगा था। वह गाँव का लड़का उसके कच्चे मकान के ऊपरी हिस्से में एक कमरा किराए पर लेकर रहता। वह बहुत ही परिश्रमी और हँसमुख था। लक्ष्मी को उस पर बड़ी दया आती और इसी तरह उससे प्यार हो गया। उन्होंने भगवान की मूर्ति के सामने खड़े होकर एक-दूसरे का साथ देने की प्रतिज्ञा की थी, और फिर भी जब लक्ष्मी की शादी दूसरी जगह तय हो गई, तो वे दोनों कुछ भी नहीं कर सके।

लक्ष्मी को संपन्न ससुराल मिली और उसके पति भी निहायत सीधे थे, परंतु उसके हृदय का रस सूख गया था। उसका सुख छिन गया था, इसलिए जिंदगी-भर वह उसका बदला दूसरों से लेती रही। साहस के अभाव में उसने जाति और धर्म के सामने घुटने टेक दिए थे और शादी के बाद वह इसी धर्म और जाति का सहारा लेकर दूसरों की भावनाओं को कुचलती रही। उसके हृदय में सबके प्रति घृणा का भाव था, इसलिए किसी का सुख उसको बरदाश्त नहीं होता था। एक जबरदस्त ईर्ष्याभाव ने उसके जीवन को आक्रांत कर दिया था। वह घंटों पूजा-पाठ और व्रत-उपवास इसलिए करती कि इस तपस्या के द्वारा वह दूसरों को तुच्छ समझ सके। पहले उसने ससुराल के संयुक्त परिवार को तोड़ा, क्योंकि उसके पति की अपने भाइयों से बहुत पटती थी और यह उसको बरदाश्त नहीं था। अलग होकर वह पति पर शासन करने लगी। पति को उसने कभी प्यार नहीं किया। पति या दूसरे लोग उसको श्रेष्ठ समझकर उसकी खुशामद करें, इसलिए वह सदा गंभीर रहती। अपना अहंकार प्रकट करने के

लिए वह पति को छूने के बाद अवश्य स्नान करती, चाहे वह असहनीय सर्द रात ही क्यों न हो। पति उसके मन के खिलाफ कुछ नहीं कर सकते थे, इसीलिए उनके रिश्तेदार और मित्र छूट गए थे, तथा पड़ोसियों से उनकी खटपट रहती थी। लक्ष्मी जीवन-भर पैसे बटोरती रही और अपनी हठपूर्ण ईर्ष्या का किला मजबूत करती रही।

और अब उसको सबसे पहले यह महसूस हुआ कि वह मीना से घोर ईर्ष्या करती रही थी। वह मीना उसी की तरह सुंदर और जवान हो गई थी। जब वह लचककर चलती, मृदुता से बोलती, प्रफुल्लित नजर से देखती तो लक्ष्मी को जलन होती। इसलिए वह मीना को अपने कड़े अनुशासन में रखती। मीना एक पालतू जानवर की तरह हो गई थी। वह पढ़ने अवश्य जाती, लेकिन वह अपने दिमाग से सोच नहीं पाती। जो बातें उसकी माँ को अच्छी लगतीं, वही उसको भी अच्छी लगतीं और जो उसकी माँ को नापसंद होतीं, उनसे उसको भी नफरत होती। मीना उसी उम्र में माँ की तरह पूजा-पाठ करती, छुआछूत मानती, खेल-तमाशे से नफरत करती, नए विचारों से दूर भागती थी। और जब लक्ष्मी को मीना के प्यार की बात मालूम हुई तो उसको जहाँ इससे दहशत हुई और आघात लगा, वहीं लड़की का यह कार्य उसको घोर चुनौती की तरह महसूस हुआ। यह उसकी आडंबरयुक्त सत्ता को एक पवित्र सरल आत्मा की चुनौती थी। वह किसी भी हालत में इसको बरदाश्त नहीं कर सकती थी। उसने मीना को मारा-पीटा, कई बार कई दिनों तक उसको कमरे में बंद रखा, उसको कोसा, उसकी आत्मा को खंड-खंड करने की न मालूम कितनी कोशिशें कीं।

मरने के पूर्व लक्ष्मी यही सब कहना चाहती थी। वह मीना को एक बार सरल-निश्छल दिल से प्यार करना चाहती थी। मीना को वह यह भी बता देना चाहती थी कि उसको अपनी आत्मा की रोशनी के अनुसार अपना रास्ता चुनना चाहिए और यह कि कायरता जिंदगी को झूठा बना देती है। उसकी यही कामना थी कि मीना जिंदगी में झूठ के पीछे न भागे, बल्कि सत्य को साहस के साथ ग्रहण कर वास्तविक सुख और आनंद को प्राप्त करे।...

"बे...टी।" वह सारी शक्ति लगाकर बोली। परंतु इसके आगे आवाज उसके मुँह से न निकल सकी। उसके सारे शरीर में अजीब-सी सनसनाहट होने लगी। छाती पर गर्मी और बेचैनी महसूस हो रही थी। उसकी साँस उखड़कर चल रही थी। कमरे में उजाला फैल गया था और आँगन की अलगनी पर दो कौए बैठकर काँव-काँव कर रहे थे।

"अम्माँ! अम्माँ!" मीना की नींद खुल गई थी। वह लक्ष्मी की हालत

देखकर बेहद डर गई थी। लक्ष्मी का मुँह खुला था और उसमें से गाज निकल रहा था। चेहरा वीभत्स हो गया था।

उसने घर के लोगों को पुकारा। सभी दौड़े आए। बड़े लड़के ने दाहिना पैर और दाहिना हाथ हिलाकर देखा। वे बेजान-से बिस्तर पर गिर पड़े। फिर उसने मुँह में पानी डाला। पानी मुँह से बाहर निकलकर बिस्तर पर फैल गया।

''लकवा है! मुँह टेढ़ा हो गया है। अंगों पर है···।''

''माँजी, क्यों रो रही हैं? वह कुछ कहना चाहती हैं, लेकिन कह नहीं पा रही हैं। उनके दिल में कोई इच्छा बाकी रह गई है। बच्चों को पास ले आइए तो···। दुल्हिन, तुम गीता का पाठ करो···।''

छोटी बहू बिस्तर के पास बैठकर करुण स्वर में गीता का पाठ करने लगी और बड़ी बहू बारी-बारी से घर के लड़कों को लक्ष्मी के पास खड़ा करने लगी। बड़ी बहू के चिल्लाकर बताने पर भी लक्ष्मी ने किसी की ओर मुँह नहीं किया। फिर बड़े लोगों का नंबर आया। लक्ष्मी ने किसी की ओर भी नहीं देखा। अंत में जब मीना को उसके पास खड़ा किया गया, तो लक्ष्मी ने बहुत धीरे-से उसकी ओर सिर घुमाया। उसकी आँखों से और तेजी से आँसू गिरने लगे। उसका बायाँ हाथ बड़ी मुश्किल से कुछ ऊपर उठा और एक या दो क्षण हिलने के बाद बिस्तर पर गिर गया।

''बीबी जी, ज़रा इधर सुनिए। आप भी सुनिए, जी···।'' बड़ी बहू ने जल्दी से मीना और अपने पति से कहा।

जब वे दोनों बड़ी बहू के पीछे-पीछे बरामदे में आकर खड़े हो गए, तो बड़ी बहू ने कहा, ''बीबी जी, अम्मा जी का प्राण आसानी से नहीं निकल रहा है। वे आप ही से कुछ कहना चाहती हैं। उनको बस आपकी चिंता है। अब तो मैं यही कहूँगी कि आपकी चिंता से ही उनकी यह हालत हुई है, नहीं तो उनकी उम्र ही क्या है? सत्तर भी तो नहीं पहुँचीं। आप अपनी जिद छोड़ दीजिए···देखा नहीं, वह हाथ हिला रही थीं! समझ लीजिए, आप जिंदगी-भर अफसोस करेंगी। आपको किस बात की कमी है? आपकी अच्छी-से-अच्छी शादी की जाएगी। मैं तो अम्मा जी के लिए कह रही हूँ। वे आपको सबसे अधिक प्यार करती रहीं, आप उनका कहना नहीं मानेंगी, तो उनकी आत्मा चौरासी लाख योनियों में भटकेगी। जल्दी कीजिए, चलकर कह दीजिए, उनका प्राण तो आसानी से निकल जाए···!''

मीना का चेहरा स्याह हो गया था। उसकी आँखें आँसुओं से भरी थीं। वह एक क्षण अनिश्चित ढंग से खड़ी रही। फिर तेजी से माँ की चारपाई के पास

जाकर बोली, "अम्मा, माफ करो, मैं वचन देती हूँ कि मैं वही करूँगी जो तुम्हारी इच्छा थी···।"

लक्ष्मी का प्राण निकल रहा था···।

जिंदगी और जोंक

मुहल्ले में जिस दिन उसका आगमन हुआ, सबेरे तरकारी लाने के लिए बाजार जाते समय मैंने उसको देखा था। शिवनाथ बाबू के घर के सामने, सड़क की दूसरी ओर स्थित खँडहर में, नीम के पेड़ के नीचे, एक दुबला-पतला काला आदमी, गंदी लुंगी में लिपटा चित्त पड़ा था, जैसे रात में आसमान से टपककर बेहोश हो गया हो अथवा दक्षिण भारत का भूला-भटका साधु निश्चित स्थान पाकर चुपचाप नाक से हवा खींच-खींचकर प्राणायाम कर रहा हो।

फिर मैंने शायद एक-दो बार और भी उसको कठपुतले की भाँति डोल-डोलकर सड़क को पार करते या मुहल्ले के एक-दो मकानों के सामने चक्कर लगाते या बैठकर हाँफते हुए देखा। इसके अलावा मैं उसके बारे में उस समय तक कुछ नहीं जानता था।

रात के लगभग दस बजे खाने के बाद बाहर आकर लेटा था। चैत का महीना, हवा तेज चल रही थी। चारों ओर घुप अँधियारा। प्रारंभिक झपकियाँ ले ही रहा था कि 'मारो-मारो' का हल्ला सुनकर चौंक पड़ा। यह शोरगुल बढ़ता गया। मैं तत्काल उठ बैठा। शायद आवाज शिवनाथ बाबू के मकान की ओर से आ रही थी। जल्दी से पाँव चप्पल में डाल उधर को चल पड़ा।

मेरा अनुमान ठीक था। शिवनाथ बाबू के मकान के सामने ही भीड़ लगी थी। मुहल्ले के दूसरे लोग भी शोरगुल सुनकर अपने घरों से भागे चले आ रहे थे। मैंने भीतर घुसकर देखा और कुछ चकित रह गया। खँडहर का वही भिखमंगा था। शिवनाथ बाबू का लड़का रघुवीर उस भिखमंगे की दोनों बाँहों को पीछे से पकड़े हुए था और दो-तीन व्यक्ति आँख मूँद तथा उछल-कूदकर बेतहाशा पीट रहे थे। शिवनाथ बाबू तथा अन्य लोग उसे भयजन्य क्रोध से आँखें

फाड़-फाड़कर घूर रहे थे।

भिखमंगा नाटा था। गाल पिचके हुए, आँखें धँसी हुईं, और छाती की हड्डियाँ साफ बाँस की खपचियों की तरह दिखाई दे रही थीं। पेट नाँद की तरह फूला हुआ। मार पड़ने पर वह बेतहाशा चिल्ला रहा था, "मैं बरई हूँ, बरई हूँ, बरई हूँ···"

"साला छँटा हुआ चोर है, साहब!" शिवनाथ बाबू मेरे पास सरक आए थे, "पर यह हमारा-आपका दोष है कि आदमी नहीं पहचानते। गरीबों को देखकर हमारा-आपका दिल पसीज जाता है और मौका-बे-मौका खुद्दी-चुन्नी, साग-सत्तू दे ही दिया जाता है। आपने तो इसको देखा ही होगा, मालूम होता था महीनों से खाना नहीं मिला है, पर कौन जानता था कि साला ऐसा निकलेगा। हरामी का पिल्ला···!" फिर भिखमंगे की ओर मुड़कर गरज पड़े, "बता साले, साड़ी कहाँ रखी है? नहीं वह मार पड़ेगी कि नानी याद आ जाएगी।"

उनका गला जोर से चिल्लाने के कारण किंचित बैठ गया था, इसलिए संभवतः थककर वह चुप हो गए। पीटनेवालों ने भी इस समय पीटना बंद कर दिया था, लेकिन शिवनाथ बाबू के वक्तव्य से रामजी मिश्र का शोहदा पहलवान लड़का शंभु अत्यधिक प्रभावित मालूम पड़ा। वह अभी-अभी आया था और शिवनाथ बाबू का बयान समाप्त होते ही आव देखा न ताव, भीड़ में से आगे लपक, जूता हाथ में ले, गंदी गालियाँ देते हुए भिखमंगे को पीटना शुरू कर दिया।

"एक-डेढ़ हफ्ते से मुहल्ले में आया हुआ है," शिवनाथ बाबू जैसे निश्चिंत होकर फिर बोले, "लालची कुत्तों की तरह इधर-उधर घूमा करता था, सो हमारे घर में दया आ गई। एक रोज उसे बुलाकर उन्होंने कटोरे में दाल-भात-तरकारी खाने को दे दी। बस क्या था, परच गया। रोज आने लगा। खैर, कोई बात नहीं थी, आपकी दया से ऐसे दो-तीन भर-भिखमंगे रोज ही खाकर दुआ दे जाते हैं। यह घर में आने लगा तो मौका पड़ने पर एकाध काम भी कर देता था, अब यह किसको पता था क़ि आज यह घर से नई साड़ी चुरा लेगा।"

"आपको ठीक से पता है कि साड़ी इसी ने चुराई है?"

मेरे इस प्रश्न से वे बिगड़ गए। बोले, "आप भी खूब बात करते हैं! यही पता लग गया तो चोर कैसा? मैं तो खूब जानता हूँ कि ये सब चोरी का माल होशियारी से छिपा देते हैं और जब तक इनकी बड़ी पिटाई न की जाए, कुछ नहीं बताते। अब यही समझिए कि करीब नौ बजे साड़ी गायब हुई। जमुना का

कहना है कि उसी समय उसने इसको किसी सामान के साथ घर से निकलते हुए देखा। फिर मैं यह पूछता हूँ कि आज दस वर्ष से मेरे घर का दरवाजा इसी तरह खुला रहता है, लेकिन कभी चोरी नहीं हुई। आज ही कौन-सी नई बात हो गई कि वह आया नहीं और मुहल्ले में चोरी-बदमाशी शुरू हो गई! अरे, मैं इन सालों को खूब जानता हूँ।''

वह भिखमंगा अब भी तेज मार पड़ने पर चिल्ला उठता, ''मैं बरई हूँ, बरई हूँ, बरई हूँ...'' स्पष्ट था कि इतने लोगों को देखकर वह काफी भयभीत हो गया था और अपने समर्थन में कुछ न पाकर बेतहाशा अपनी जाति का नाम ले रहा था, जैसे हर जाति के लोग चोर हो सकते हैं, लेकिन बरई कतई नहीं हो सकते।

नए लोग अब भी आ रहे थे। वे क्रोध और उत्तेजना में आकर उसे पीटते और फिर भीड़ में मिल जाते। और जब लगातार मार पड़ने पर भी उसने कुछ नहीं बताया तो लोग खामखाह थक गए। कुछ लोग वहाँ से सरकने भी लगे। किसी ने उसे पेड़ से बाँधने और किसी ने पुलिस के सुपुर्द करने की सलाह दी। मैं भी कुछ ऐसी ही सलाह देकर खिसकना चाहता था कि शिवनाथ बाबू का मँझला लड़का योगेंद्र दौड़ता हुआ आया और अपने पिता जी को अलग ले जाते हुए फुस-फुस कुछ बातें कीं।

कुछ देर बाद शिवनाथ बाबू जब वापस आए तो उनके चेहरे पर हवाइयाँ-सी उड़ रही थीं। एक-दो क्षण इधर-उधर तथा मेरी ओर बेचारे की तरह देखने के बाद वह बोले, ''अच्छा, इस बार छोड़ देते हैं। साला काफी पा चुका है, आइंदा ऐसा करते चेतेगा।''

लोग शिवनाथ बाबू को बुरा-भला कहकर रास्ता नापने लगे। मैंने उनकी ओर मुस्कराकर देखा तो मेरे पास आकर झेंपते हुए बोले, ''इस बार तो साड़ी घर में ही मिल गई है, पर कोई बात नहीं। चमार-सियार डाँट-डपट पाते ही रहते हैं। अरे, इस पर क्या पड़ी है, चोर-चाई तो रात-रात-भर मार खाते हैं और कुछ भी नहीं बताते।'' फिर बाईं आँख को खूबी से दबाते हुए दाँत खोलकर हँस पड़े, ''चलिए साहब, नीच और नींबू को दबाने से ही रस निकलता है!''

कभी-कभी मुझे आश्चर्य होता है कि उस दिन की पिटाई के बाद भी खँडहर का वह भिखमंगा मुहल्ले में टिके रहने की हिम्मत कैसे कर सका? हो सकता है, उसने सोच हो कि निर्दोष छूट जाने के बाद मुहल्ले के लोगों का विश्वास और सहानुभूति उसको प्राप्त हो जाएगी और दूसरी जगह उसी अनिश्चितता का सामना करना पड़ेगा।

चाहे जो हो, उसके प्रति मेरी दिलचस्पी अब और बढ़ गई थी। मैं उसको

खँडहर में बैठकर कुछ खाते या चुपचाप सोते या मुहल्ले से डग-डग सरकते हुए देखता। लोग अब उसको कुछ-न-कुछ दे देते। बचा हुआ बासी या जूठा खाना पहले कुत्तों या गाय-भैंसों को दे दिया जाता, परंतु अब औरतें बच्चों को दौड़ा देतीं कि जाकर भिखमंगे को दे आएँ। कुछ लोगों ने तो उसको कोई पहुँचा हुआ साधु-महात्मा तक कह डाला।

और धीरे-धीरे उसने खँडहर का परित्याग कर दिया और आम सहानुभूति एवं विश्वास का आश्चर्यजनक लाभ उठाते हुए, जब वह किसी-न-किसी ओसारे या दालान में जमीन पर सोने-बैठने लगा तो लोग उससे हल्के-फुल्के काम भी लेने लगे। दया-माया के मामले में शिवनाथ बाबू से पार पाना टेढ़ी खीर है, किंतु भिखमंगा उनके दरवाजे पर जाता ही न था।

लेकिन एक दिन उन्होंने किसी शुभमुहूर्त में उसे सड़क से गुजरते समय संकेत से अपने पास बुलाया और तिरछी नजर से देखते हुए, मुस्कराकर बोले, "देख बे, तूने चाहे जो भी किया, हमसे तो यह सब नहीं देखा जाता। दर-दर भटकता रहता है। कुत्ते-सुअर का जीवन जीता है। आज से इधर-उधर भटकना छोड़, आराम से यहीं रह और दोनों जून भरपेट खा।"

पता नहीं, यह शिवनाथ बाबू के स्नेह से संभव हुआ या डर से, पर भिखमंगा उनके यहाँ स्थाई रूप से रहने लगा। उन्हीं के यहाँ उसका नामकरण भी हुआ। उसका नाम गोपाल था, लेकिन शिवनाथ बाबू के दादा का नाम गोपालसिंह था, इसलिए घर की औरतों की जबान से वह नाम उतरता ही न था। उन्होंने उसको 'रजुआ' कहना आरंभ किया और धीरे-धीरे यही नाम सारे मुहल्ले में प्रसिद्ध हो गया।

किंतु रजुआ के भाग्य में बहुत दिनों तक शिवनाथ बाबू के यहाँ टिकना न लिखा था। बात यह है कि मुहल्ले के लोगों को यह कतई पसंद न था कि केवल दोनों जून भोजन पर रजुआ शिवनाथ बाबू की सेवा करे। जब भगवान ने उनके बीच एक नौकर भेज ही दिया था तो उस पर उनका भी उतना ही अधिकार था और उन्होंने मौका देखकर उसको अपनी सेवा करने का अवसर देना आरंभ कर दिया। वह शिवनाथ बाबू के किसी काम से जाता तो रास्ते में कोई-न-कोई उसको पैसे देकर किसी काम की फरमाइश कर देता और यदि वह आनाकानी करता तो संबंधित व्यक्ति बिगड़कर कहता, "साला, तू शिवनाथ बाबू का गुलाम है? वह क्या कर सकते हैं? मेरे यहाँ बैठकर खाया कर, वह क्या खिलाएँ, बासी भात ही तो देते होंगे!"

रजुआ शिवनाथ बाबू से अब भी डरता था, इसीलिए उनसे छिपाकर ही

वह अन्य लोगों का काम करता। किंतु उसको पीटने का और व्यक्तियों को भी उतना ही अधिकार था। एक बार जमुनालाल के लड़के जंगी ने रजुआ से तीन-चार आने की लकड़ी लाने के लिए कहा और रजुआ फौरन आने का वायदा करके चला गया। पर वह शीघ्र न आ सका, क्योंकि शिवनाथ बाबू के घर की औरतों ने उसे इस या उस काम में बाँध रखा। बाद में वह जब जमुनालाल के यहाँ पहुँचा तो जंगी ने पहला काम यह किया कि दो थप्पड़ उसके गाल पर जड़ दिए, फिर गरजकर बोला, "सुअर, धोखा देता है ? कह देता नहीं आऊँगा। अब आज मैं तुझसे दिन-भर काम कराऊँगा, देखें कौन साला रोकता है ! आखिर हम भी मुहल्ले में रहते हैं कि नहीं ?"

और सचमुच जंगी ने उससे दिन-भर काम लिया। शिवनाथ बाबू को सब पता लग गया, लेकिन उनकी उदार व्यावहारिक बुद्धि की प्रशंसा किए बिना नहीं रहा जाता, क्योंकि उन्होंने चूँ तक नहीं की।

ऐसी ही कई घटनाएँ हुईं, पर रजुआ पर किसी का स्थाई अधिकार निश्चित न हो सका। उसकी सेवाओं की उपयोग-संबंधी खींचातानी से उसका समाजीकरण हो गया। मुहल्ले का कोई भी व्यक्ति उसे दो-चार रुपए देकर स्थाई रूप से नौकर रखने को तैयार न हुआ, क्योंकि वह इतना शक्तिशाली कतई न था कि चौबीस घंटे नौकर की महान जिम्मेदारियाँ सँभाल सके। वह तेजी के साथ पचीस-पचास गगरे पानी न भर सकता था, बाजार से दौड़कर भारी सामान-सौदा न ला सकता था, अतएव लोग उससे छोटा-मोटा काम ले लेते और इच्छानुसार उसे कुछ-न-कुछ दे देते। अब न वह शिवनाथ बाबू के यहाँ टिकता और न जमुनालाल के यहाँ, क्योंकि उसको कोई टिकने ही न देता। इसको रजुआ ने भी समझ लिया और मुहल्ले के लोगों ने भी। वह अब किसी व्यक्ति-विशेष का नहीं, बल्कि सारे मुहल्ले का नौकर हो गया।

रजुआ के लिए छोटे-मोटे कामों की कमी न थी। किसी के यहाँ खा-पीकर वह बाहर की चौकी या जमीन पर सो रहता और सवेरे उठता तो मुहल्ले के लोग उसका मुँह जोहते। नौकर-चाकर किसी के यहाँ बहुत दिनों तक टिकते नहीं थे और वे भाग-भागकर रिक्शे चलाने लगते या किसी मिल या कारखाने में काम करने लगते। दो-चार व्यक्तियों के यहाँ ही नौकर थे, अन्य घरों में कहार पानी भर देता, लेकिन वह गगरों के हिसाब से पानी देता और यदि एक गगरा भी अधिक दे देता तो उसका मेहनताना पाई-पाई वसूल कर लेता। इस स्थिति में रजुआ का आगमन जैसे भगवान का वरदान था।

लोग उससे छोटा-बड़ा काम लेकर इच्छानुसार उसको मजदूरी चुका देते।

यदि उसने कोई छोटा काम किया तो उसे बासी रोटी या भात या भुना हुआ चना या सत्तु दे दिया जाता और वह एक कोने में बैठकर चापुड़-चापुड़ खा-फाँक लेता। अगर कोई बड़ा काम कर देता तो एक जून का खाना मिल जाता, पर उसमें अनिवार्य रूप से एकाध चीज बासी रहती और कभी-कभी तरकारी या दाल नदारत होती। कभी भात-नमक मिल जाता, जिसे वह पानी के साथ खा जाता। कभी-कभी रोटी-अचार और कभी-कभी तो सिर्फ तरकारी ही खाने या दाल पीने को मिलती। कभी खाना न होने पर दो-चार पैसे मिल जाते या मोटा-पुराना कच्चा चावल या दाल या चार-छः आलू। कभी उधार भी चलता। वह काम कर देता और उसके एवज में फिर किसी दिन कुछ-न-कुछ पा जाता।

इसी बीच वह मेरे घर भी आने लगा था, क्योंकि मेरी श्रीमती जी बुद्धि के मामले में किसी से पीछे न थीं। रजुआ आता और काम करके चला जाता। एक-दो बार मुझसे भी मुठभेड़ हुई, पर कुछ बोला नहीं।

कोई छुट्टी का दिन था। मैं बाहर बैठा एक किताब पढ़ रहा था कि इतने में रजुआ भीतर आया और कौने में बैठकर कुछ खाने लगा। मैंने घूमकर एक निगाह उस पर डाली। उसके हाथ में एक रोटी और थोड़ा-सा अचार था और वह सूअर की भाँति चापुड़-चापुड़ खा रहा था। बीच-बीच में वह मुस्करा पड़ता, जैसे कोई बड़ी मंजिल सर करके बैठा हो।

मैं उसकी ओर देखता रहा और मुझे वह दिन याद आ गया, जब चोरी के अभियोग में उसकी पिटाई हुई थी। जब वह खाकर उठा तो मैंने पूछा, "क्यों रे रजुआ, तेरा घर कहाँ है?"

वह सकपकाकर खड़ा हो गया, फिर मुँह टेढ़ा करके बोला, "सरकार, रामपुर का रहनेवाला हूँ!" और उसने दाँत निपोर दिए।

"गाँव छोड़कर यहाँ क्यों चला आया?" मैंने पुनः प्रश्न किया।

क्षण-भर वह असमंजस में मुझे खड़ा ताकता रहा, फिर बोला, "पहले रसड़ा में था, मालिक!"

जैसे रामपुर से सीधे बलिया आना कोई अपराध हो। उसके लिए संभवतः 'क्यों' का कोई महत्त्व नहीं था, जैसे गाँव छोड़ने का जो भी कारण हो, वह अत्यंत सामान्य एवं स्वाभाविक था और वह न उसके बताने की चीज थी और न किसी के समझने की।

"रामपुर में कोई है तेरा?" मैंने एक-दो क्षण उसको गौर से देखने के बाद दूसरा सवाल किया।

"नहीं मालिक, बाप और दो बहनें थीं, ताऊन में मर गईं।" वह फिर दाँत निपोरकर हँस पड़ा।

उसके बाद मैंने कोई प्रश्न नहीं किया। हिम्मत नहीं हुई। वह फौरन वहाँ से सरक गया और मेरा हृदय कुछ अजीब-सी घृणा से भर उठा। उसकी खोपड़ी किसी हलवाई की दुकान पर दिन में लटकते काले गैस-लैंप की भाँति हिल डुल रही थी। हाथ-पैर पतले, पेट अब भी हँडिया की तरह फूला हुआ और सारा शरीर निहायत गंदा एवं घृणित··· मेरी इच्छा हुई, जाकर बीवी से कह दूँ कि इससे काम न लिया करो, यह रोगी है··· फिर टाल गया, क्योंकि इसमें मेरा ही घाटा था। मैं जानता था कि नौकरों की कितनी किल्लत थी और रजुआ के रहने से इतना आराम हो गया था कि मैं हर पहली या दूसरी तारीख को राशन, मसाला आदि खरीदकर महीने-भर के लिए निश्चिंत हो जाता।

"इनखिलाफ जिंदाबाद ! महात्मा गान्ही की जै !"

कुछ महीने बाद एक दिन जब मैं अपने कमरे में बैठा था कि मुझे रजुआ के नारे लगाने और फिर 'ही-ही' हँसने की आवाज सुनाई दी।

मैं चौंका और मैंने सुना, आँगन में पहुँचकर वह जोर से कह रहा है, "मलिकाइन, थोड़ा नमक होगा, रामबली मिसिर के यहाँ से रोटियाँ मिल गई हैं, दाल बनाऊँगा।"

मेरी पत्नी चूल्हे-चौके में लगी हुई थी। उसने कुछ देर बाद उसको नमक देते हुए पूछा, "रजुआ, सच बताना, तुझे नहाए हुए कितने दिन हो गए ?"

"खिचड़ी की खिचड़ी नहाता हूँ न, मलिकाइन जी !" वह नमक लेकर बोला और हँसते हुए भाग गया।

मैं कमरे में बैठा यह सब सुन रहा था। संभवतः उसको मेरी उपस्थिति का ज्ञान न था, अन्यथा वह ऐसी बातें न करता। लेकिन यह बात साफ थी कि अब वह मुहल्ले में जम गया है। उसको खाने-पीने की चिंता नहीं है। इतना ही नहीं, अब वह मुहल्ले-भर से शह पा रहा है। लोग अब उससे हँसी-मजाक भी करने लगे हैं और उसे मारे-पीटे जाने का किंचित मात्र भी भय नहीं। अवश्य यही बात थी और वह स्थिति में परिवर्तन से लाभ उठाते हुए ढीठ हो गया था। इसीलिए उसने अपने आगमन की सूचना देने के लिए राजनीतिक नारे लगाए थे, जैसे वह कहना चाहता हो कि मैं हँसी-मजाक का विषय हूँ, लोग मुझसे मजाक करें, जिससे मेरे हृदय में हिम्मत और ढाँढ़स बँधे।

मुझे बड़ा ही आश्चर्य हुआ। लेकिन कुछ ही दिन बाद मैंने उसकी एक और हरकत देखी, जिससे मेरे अनुमान की पुष्टि होती थी।

सायंकाल दफ्तर से आ रहा था कि जीउतराम के गोले के पास मैंने रजुआ की आवाज सुनी। पतिया की स्त्री बर्तन माँज रही थी और उसके पास खड़ा रजुआ टेढ़ा मुँह करके बोल रहा था, ''सलाम हो भौजी, समाचार है न!'' अंत में बेमतलब 'ही-ही' हँसने लगा।

पतिया की बहू ने थोड़ा मुस्की काटते हुए सुनाया, ''दूर हो पापी, समाचार पूछने का तेरा ही मुँह है? चला जा, नहीं तो झूठ की काली हाँडी चलाकर वह मारूँगी कि सारी लफंगई···'' यहाँ उसने एक गंदे मुहावरे का इस्तेमाल किया।

लेकिन, मालूम पड़ता है कि रजुआ इतने ही से खुश हो गया, क्योंकि वह मुँह फैलाकर हँस पड़ा और फिर तुरंत उसने दो-तीन बार सिर को ऊपर झटका देते हुए ऐसी किलकारियाँ लगाईं जैसे घास चरता हुआ गदहा अचानक सिर उठाकर ढीचूँ-ढीचूँ कर उठता है।

फिर तो यह उसकी आदत हो गई। सारे मुहल्ले की छोटी जातियों की औरतों से उसने भौजाई का संबंध जोड़ लिया था। उनको देखकर वह कुछ हल्की-फुल्की छेड़खानी कर देता, और तब वह गधे की भाँति ढीचूँ-ढीचूँ कर उठता।

कुएँ पर पहुँचकर वह किसी औरत को कनखी से निहारता और अंत में पूछ बैठता, ''यह कौन है? अच्छा, बड़की भौजी हैं? सलाम, भौजी। सीताराम, सीताराम, राम-राम जपना पराया माल अपना।'' इतना कह वह दुष्टतापूर्वक हँस पड़ता।

वह किसी काम से जा रहा होता, पर रास्ते में किसी औरत को बर्तन माँजते या अपने दरवाजे पर बैठे हुए या कोई काम करते हुए देख लेता तो एक-दो मिनट के लिए वहाँ पहुँच जाता, बेहया की तरह हँसकर कुशल-क्षेम पूछता और अंत में झिड़की-गाली सुनकर किलकारियाँ मारता हुआ वापस चला जाता। धीरे-धीरे वह इतना सहक गया कि नीची जाति की किसी जवान स्त्री को देखकर, चाहे वह जान-पहचान की हो या न हो, दूर से ही हिचकी दे-देकर किलकने लगता।

मेरी तरह मुहल्ले के अन्य लोगों ने भी उसके इस परिवर्तन पर गौर किया था, और संभवतः इसी कारण लोग उसे रजुआ से 'रजुआ साला' कहने लगे। अब कोई बात कहनी होती, कितने गंभीर काम के लिए पुकारना होता, लोग उसे 'रजुआ साला' कहकर बुलाते और अपने काम की फरमाइश करके हँस

पड़ते। उनकी देखा-देखी लड़के भी ऐसा ही करने लगे, जैसे 'साला' कहे बिना रजुआ का कोई अस्तित्व ही न हो। और इससे रजुआ भी बड़ा प्रसन्न था, जैसे इससे उसके जीवन की अनिश्चितता कम हो रही हो और उस पर अचान्क कोई संकट आने की संभावना संकुचित होती जा रही हो।

और अब लोग उसे चिढ़ाने भी लगे।

"क्यों बे रजुआ साला, शादी करेगा?" लोग उसे छेड़ते। रजुआ उनकी बातों पर 'खी-खी' हँस पड़ता और फिर अपनी आदत के अनुसार सिर को ऊपर की ओर दो-तीन बार झटके देता हुआ तथा मुँह से ऐसी हिचकी की आवाज निकालता हुआ, जो अधिक कड़वी चीज खाने पर निकलती है, चलता बनता। वह समझ गया था कि लोग उसे देखकर खुश होते हैं और अब वह सड़क पर चलते, गली से गुजरते, घर में घुसते, काम की फरमाइश लेकर घर से निकलते और कुएँ पर पानी भरते समय जोरों से चिल्लाकर उस समय के प्रचलित राजनीतिक नारे लगाता या कबीर की कोई गलत-सलत बानी बोलता या किसी सुनी हुई कविता या दोहे की एक-दो पंक्तियाँ गाता। ऐसा करते समय वह किसी की ओर देखता नहीं, बल्कि टेढ़ा मुँह करके जमीन की ओर देखता हुआ मुँह फैलाकर हँसे जाता, जैसे वह दिमाग की आँखों से देख रहा हो कि उसकी हरकतों को बहुत-से लोग देख-सुनकर प्रसन्न हो रहे हैं।

सांयकाल दफ्तर से आने और नाश्ता-पानी करने के बाद मैं हवा-खोरी करने निकल जाता हूँ। रेलवे लाइन पकड़कर बाँसडीह की ओर जाना मुझे सबसे अच्छा लगता है। सरयू पार करके गांगा जी के किनारे घूमना-टहलना कम आनंददाई नहीं है, लेकिन उसमें सबसे बड़ी कठिनाई यह है कि बरसात में दोनों नदियाँ बढ़कर समुद्र का रूप ले लेती हैं और जाड़े में इतने दलदल मिलते हैं कि जाने की हिम्मत नहीं होती। लेकिन कभी-कभी ऐसा भी होता है कि मुझे देर हो जाती है या अधिक चलने-फिरने की कोई इच्छा नहीं होती और स्टेशन के प्लेटफार्म का चक्कर लगाकर वापस लौट आता हूँ।

पंद्रह-बीस दिन के बाद एक दिन सायंकाल स्टेशन के प्लेटफार्म पर टहलने लगा। स्टेशन के फाटक से प्लेटफार्म पर आने के बाद मैं बाईं तरफ जी.आर.पी. की चौकी की ओर बढ़ चला। किंतु कुछ कदम ही चला था कि मेरा ध्यान रजुआ की ओर गया, जो मुझसे कुछ दूर आगे था। वह भी उधर ही जा रहा था। मुझे कुछ आश्चर्य नहीं हुआ, क्योंकि शहर के काफी लोग

दिशा-मैदान के लिए कटहर नाला जाते थे, जो स्टेशन के पास ही बहता है। मैं धीरे-धीरे चलने लगा।

पर रजुआ कटहर नाला नहीं गया, बल्कि जी. आर. पी. की चौकी के पास कुछ ठिठककर खड़ा हो गया। अब मुझे कुछ आश्चर्य हुआ। क्या वह किसी मामले में पुलिसवालों के चक्कर में आ गया है ? मेरी समझ में कुछ न आया और उत्सुकतावश मैं तेज चलने लगा। आगे बढ़ने पर स्थिति कुछ-कुछ समझ में आने लगी।

चौकी के सामने एक बेंच पर बैठे पुलिस के दो-तीन सिपाही कोई हँसी-मजाक कर रहे थे और उनसे थोड़ी ही दूरी पर नीचे एक नंगी औरत बैठी हुई थी। वह औरत और कोई नहीं, एक पगली थी, जो कई दिनों से शहर का चक्कर काट रही थी। उसको मैंने कई बार चौक में तथा एक बार सरयू के किनारे देखा था। उसकी उम्र लगभग तीस वर्ष होगी। और वह बदसूरत, काली तथा निहायत गंदी थी। वह जहाँ जाती, कुछ लफंगे 'हा-हू' करते उसके पीछे हो जाते। वे उसको चिढ़ाते, उस पर ईंट फेंकते और जब वह तंग आकर चीखती-चिल्लाती भागती तो लड़के उसके पीछे दौड़ते।

रजुआ उस पगली के पास ही खड़ा था। वह कभी शंकित आँखों से पुलिसवालों को देखता, फिर मुँह फैलाकर हँस पड़ता और मुटर-मुटर पगली को ताकने लगता। परंतु पुलिसवाले संभवतः उसकी ओर ध्यान न दे रहे थे।

मुझे बड़ी शर्म मालूम हुई, किंतु मैं इतना समीप पहुँच गया था कि अचानक घूमकर लौटना संभव न हो सका। असली बात जानने की उत्सुकता भी थी। मैं शून्य की ओर देखता हुआ आगे बढ़ा, लेकिन लाख कोशिश करने पर भी दृष्टि उधर चली ही जाती।

रजुआ शायद पुलिसवालों की लापरवाही का फायदा उठाते हुए आगे बढ़ गया था सिर नीचे झुकाकार अत्यंत ही प्रसन्न होकर हँसते हुए पुचकारती आवाज में पूछ रहा था, "क्या है पागलराम, भात खाओगी ?"

इतने में पुलिसवालों में से एक ने कड़ककर प्रश्न किया, "कौन है बे साला, चलता बन, नहीं तो मारते-मारते भूसा बना दूँगा।"

रजुआ वहाँ से थोड़ा हट गया और हँसते हुए बोला, "मालिक, मैं रजुआ हूँ।"

"भाग जा साले, गिद्ध की तरह न मालूम कहाँ से आ पहुँचा।" संभवतः दूसरे सिपाही ने कहा और फिर वे सभी ठहाका मारकर हँस पड़े।

मैं अब काफी आगे निकल गया था और इससे अधिक मुझे कुछ सुनाई न

पड़ा। मैं जल्दी-जल्दी प्लेटफार्म से बाहर निकल गया।

किंतु, मामला यहीं समाप्त नहीं हो गया। घर आकर मैंने आँगन में चारपाई डाल, बड़ी मुश्किल से आधा घंटा आराम किया होगा कि मेरी पत्नी भागती हुई आई और कुछ मुसकराती हुई तेजी से बोली, "अरे, ज़रा जल्दी से बाहर आइए तो, एक तमाशा दिखाती हूँ। हमारी कसम, ज़रा जल्दी उठिए।"

मैं अनिच्छापूर्वक उठा और बाहर आकर जो दृश्य देखा उससे मेरे हृदय में एक ही साथ आश्चर्य एवं घृणा के ऐसे भाव उठे जिन्हें मैं व्यक्त नहीं कर सकता। रजुआ स्टेशन की नंगी पगली के आगे-आगे आ रहा था। पगली कभी इधर-इधर देखने लगती या खड़ी हो जाती तो रजुआ पीछे होकर पगली की अँगुली पकड़कर थोड़ा आगे ले आता और फिर उसे छोड़कर थोड़ा आगे चलने लगता तथा पीछे घूम-घूमकर पगली से कुछ कहता जाता। इसी तरह वह पगली को सड़क की दूसरी ओर स्थित क्वार्टरों की छत पर ले गया। वे क्वार्टर मेरे मकान के सामने दूसरी पटरी पर बने थे और वे एक-दूसरे से सटे थे। उनकी छतें खुली थीं और उन पर मुहल्ले के लोग जाड़े में धूप लिया करते और गर्मी में रात को लावारिस लफंगे सोया करते थे।

तभी रजुआ नीचे उतरा, किंतु पगली उसके साथ न थी। हम लोगों की उत्सुकता बढ़ गई थी कि देखें, वह आगे क्या करता है। हम लोग वहीं खड़े रहे और रजुआ तेजी से स्टेशन की ओर गया तथा कुछ ही देर में वापस भी आ गया। इस बार उसके हाथ में एक दोना था। दोना लेकर वह ऊपर चढ़ गया और हम समझ गए कि वह पगली को खिलाने के लिए बाजार से कुछ लाया है।

इसके बाद दो-तीन दिन तक रजुआ को मैंने मुहल्ले में नहीं देखा। उस दिन की घटना से हृदय में एक उत्सुकता बनी हुई थी, इसलिए एक दिन मैंने अपनी पत्नी से पूछा, "क्या बात है, रजुआ आजकल दिखाई नहीं देता। अब यहाँ नहीं आता क्या?"

पत्नी ने थोड़ा चौंककर उत्तर दिया, "अरे, आपको नहीं मालूम, उसको किसी ने बुरी तरह पीट दिया है और वह बरन की बहू के यहाँ पड़ा हुआ है।"

"क्यों, क्या बात है?" मैंने अपनी उत्सुकता प्रकट किए बिना धीमे स्वर में पूछा।

पत्नी ने मुस्कराकर बताया, "अरे, वही बात है। रजुआ उस पगली को छत पर छोड़ नरसिंह बाबू के यहाँ काम करने लगा। नरसिंह बाबू की स्त्री बताती हैं कि वह उस दिन बड़ा गंभीर था और काम करते-करते चहककर जैसे किलकारी मारता है, वैसे नहीं करता था। उसकी तबीयत काम में नहीं लगती

थी। वह एक काम करता और मौका देख कोई बहाना बनाकर क्वार्टर की छत पर जाकर पगली का समाचार ले आता। नरसिंह बाबू की स्त्री ने जब उसे खाना दिया तो उसने वहाँ भोजन नहीं किया, बल्कि खाने को एक कागज में लपेटकर अपने साथ लेता गया। उसने वह खाना खुद थोड़े खाया, बल्कि उसको वह ऊपर छत पर ले गया। रात के करीब ग्यारह बजे की बात है। रजुआ जब ऊपर पहुँचा तो देखा कि पगली के पास कोई दूसरा सोया है। उसने आपत्ति की तो उसको उस लफंगे ने खूब पीटा और पगली को लेकर कहीं दूसरी जगह चला गया।''

''तुम्हें यह सब कैसे मालूम हुआ ?'' मेरा हृदय एक अनजान क्रोध से भरा आ रहा था।

''बरन की बहू बता रही थी।'' पत्नी ने उत्तर दिया और अकारण ही हँस पड़ी।

बहुत दिन हो गए थे। गर्मी का मौसम था और भयंकर लू चलना शुरू हो गई थी। छत पर मार खाने के चार-पाँच दिन बाद रजुआ फिर मुहल्ले में आकर काम करने लगा था। लेकिन उसमें एक जबर्दस्त परिवर्तन यह हुआ कि उसका स्त्रियों के साथ छेड़खानी करके गधे की भाँति हिचकना-किलकना बंद हो गया।

''रजुआ ने आजकल दाढ़ी क्यों रख छोड़ी है ?'' मैंने पत्नी से पूछा।

रजुआ की बात छिड़ने पर मेरी बीवी अवश्य हँस देती। मुस्कराकर उसने उत्तर दिया, ''आजकल वह भगत हो गया है। बरन की बहू को उसके कृत्य की सजा देने को उसने दाढ़ी बढ़ा ली है और रोजाना शनीचरी देवी पर जल चढ़ाता है।''

मेरे प्रश्नसूचक दृष्टि से देखने पर पत्नी ने अपनी बात स्पष्ट की, ''बात यह है कि रजुआ पिछले कुछ महीनों से रात को बरन की बहू के यहाँ ही सोता था और उससे बुआ का रिश्ता भी उसने जोड़ लिया था। रजुआ दो-चार आने जो कुछ कमाता, वह अपनी 'बुआ' के यहाँ जमा करता जाता। वह बताता है कि इस तरह करते-करते दस रुपए तक इकट्ठे हो गए हैं। एक बार उसने बरन की बहू से अपने रुपए माँगे तो वह इनकार कर गई कि उसके पास रजुआ की एक पाई भी नहीं। रजुआ के दिल को इतनी चोट लगी कि उसने दाढ़ी रख ली। वह कहता है कि जब तक बरन की बहू को कोढ़ न फूटेगा, वह दाढ़ी न मुड़ाएगा।

इसी काम के लिए वह शनीचरी देवी पर रोज जल भी चढ़ाता है।"

शनीचरी देवी का जहाँ तक संबंध है, मुझे अब खयाल आया। शनीचरी अपने जमाने की एक प्रचंड डोमिन थी। ताड़का की तरह लंबी-तगड़ी और लड़ने-झगड़ने में उस्ताद। वह किसी से भी नहीं डरती थी और नित्य ही किसी-न-किसी से मोर्चा लेती थी। एक बार किसी लड़ाई में एक डोम ने शनीचरी की खोपड़ी पर एक लट्ठ जमा दिया, जिससे उसका प्राणांत हो गया। लेकिन एक-डेढ़ हफ्ते बाद ही उस डोम के चेचक निकल आई और वह मर गया। लोगों ने उसकी मृत्यु का कारण शनीचरी का प्रकोप समझा। डोमों ने श्रद्धा में उसका चबूतरा बना दिया और तब से वह छोटी जातियों में शनीचरी माता या शनीचरी देवी के नाम से प्रसिद्ध हो गई थी।

मैं कुछ नहीं बोला, लेकिन पत्नी ने संभवतः कुछ उदास स्वर में कहा, "उसको आजकल थोड़ा बुखार रहता है। उसका विश्वास है कि बरन की बहू ने उस पर जादू-टोना कर दिया है। वह कहता है कि शनीचरी बहुत चलती देवी हैं। अरे, एक महीने में ही बरन की बहू कोढ़ से फूट-फूटकर मरेगी।"

पता नहीं, उसका ज्वर टूटा कि नहीं, मैंने जानने की कोशिश भी नहीं की। बीमार तो वह सदा ही का था। सोचा, शायद उतर गया हो, क्योंकि काम तो वह उसी तरह कर रहा था। हाँ, बीच में उसके चेहरे पर जो चुस्ती और खुशी चमक-चमक उठती, वह तिरोहित हो गई थी! न वह उतना चहकता था, न उतना बोलता था। अपेक्षाकृत वह अधिक गंभीर और सुस्त हो गया।

उसकी रुचि धर्म की ओर मुड़ गई और शनीचरी देवी की मन्नत मानते वह अच्छा-भला भगत बन बैठा।

मेरे घर के सामने, सड़क की दूसरी ओर क्वार्टर में एक पंडित जी रहते हैं। यों तो वह लकड़ियाँ बेचते हैं, लेकिन साथ-साथ सत्तू-नमक-तेल वगैरह भी रखते हैं। फलस्वरूप उनके यहाँ इक्के-ताँगेवालों और गाड़ीवानों की भीड़ लगी रहती है, जो पंडित जी के यहाँ से सत्तू लेकर अपनी भूख मिटाते हैं और उनकी दुकान के छायादार नीम के नीचे पाँच-दस मिनट विश्राम करते हुए ठट्ठा-मजाक भी करते हैं। रात को वहीं उनकी मजलिस लगती है।

उस रात गर्मी इतनी थी कि आँगन में दम घुटा जा रहा था। मैं खाने के पश्चात चारपाई को घसीटते हुए लगभग सड़क के किनारे ले गया। उमस तो यहाँ भी थी, पर अपेक्षाकृत शांति मिली।

मुझे लेटे हुए अभी दो-चार मिनट ही बीते होंगे की पंडित जी की दुकान से आती हुई आवाज सुनाई पड़ी, "तो का हो रज्जू भगत, गोसाईं जी का कह गए

हैं ? महाबीर जी समुंदर में कूदते हैं तो ताड़का महरानी का कहती हैं ?''

''सुनो-सुनो,'' प्रश्नकर्ता की बात के उत्तर में रजुआ (शायद वह भगत कहलाने लगा था) तत्काल जोश से ऐसे बोला, जैसे आशंका हो कि यदि वह देर कर देगा तो कोई दूसरा ही बता देगा, ''बजरंगबली बड़े जबर थे। वह समुंदर में कुछ दूर तक तैर लेते हैं तो उनको ताड़का महरानी मिलती हैं। ताड़का महरानी अपना रूप दिखाती हैं तो बजरंगबली किससे कम हैं ? ये मियाँ एढ़े तो हम तुमसे ड्यौढ़े, बजरंगबली भी उतने ही बड़े हो जाते हैं। इसके बाद ताड़का महरानी और बड़ी हो जाती हैं तो बजरंगबली मच्छर बनकर ताड़का महरानी के कान से बाहर निकल आते हैं।''

''तो ए रज्जू भगत, गान्ही महात्मा भी तो जेहल से निकल आते हैं ?'' किसी दूसरे ने पूछा।

रजुआ ने और जोर से बताया, ''सुनो-सुनो, गान्ही महात्मा को सरकार जब जेहल में डाल देती है तो एक दिन क्या होता है कि सभी सिपाही-प्यादा के होते हुए भी गान्ही महात्मा जेहल से निकल आते हैं और सबकी आँखों पर पट्टी बँधी रह जाती है। गान्ही महात्मा सात समुंदर पार करके जब देहली पहुँचते हैं तो सरकार उन पर गोली चलाती है। गोली गान्ही महात्मा की छाती पर लगकर सौ टुकड़े हो जाती है और गान्ही महात्मा आसमान में उड़कर गायब हो जाते हैं।''

इसके पूर्व महात्मा गाँधी की मृत्यु का ऐसा दिलचस्प किस्सा मैंने कभी नहीं सुना था, यद्यपि गाँधी जी की हत्या हुए चार वर्ष गुजर गए थे।

उसकी दाढ़ी जैसे-जैसे बढ़ती गई, रजुआ के धर्म-प्रेम का समाचार भी फैलता गया। निचले तबके के लोगों में अब वह 'रज्जू भगत' के नाम से पुकारा जाने लगा। बड़े लोगों में भी कोई-कोई हँसी-मजाक में उसको इस नाम से संबोधित करता, लेकिन उनके कहने पर वह शरमाकर हँसते हुए चला जाता। पर छोटी जातियों के समाज में वह कुछ-न-कुछ ऐसी कह गुजरता जो सबसे अलग होती। अक्सर उनकी मजलिसें रात को पंडित जी की दुकान के आगे जमती और रजुआ उनसे राम-सीता जी की चर्चा करता, भूत-प्रेत, बरम-डीह के महत्त्व पर प्रकाश डालता और झाड़-फूँक, मंत्र-जप की महत्ता समझाता। वे नाना प्रकार की शंकाएँ प्रकट करते और रजुआ उनका समाधान करता।

लेकिन इतनी धार्मिक चर्चाएँ करने, शनीचरी देवी पर जल चढ़ाने तथा दाढ़ी रखने के बावजूद उसकी मनोकामना पूरी न हुई।

शाम को दफ्तर से लौटा ही था कि बीवी ने चिंतातुर स्वर में सूचना दी, ''अरे, जानते नहीं, रजुआ को हैजा हो गया है।''

उन दिनों गर्मी अपनी चरम सीमा पर थी और गड्ढे तथा बमपुलिस की गली में, जो शहर के अत्यधिक गंदे स्थान थे, हैजे की कई घटनाएँ हो गई थीं। मुझे आश्चर्य नहीं हुआ, क्योंकि रजुआ को हैजा न होता तो और किसको होता!

''जिंदा है या मर गया?'' मैंने उदासीन स्वर में पूछा।

मेरी पत्नी ने अफसोस प्रकट करते हुए कहा, ''क्या बताएँ, मेरा दिल छटपटाकर रह गया। वहीं खँडहर में पड़ा हुआ है। कै-दस्त से पस्त हो गया है। लोग बताते हैं कि आध-एक घंटे में मर जाएगा।''

''कोई दवा-दारू नहीं हुई?''

''कौन उसका सगा बैठा है जो दवा-दारू करता? शिवनाथ बाबू के यहाँ काम कर रहा था,पर जहाँ उसको एक कै हुई कि उन लोगों ने उसको अपने यहाँ से खदेड़ दिया। फिर वह रामजी मिश्र के ओसारे में जाकर बैठ गया, लेकिन जब उन लोगों को पता लगा तो उन्होंने भी उसको भगा दिया। उसके बाद वह किसी के यहाँ नहीं गया, जाकर खँडहर में पेड़ के नीचे पड़ गया।''

मैंने जैसे व्यंग्य किया, ''तुमने अपने यहाँ क्यों न बुला लिया?''

पत्नी को यह आशा नहीं थी कि मैं ऐसा प्रश्न करूँगा, इसलिए स्तंभित होकर मुझे देखने लगी। अंत में बिगड़कर बोली, ''मैं उसे यहाँ बुलाती, कैसी बात करते हैं आप? मेरे भी बाल-बच्चे हैं, भगवान न करे, उनको कुछ हो गया तो?''

मैं हँस पड़ा, फिर उठ खड़ा हुआ। ''ज़रा देख आऊँ,'' दरवाजे की ओर बढ़ता हुआ बोला।

''आपके पैरों पड़ती हूँ, उसको छुइएगा नहीं और झटपट चले आइएगा।'' पत्नी गिड़गिड़ाने लगी।

जब मैं खँडहर में पहुँचा तो दो-तीन व्यक्ति सड़क के किनारे खड़े होकर रजुआ को निहार रहे थे। वे मुहल्ले के नहीं, बल्कि रास्ते चलते मुसाफिर थे, जो रजुआ की दशा देखकर अकर्मण्य दया एवं उत्सुकता से वहाँ खड़े हो गए थे।

''रजुआ?'' मैंने निकट पहुँचकर पूछा।

लेकिन उसको किसी बात की सुध-बुध न थी। वह पेड़ के नीचे एक गंदे अँगोछे पर पड़ा हुआ था और उसका शरीर कै-दस्त से लथपथ था। उसकी छाती की हड्डियाँ और उभर आई थीं, पेट तथा आँखें धँस गई थीं और गालों में गड़हे बन गए थे। उसकी आँखों के नीचे भी गहरे काले गड़हे दिखाई दे रहे थे

और उसका मुँह कुछ खुला हुआ था। पहले देखने से ऐसा मालूम होता था कि वह मर गया है, लेकिन उसकी साँस धीमे-धीमे चल रही थी।

मैं कुछ निश्चय न कर पा रहा था, क्या किया जाए कि मालूम नहीं कहाँ से शिवनाथ बाबू मेरी बगल में आकर खड़े हो गए और धीरे-से उन्होंने अपनी सम्मति भी प्रकट की, "ही कान्ट सरवाइव–यह बच नहीं सकता।"

मैंने तेज दृष्टि से उनको देखा। शिवनाथ बाबू पर तो मुझे गुस्सा आ ही रहा था, लेकिन अपने ऊपर भी कम झुँझलाहट न थी। कभी जी होता था कि जाकर घर बैठ रहूँ, जब और लोगों को मतलब नहीं तो मुझे ही क्या पड़ी है! लेकिन उसे यों अपनी आँखों के सामने मरते हुए नहीं देखा जाता था। पर मैं उसका इलाज भी क्या करवा सकता था? मैं लगभग सौ रुपए वेतन पाता था, इसके अलावा महीने का अंतिम सप्ताह था, मेरे पास एक भी पाई नहीं थी। पर उसे अस्पताल भी तो भिजवाया जा सकता है? अचानक मन में विचार कौंधा, मेरी झुँझलाहट जैसे अचानक दूर हो गई और मैं घूमकर तेजी से अस्पताल रवाना हो गया।

अस्पताल पहुँचकर मैंने संबंधित अधिकारियों को सूचित किया। वहाँ से अस्पताल की मोटरगाड़ी पर बैठकर मैं स्वयं साथ आया। रजुआ की साँस अब भी चल रही थी। अस्पताल के दो मेहतरों ने, जो साथ आए थे, उसको खींचकर गाड़ी पर लाद दिया। जब गाड़ी चली गई तो मैंने संतोष की साँस ली, जैसे मेरे सिर से कोई बड़ा बोझ हट गया हो।

सबकी यही राय थी कि रजुआ बच नहीं सकता, परंतु वह मरा नहीं। यदि अस्पताल पहुँचने में थोड़ा भी विलंब हो गया होता तो बेशक काल के गाल से उसकी रक्षा न हो पाती। अस्पताल में वह चार-पाँच दिन रहा फिर वहाँ से बरखास्त कर दिया गया।

किंतु उसकी हालत बेहद खराब थी। वह एकदम दुबला-पतला हो गया था। मुश्किल से चल पाता और जब बोलता तो हाँफने लगता। न मालूम क्यों, वह अस्पताल से सीधे मेरे घर ही आया। यद्यपि मेरी पत्नी को उसका आना बहुत बुरा लगा, लेकिन मैंने उससे कह दिया कि दो-चार दिन उसे पड़ा रहने दे, फिर वह अपने-आप ही इधर-उधर आने-जाने तथा काम करने लगेगा।

वह चार-पाँच दिन रहा, खाने को कुछ-न-कुछ पा ही जाता। वह कोई-न-कोई काम करने की कोशिश करता, पर उससे होता नहीं। किसी को घर में बैठकर मुफ्त खिलाना मेरी श्रीमती जी को बहुत बुरा लगता था, परंतु सबसे बड़ा भय उनको यह था कि उसके रहने से घर में किसी को हैजा न हो जाए!

और एक दिन घर आने पर रजुआ नहीं दिखाई पड़ा। पूछने पर बीवी ने बताया कि वह अपनी तबीयत से पता नहीं कब कहीं चला गया।

वह कहीं गया न था, बल्कि मुहल्ले ही में था। लेकिन अब वह बहुत कम दिखाई पड़ता। मैंने उसको एक-दो बार सड़क पर पैर घिसट-घिसटकर जाते हुए देखा। संभवत: वह अपना पेट भरने के लिए कुछ-न-कुछ करने का प्रयत्न कर रहा था।

और फिर एक दिन मैंने उसे खँडहर में पुन: पड़ा पाया।

शिवनाथ बाबू अपने दरवाजे पर बैठकर अपने शरीर में तेल की मालिश करा रहे थे। मैंने उनसे जाकर नमस्कार करते हुए प्रश्न किया, ''रजुआ खँडहर में क्यों पड़ा हुआ है ? उसे फिर हैजा हुआ है क्या ?''

शिवनाथ बाबू बिगड़ गए, ''गोली मारिए साहब, आखिर कोई कहाँ तक करे ? अब साले को खुजली हुई है। जहाँ जाता है, खुजलाने लगता है। कौन उससे काम कराए ! फिर काम भी तो वह नहीं कर सकता। साहब, अभी दो-तीन रोज की बात है, मैंने कहा एक गगरा पानी ला दो। गया जरूर, लेकिन कुएँ से उतरते समय गिर गए बच्चू। पानी तो खराब हुआ ही, गगरा भी टूट-पिचक गया। मैंने तो साफ-साफ कह दिया कि मेरे घर के अंदर पैर न रखना, नहीं पैर तोड़ दूँगा। गरीबों को देखकर मुझे भी दया-माया सताती है, पर अपना भी तो देखना है !''

मैं कुछ नहीं बोला और चुपचाप घर लौट आया। इस बार मेरी हिम्मत नहीं हुई कि जाकर उसे देखूँ या उससे हाल-चाल पूछूँ।

घर आकर मैंने पत्नी से पूछा, ''तुमने रजुआ से कुछ कहा-सुना तो नहीं था ?'' मुझे शक था कि बीवी ने ही उसको भगा दिया होगा और इसीलिए वह मेरे घर नहीं आता। मेरी बात सुनकर श्रीमती जी अचकचाकर मुझे देखने लगीं, फिर तिनककर बोलीं, ''क्या करती, रोग को पालती ? कोई मेरा भाई-बंधु तो नहीं !''

मैं क्या कहता ?

रजुआ को भयंकर खुजली हो गई थी, लेकिन उसने मुहल्ला नहीं छोड़ा। वह अक्सर खँडहर में बैठकर अपने शरीर को खुजलाता रहता। खाने की आशा में वह इधर-उधर चक्कर भी लगाता। कभी-कभी वह मेरे घर के सामने लकड़ीवाले पंडित के यहाँ आता और पंडित जी थोड़ा सत्तू दे देते। मैंने भी एक-दो बार अपने लड़के के हाथ खाना भिजवा दिया। इस तरह उसके पेट का पालन होता रहा। उसका चेहरा भयंकर हो गया था—एकदम पीला और

हाथ-पैर जली हुई रस्सी की तरह ऐंठे हुए। वह बाहर कम ही निकलता और जब निकलता तो उसको देखकर एक अजीब दहशत-सी लगती, जैसे कोई नर-कंकाल चल रहा हो।

आषाढ़ चढ़ गया था और बरसात का पहला पानी पड़ चुका था। शनिवार का दिन, सवेरे लगभग आठ बजे मैं दफ्तर का काम लेकर बैठ गया। लेकिन तबीयत लगी नहीं। बाहर नाली में वर्षा का पानी पूरे वेग से दौड़ रहा था और शरीर पर पुरवाई के झोंके आ लगते, जिससे मैं एक मधुर सुस्ती का अनुभव कर रहा था। मैंने कलम मेज पर रख दी और कुर्सी पर सिर टेककर ऊँघने लगा।

यदि एक आहट ने चौंका न दिया होता तो मैं सो भी जाता। मैंने आँखें खोलकर बाहर झाँका। बाहर ओसारे में खड़ा एक तेरह-चौदह वर्ष का लड़का कमरे में झाँक रहा था। लड़के के शरीर पर एक गंदी धोती थी और चेहरा मैला था।

मुझे संदेह हुआ कि वह कोई चोर-चाई है, इसलिए मैंने डपटकर पूछा, ''कौन है रे, क्या चाहता है ?''

लड़का दुबककर कमरे में घुस आया और निधड़क बोला, ''सरकार, रजुआ मर गया। उसी के लिए आया हूँ।'' अंत में हँस पड़ा।

''मर गया ? कब मरा ? कहाँ मरा ?'' मैंने आश्चर्य से मुँह बाकर एक ही साथ उससे कई प्रश्न किए।

लड़के ने फिर हँसते हुए कहा, ''हाँ, सरकार, मर गया। मालिक, इस कारड पर उसके गाँव एक चिट्ठी लिख दीजिए।''

मैंने इसके आगे रजुआ के संबंध में कुछ न पूछा। मैं अचानक डर गया कि यदि मैंने मामले में अधिक दिलचस्पी दिखाई तो हो सकता है कि मुझे उसकी लाश फूँकने का भी प्रबंध करना पड़े।

लड़के के हाथ में एक पोस्टकार्ड था, जिसको लेते हुए मैंने सवाल किया, ''इस पर क्या लिखना होगा ? उसके गाँव का क्या पता है ?''

''मालिक, रामपुर के भजनराम बरई के यहाँ लिखना होगा। लिख दीजिए कि गोपाल मर गया।'' लड़के की आवाज कुछ ढीठ हो गई थी।

''गोपाल !''

''जी, वहाँ तो उसका यही नाम है।''

मैंने पोस्टकार्ड पर तेजी से मजमून तथा पता लिखा और पत्र को लड़के के हवाले कर दिया।

मैं लड़के से पूछना चाहता था कि तू कौन है ? रजुआ कहाँ मरा ? उसकी लाश कहाँ है ? परंतु मैं कुछ नहीं पूछ सका, जैसे मुझे काठ मार गया हो।

सच कहता हूँ, रजुआ की मृत्यु का समाचार सुनकर मेरे हृदय को अपूर्व शांति मिली, जैसे दिमाग पर पड़ा हुआ बहुत बड़ा बोझ हट गया हो। उसको देखकर मुझे सदा घृणा होती थी और कभी-कभी सोचकर कष्ट होता था कि इस व्यक्ति ने सदा ऐसे प्रयास किए, जिससे इसको भीख न माँगनी पड़े। और उसको भीख माँगनी भी पड़ी है तो इसमें उसका दोष कतई नहीं रहा है। मैंने उसकी दशा देखकर कई बार क्रोधवश सोचा है कि यह कंबख्त एक ही मुहल्ले में क्यों चिपका हुआ है? घूम-घूमकर शहर में भीख क्यों नहीं माँगता? मुझे कभी-कभी लगता है कि वह किसी का मुहताज न होना चाहता था और इसके लिए उसने कोशिश भी की, जिसमें वह असफल रहा। चूँकि वह मरना न चाहता था, इसलिए जोंक की तरह जिंदगी से चिपटा रहा। लेकिन लगता है, जिंदगी स्वयं जोंक-सरीखी उससे चिपटी थी और धीरे-धीरे उसके रक्त की अंतिम बूँद तक पी गई। रजुआ को मरे तीन-चार दिन हो गए थे। सारे मुहल्ले में यह समाचार उसी दिन फैल गया था। मुहल्लेवालों ने अफसोस प्रकट किया और शिवनाथ बाबू ने तो यहाँ तक कह डाला कि जो हो, आदमी वह ईमानदार था!

रात के करीब आठ बजे थे और मैं अपने बाहरी ओसारे में बैठा था। आसमान में बादल छाए थे और सारा वातावरण इतना शांत था जैसे किसी षड्यंत्र में लीन हो! बगल की चौकी पर रखी धुँधली लालटेन कभी-कभी चकमक कर उठती और उसके चारों ओर उड़ते पतंगे कभी कमीज के अंदर घुस जाते, जिससे तबीयत एक असह्य खीज से भर उठती।

मैं भीतर जाने के उद्देश्य से उठा कि सामने एक छाया देखकर एकदम डर गया। रजुआ की शक्ल का नर-कंकाल भीतर चला आ रहा था। सच कहता हूँ, यदि मैं भूत-प्रेत में विश्वास करता तो चिल्ला उठता, 'भूत-भूत!' मैं आँखें फाड़-फाड़कर देख रहा था। नर-कंकाल धीरे-धीरे घिसटता बढ़ा आ रहा था। यह तो रजुआ ही था—ठठरी मात्र! क्या वह जिंदा है?

वह मेरे निकट आ गया। संभवतः मेरी परेशानी भाँपकर बोला, "सरकार, मैं मरा नहीं हूँ, जिंदा हूँ।" अंत में वह सूखे होंठों से हँसने लगा।

"तब वह लड़का क्यों आया था?" मैंने गंभीरतापूर्वक प्रश्न किया।

उसने पहले दाँत निपोर दिए, फिर बोला, "सरकार, वह गुदड़ी बाजार के बचनराम का लड़का है। मैंने ही उसको भेजा था। बात यह हुई सरकार, कि

मेरे सिर पर एक कौवा बैठ गया था। हजूर, कौवे का सिर पर बैठना बहुत अनसुभ माना जाता है। उससे मौअत आ जाती है!"

"फिर गाँव पर चिट्ठी लिखने का क्या मतलब?" मेरी समझ में अब भी कुछ न आया था।

उसने समझाया, "सरकार, यह मौअतवाली बात किसी सगे-संबंधी के यहाँ लिख देने से मौअत टल जाती है। भजनराम बरई मेरे चाचा होते हैं। मालिक, एक और कारड है, इस पर लिख दें सरकार, कि गोपाल जिंदा है, मरा नहीं।"

मैंने पूछना चाहा कि तू क्यों नहीं आया, लड़के को क्यों भेज दिया? लेकिन यह सब व्यर्थ था। संभवतः उसने सोचा हो कि उसका मतलब कोई न समझे और लोग बात को मजाक समझकर कहीं दुरदुरा न दें।

मैंने पोस्टकार्ड लेकर उस पर उसकी इच्छानुसार लिख दिया।

पोस्टकार्ड लौटाते समय मैंने उसके चेहरे को गौर से देखा। उसके मुख पर मौत की भीषण छाया नाच रही थी और वह जिंदगी से जोंक की तरह चिमटा था—लेकिन जोंक वह था या जिंदगी? वह जिंदगी का खून चूस रहा था या जिंदगी उसका?—मैं तय न कर पाया।

मकान

मैंने चौंककर सिर उठाया। मनोहर मेरे सामने दाँत निपोरे दुबका-सा खड़ा है। मैं या तो चिट्ठी लिखने में इतना व्यस्त था या वही, पता नहीं किधर से किसी मच्छर या मक्खी की तरह कमरे में घुस आया कि मुझे मालूम ही न पड़ा। मैं सामाजिक और राजनीतिक काम भी करता हूँ और एक ऐसे उदार व्यक्ति के रूप में मशहूर हूँ, जिसका बड़े-बड़े लोगों से परिचय है और जो दूसरों के काम कर दिया करता है, इसलिए घर पर भी मेरे पास लोग आते रहते हैं। वह पहले भी मेरे पास एक-दो बार आ चुका है। मेरा खयाल है, अक्सर मैंने मनोहर को खाकी पैंट पहने और छाती निकालकर चलते हुए देखा है। बोलते समय उसकी आँखें बुरी तरह सिकुड़ती हैं। दवाइयाँ बनाने की एक फर्म में वह चिट्ठियाँ

डिस्पैच करता है और बिल्टियाँ बनाता है, इसलिए उसको 'डिस्पैच बाबू' या 'बिल्टी बाबू' कुछ भी कहा जा सकता है।

मैंने कलम बंद करके मेज पर रख दी और उसको साग्रह कुर्सी पर बिठाया। दो-तीन बार मजे की बारिश हो जाने से मौसम में शीतलता आ गई है और तेज पुरवाई चलने के कारण दरवाजे और खिड़कियों के पर्दे फड़फड़ा रहे हैं। रात के आठ बजे हैं। बगलवाले मकान से रेडियो के सुगम संगीत की धुन आ रही है। मैं उसके आने का कारण पूछता हूँ।

''बाबू जी, एक काम है।'' उसने तिरछी दृष्टि से देखकर संकोचपूर्वक कहा।

''कहिए!'' मैंने पीठ कुर्सी पर टिका दी। मेरा काम ऐसा है कि मुझे हर व्यक्ति की बात सुननी ही चाहिए और आश्वासन के दो-चार शब्द भी कहने ही चाहिए।

''बाबू जी, मेरी समझ में नहीं आया कि अपनी परेशानी किससे कहूँ। दूसरे लोग मजाक करते हैं, लेकिन आप...''

''ठीक है, ठीक है, मैं समझ गया। अपनी बात बिना किसी संकोच के कहिए!'' मैंने उसकी बात काटकर मुस्कराते हुए कहा।

''बाबू जी, मुझे एक मकान चाहिए!''

''खरीदना है?'' मुझे अचंभा हुआ कि ऐसे मामूली लोग इतना पैसा कहाँ से इकट्ठा कर लेते हैं।

''जी नहीं, बाबू जी,'' वह दाँत खोलकर हँस पड़ा, ''किराए पर ही... इसको बदलना चाहता हूँ।''

ऐसे बेकार काम के लिए कोई आए तो उस पर कुछ गुस्सा होना स्वाभाविक है। मकान दिलाने की मेरे पास कोई एजेंसी है? यह तो सौभाग्य की बात है कि मेरे पास मकान है, पर जो किराए के मकानों में रहते हैं, उनकी हालत मैं कुछ-कुछ जानता हूँ। मैं हैसियतवालों की बात नहीं करता। यह सभी जानते हैं कि आजकल मकान नहीं मिलते और जो मिलते हैं, उनके किराए अनाप-शनाप बढ़ गए हैं। वस्तुतः एक साधारण आदमी को मकान के बारे में सोचने का अधिकार नहीं है। मकान-मालिक तरह-तरह के होते हैं, पर सबके कुछ-न-कुछ नखरे होते हैं। इधर से न जाइए, गोश्त-मछली-अंडा न खाइए, लकड़ी न जलाइए, हारमोनियम-तबला वगैरह न बजाइए, हल्ला-गुल्ला न कीजिए, घर के काम में हिस्सा बटाने की उदारता भी दिखाइए, हर दो वर्ष पर किराया बढ़ने दीजिए या मकान छोड़ दीजिए...। स्पष्ट है कि इस काम में कोई पड़ना नहीं चाहेगा, पर ऐसा मैं कह भी कैसे सकता हूँ?

''आप इस मकान में कितने दिनों से हैं ?'' मैंने पूछा ।

''छह-सात साल से ।''

''क्या तकलीफ है उसमें ? मकान-मालिक से कोई झंझट हुआ है ? मैं समझा दूँगा··· ।''

''झगड़ा-झंझट नहीं है । अँधेरी गली में एक कमरे के मकान में कुछ तकलीफ तो है ही, पर इसकी मैं परवाह नहीं करता । बस, मैं इस मकान को छोड़ना चाहता हूँ । आपका इतना परिचय है, आप कह-सुनकर मेरे नाम··· ।''

''एलाटमेंट करवाना चाहते हैं ? बस, इसका नाम न लीजिए । यह तो और भी मुश्किल काम है । कितना किराया है आपके मकान का ? आप रद्दी-से-रद्दी मकान भी लेंगे तो चालीस-पचास लग ही जाएँगे । मेरा खयाल है, अगर मकान-मालिक से लड़ाई नहीं है तो कुछ तकलीफ बरदाश्त करके उसी में बने रहिए ।''

वह कुछ देर तक खामोश रहकर दूसरी ओर देखता रहा । उसकी आँखों से किसी बूढ़े, बीमार बैल की बेचारगी झाँक रही थी । फिर गिड़गिड़ाए-से स्वर में बोला, ''क्या बताऊँ बाबू जी, मुझे कोई रास्ता नहीं सूझ रहा है । हमेशा एक डर बना रहता है । अजीब बात··· ।''

वह फिर खामोश हो गया । मुझे लगा, उसका स्वर रोआँसा हो उठा है । खैर, एक बात तो है कि मुझे लोगों से बात करने और उनकी समस्याएँ जानने में मजा आता है । मैंने उसको उत्साहित करते हुए मुस्कराकर कहा, ''साफ-साफ कहिए न ! संकोच न कीजिए, मेरे पास समय है । शायद मैं कोई हल निकाल लूँ ।''

वह मेज पर रखे पेपर-वेट को देखकर कुछ देर तक सोचता रहा । उभरी हुई हड्डियोंवाले उसके पीले चेहरे पर इस समय तक विचित्र गंभीरता दृष्टिगोचर हुई, गोया वह कोई अरस्तू या सुकरात हो । बात कहने के पूर्व उसके होंठों में कंपन भी नजर आया । शायद वह अपने विचारों को निश्चित आकार और रूप देने का प्रयास कर रहा है ।

''साहब, लोगों को मकान की जरूरत क्यों होती है ?'' उसकी आँखें किसी सनकी की तरह चमकने लगीं, ''मकान सर्दी-गर्मी, आँधी-पानी, ओला-पत्थर से रक्षा करता है कि नहीं ? मकान एक छाया देता है, जिसके नीचे इंसान सुख के साथ सो सकता है । मकान में रहकर हमें गर्व होता है कि हमारा भी कोई अस्तित्व है । मकान आदमी को हँसाता है, संतोष देता है, उसमें जोश भरता है, उसको ऊँचा उठाता है, उसको आगे बढ़ाता है । ऐसे ही हँसते हुए मकान में

आदमी रहना पसंद करता है। लेकिन कुछ मकान ऐसे होते हैं जिनमें तकलीफ-ही-तकलीफ होती है। उसमें हर काम उलटा होता है। उसमें रहकर हर जगह मात खानी पड़ती है। आशा और विश्वास खत्म हो जाता है। मेरा मकान ऐसा ही है।''

वाह, यह तो मकान का दर्शन समझाने लगा। उसके मुँह के दोनों कोनों पर गाज उभर आए, जैसे किसी खीरा को उसके कटे हुए भाग से देर तक रगड़ा गया हो। मुझे बड़ा अचंभा हो रहा था। मैं उसको ऐसा फटीचर व्यक्ति समझे हुए था, जिसके पास दिमाग नाम की वस्तु होती ही नहीं, लेकिन वह इस समय अपनी बात ऐसे सधे हुए ढंग से पेश कर रहा था कि उसको दाद देनी ही पड़ेगी। मेरी दिलचस्पी बढ़ गई। मैंने अचानक आए एक टेलीफोन काल को अटेंड किया, फिर फोन रखकर बोला, ''रुक क्यों गए ?''

''बाबू जी, मेरी समझ में नहीं आता कि क्या करूँ। पहले मैं इन बातों पर ध्यान नहीं देता था, पर अब दिमाग में अजीब-अजीब-सी बातें उठती हैं। जो कुछ नहीं चाहता, वही सोचने और करने लगता हूँ। पता नहीं क्या हो गया है। पहले मुश्किल-से-मुश्किल काम हो जाते थे, अब कुछ भी नहीं हो पाता। दुनिया में और लोग भी तो हैं, मेरे साथ ऐसा क्यों होता है ? बाबू जी, मैंने एक विधर्मी लड़की से शादी की थी। हम एक-दूसरे को बहुत प्यार करते थे। मैं उसकी हर ख्वाहिश पूरी करने की कोशिश करता। मुझे घमंड होता था कि जब हम एक ही जमीन के इंसान हैं, तब धर्म का बंधन तोड़कर हमने एक बड़ा काम किया है। मैं उन दिनों पास ही के एक कस्बे में काम करता था। मैं एक हफ्ते के लिए काम पर चला जाता और शनिवार को चला आता। जब मैं इस मकान में आया तब मेरे चार बच्चे हो गए थे, लेकिन यहाँ आने के दूसरे साल ही वह बीमार पड़ गई। उसको टी.बी. हो गई। यह एक लंबी बीमारी थी और उसके इलाज में कर्जा चढ़ गया। महाजन के यहाँ से उधार आने लगा, जो अब तक जारी है। बाजार में अगर डेढ़ रुपए का एक किलो चावल मिलता है तो वह मुझे डेढ़ रुपए का एक सेर देता है। हर सामान में ऐसा ही होता है। वेतन मिलने पर जब मैं उसको पिछला पैसा देता हूँ तब अगले महीने के लिए उधार देता है। बीवी की हालत अब भी बीच-बीच में खराब हो जाती है। अब हम लोग एक हफ्ता दाल खा पाते हैं, एक-डेढ़ हफ़्ता सब्जी और बाकी दिन बेसन, चना वगैरह के साथ रोटी या चावल खाते हैं। ऐसा कब तक चलेगा ? मैंने अपना भाग्य सुधारने की जीतोड़ कोशिश शुरू की। बीवी के जेवर बेचकर मैंने एक साथी के साथ मिलकर चौक में चाट की दुकान खोली, पर वह साथी सारा पैसा

खा गया। उसके बाद मैंने एक साहब के यहाँ छोटे-छोटे बच्चों को पढ़ाना शुरू किया, लेकिन बाद में उन्होंने मुझे छुड़ा दिया और आधा पैसा भी मार लिया। फिर मैंने लाटरी के टिकट लेने शुरू किए। दो साल तक मैंने ऐसा किया, पर यहाँ भी भाग्य ने साथ नहीं दिया। इस बीच मेरे दोस्त बिखर गए। यह उम्र का असर है या मेरी ही तरह उनमें भी निराशा की भावना है, मैं नहीं कह सकता। मैंने हर जगह चिट्ठियाँ लिखना बंद कर दीं। रिश्तेदारों के यहाँ आना-जाना बंद हो गया। मैं ऐसा जान-बूझकर नहीं करता, बल्कि ऐसी स्थिति आ जाती है कि इसके अलावा कुछ हो नहीं पाता। आखिर ऐसा क्यों होता है ? मेरे मोहल्ले में और भी लोग तो हैं, वे कितने खुश दिखाई देते हैं। लेकिन सबसे परेशानी की बात यह है कि इधर मेरे दिमाग में अजीब बहके-बहके ख्याल आने लगे हैं, जैसे मैं पागल हो जाऊँगा..."

"पागल क्यों ?"

"हाँ, पागलपन नहीं तो और क्या ? मैंने मकान के बारे में अभी आपसे कहा था। जब मैं घर में रहता हूँ, उस समय मेरी जो हालत रहती है, वह घर से निकलते ही बदल जाती है। घर से बाहर रहने पर मैं हमेशा घर के बारे में सोचता हूँ और घर में घुसते ही उससे नफरत करने लगता हूँ। मैं एकदम बदल जाता हूँ, गोया आदमी से शैतान हो गया होऊँ। दूर से घर को देखते ही मेरे शरीर में तनाव महसूस होने लगता है। और निराशा, क्रोध और नफरत के तूफान मन में उठने लगते हैं। मेरा मुँह गंभीर होकर फूल जाता है। मैं या तो मनहूस की तरह चुप रहता हूँ या जोर-जोर से चिल्लाने लगता हूँ। बीवी का वही बेचारगी से भरा पीला चेहरा, आँगन से उठती वही दुर्गंध और बच्चों के वही फटे-पुराने कपड़े। घर में सभी मुझसे डरते हैं और जितना वे डरते हैं उतना ही मैं उनको डराता हूँ, अपमानित करता हूँ। उन पर चिल्लाता हूँ, उनको कोसता हूँ। इससे मुझे संतोष मिलता है। लेकिन घर से जब मैं बाहर निकलता हूँ तब मेरा मन अपने-ही-आप पश्चात्ताप से भर उठता है। मुझमें बीवी और बच्चों का असीम प्यार उमड़कर लहरें लेने लगता है। मैं कल्पना में उनको ढाँढ़स बँधाता हूँ, उनके बालों को सहलाता हूँ, उनके ललाट को प्यार से चूमने लगता हूँ। लगता है कि उनको जितना मैं प्यार करता हूँ, उतना कोई भी किसी को न करता होगा। मैं उनको खुश देखना चाहता हूँ। ऐसा सोचते ही पता नहीं कैसे यह विश्वास मन में आ बैठता है कि यह स्थिति बदल जाएगी। बदलेगी कैसे नहीं ? मैं बादलों की तरह हल्का होकर ऊपर उड़ने लगता हूँ और फूलों की तरह खिल उठता हूँ। हाँ, रोज ही ऐसा होता है। यह अपने-आप हो जाता है। इसको

आप पागलपन नहीं तो क्या कहेंगे ? और एक दिन तो मुझसे एक अपराध भी हो गया···"

"अपराध ?" मैंने बड़ी ही हैरानी से उसको देखा।

"जी हाँ।"

वह खामोश हो गया और सिर झुकाकर अपने होंठों को दाँतों से काटने लगा। उसके चेहरे में सिकुड़न आ गई और नथुने फूलने लगे। निश्चय ही उसकी बातें बड़ी विचित्र थीं, लेकिन मैं अभी तक समझ न सका कि वह क्या कहना चाहता है। क्या इसने अपनी बीवी को मार डाला है या चोरी-डकैती जैसा अपराध किया है ? यह तो स्पष्ट है कि ऊपर से यह जितना बेवकूफ दिखाई देता है, उतना शायद है नहीं। बहुत कुछ सोचता और समझता है। वह अब चेहरा उठाकर सामने दीवार की ओर देखने लगा था।

"जी हाँ, उसको मैं अपराध ही कहूँगा।" वह धीरे-धीरे बोला, "बाबू जी, दो महीने पहले की बात है। मैं निराशा के एक बड़े ही भयंकर दौर से गुजर रहा था। गोया मैं सड़ाँध और बदबू से भरे एक कमरे में बंद कर दिया गया होऊँ। मैं दफ्तर से आया तो पत्नी मेरी ओर देखकर मुस्कराई। अभी एक घंटा पहले मैं दफ्तर में उसके मासूम चेहरे और स्वच्छ सफेद दाँतों के बारे में सोच रहा था और यहाँ आकर मेरे मन में एक बेपनाह अंधकार छा गया था। मैं जोर-जोर से चिल्लाना चाहता था, लेकिन शकीला मुस्कराए जा रही थी। 'क्या कोई खुशखबरी है ?' मैंने उसको घूरकर देखा तो उसने एक चिट्ठी मेरे सामने बढ़ा दी। यह शकीला के मामू मुहम्मद अली की चिट्ठी थी। मेरी आँखों के सामने एक ठिगने आदमी का हँसता चेहरा उभर आया। वह बड़े ही नेक थे। मैंने जब शकीला से शादी की तब मुहम्मद अली को छोड़कर सभी खिलाफ थे। मुहम्मद अली की तमाखू की एक दुकान है। उनके बाल-बच्चा कोई नहीं। शकीला को वह बहुत प्यार करते थे। जब फुरसत होती थी, यहाँ आते थे और कुछ-न-कुछ दे ही जाते थे। शकीला की बीमारी में भी उन्होंने भरसक मदद की। पर इधर तीन-चार साल से बीमारी और तंगी में रहने लगे थे। करीब दो साल से वह इधर न आ पाए थे और हम भी नहीं गए थे। हम लोगों की गलती और लापरवाही के कारण चिट्ठियों का आना-जाना भी बंद हो गया था।

"उन्होंने चिट्ठी में लिखा था कि उनकी तबीयत बड़ी खराब है और वह कुछ दिनों के लिए हमारे पास आना चाहते हैं। इससे उनकी तबीयत बहल जाएगी। अगर हम लोग कहें तो वे आठ-दस दिन के अंदर यहाँ आ जाएँगे। चिट्ठी पढ़ने के बाद मैं कमरे में जाकर टूटी कुर्सी पर चुपचाप बैठ गया। मैं चिल्लाना चाहता

था, पर मेरी चीख मेरे अंदर घुमड़कर रह गई। लेकिन कुछ ही देर बाद मैं बेहद डर गया। शायद दूसरों के एहसान को याद करने की शक्ति है मुझमें। शायद अब भी मुझमें नैतिक शक्ति है। मेरा दिल रोने लगा जैसे कोई मुझे छुरियाँ चुभो रहा है। शकीला के मामू के अहसानों को मैं भूल नहीं सकता। उन्होंने हमेशा मेरे लिए किया है और मैं उनके लिए कुछ भी न कर सका, और आज जब उन्होंने जबान खोलकर कुछ कहा है तब तो मेरा भी कुछ कर्त्तव्य हो जाता है। नहीं, मैं जरूर करूँगा··· उनको बुलाऊँगा, इज्जत से रखूँगा, दवा-दारू कराऊँगा। मैंने उत्साह से सिर ऊपर उठाया तो शकीला मेरे सामने खड़ी थी।

''क्या सोच रहे हैं?' उसने पूछा।

''कुछ नहीं।' मैंने दूसरी ओर देखते हुए कहा।

''मुझसे आप नाराज रहते हैं न?'

''क्यों?'

''मैं बीमार रहती हूँ। कुछ कर नहीं पाती। बताइए, हम रोज झगड़ते रहते हैं। मेरे मुँह में भी जो आता है, कह जाती हूँ। यह होना नहीं चाहिए। एक-से-एक दुख लोगों पर पड़ते हैं···'

''नहीं, अब कुछ नहीं होगा।'

''हमको रोज एक-आध घंटा आपस में बातचीत करनी चाहिए।'

''हाँ, हाँ।'

''अपने मामू के बारे में कुछ सोचा?'

''ठीक है, चिट्ठी लिख दूँगा।'

''हाँ जी, मेरी भी तबीयत है कि मामू को अपने पास एक-दो महीने रखूँ, उनका इलाज करवाऊँ। पता नहीं क्या होगा, मेरी भी देह का क्या ठिकाना, अपने हाथ से मामू के लिए कुछ कर सकती तो मुझे तसल्ली होती। मेरे पास इनलैंड लिफाफा है। नीचे मैं लिख देती हूँ, ऊपर आप लिख दीजिए।'

''हाँ, ठीक है, मैं आने के लिए लिख देता हूँ।'

''इतना कहकर मैं उठ गया। मैं नहीं चाहता था कि शकीला मुझसे भविष्य के किसी प्रोग्राम के बारे में बात करे और मेरे उत्साह में खलल डाले। मेरे पास उत्साह के अलावा क्या है? घर के अंदर बहुत दिनों के बाद ऐसा उत्साह आया था। क्या यह शर्म की वजह से था या उसके मूल में टालने का उद्देश्य था? लेकिन यह उत्साह एक-डेढ़ घंटे से अधिक नहीं रहा। इसके बाद मन में फिर वैसा ही अंधकार छा गया, बल्कि और भी घना। मैं यह कैसे कर पाऊँगा? मैं कर्ज से लदा था। मैं पैबंद लगा-लगाकर एक ही पोशाक को पहने हुए था और ज़रा-सा खिचाव मुझे पूरी तरह नंगा कर देता। मैं बेहद बेचैन हो

उठा। उधर शकीला बँसखट पर बैठकर एक इनलैंड लिफाफे पर कुछ लिख रही थी। बीच-बीच में मुझे देखकर मुसकरा देती। उसकी आँखों में सच्ची खुशी नाच रही थी। उसकी आँखों से मुझे डर लग रहा था। बाद में उसने कई बार कहा कि चिट्ठी लिख दूँ और मैंने कहा कि 'अभी लिख देता हूँ।' इस तरह मैं टालता रहा। जब वह खाट पर लेट गई तो उसने कहा कि लिफाफा उसके सिरहाने रखा है। मैं कमरे में टहल रहा था। मेरी दिली इच्छा थी कि मैं मामू साहब को बुलाऊँ और उनका दवा-इलाज कराऊँ, पर वास्तविकता मुझे दूसरी ओर ले जा रही थी। मैं और कर्जा लेने की स्थिति में नहीं था। फिर कर्जा कौन देगा? शकीला पर मुझको तरस आ रहा था। मैंने उसके लिए क्या किया है? मेरा प्यार झूठा है, क्योंकि अब मैं कोई उसका ठोस सबूत नहीं दे सकता। मेरे दिमाग में अजीब-अजीब डरावने खयाल आ रहे थे। जब मुझे ऐसा लगा कि शकीला सो गई है तब मैं चुपके से उसकी खाट के पास गया। शकीला की आँखें खुल गईं। वह बहुत मीठे ढंग से मुस्कराई। जवानी के दिनों में वह इसी तरह मुस्कराती थी। 'खत लिखेंगे?' वह बोली। 'अभी लिख देता हूँ' मैंने कहा।

''मैं फिर कमरे में टहलने लगा। मैं कभी बैठता और कभी टहलता। बहुत देर के बाद मैंने कमरे से ही झाँककर देखा। चारों ओर खामोशी थी, जिसमें शकीला की साँस की आवाज मुखर हो रही थी। मेरी इच्छा हुई कि जाकर उसके होंठों और पलकों को चूम लूँ। काश, मैं उसके लिए कुछ कर सकता। लेकिन मेरी हिम्मत नहीं हुई। निश्चय ही अब वह सो रही है, सुख की नींद। पर अगर मैं जाऊँ तो वह कहीं जग न जाए! इसी समय मैंने एक अजीब-सी हरकत की। मैंने चप्पलें निकाल दीं और घुटनों के बल जमीन पर बैठ गया। फिर धीरे-धीरे खिसककर इसके सिरहाने की ओर जाने लगा। कोई भी आशंका होने पर मैं जमीन में दुबक जाता। आखिर मैंने सिरहाने के पास जाकर दोनों चिट्ठियों को उठा लिया। इसके बाद साँस रोककर कुछ क्षण मैं वहीं पड़ा रहा। फिर पहले की ही तरह खिसक-खिसककर वापस आया। खड़े होकर मैंने कपड़ों को झाड़ा और शकीला की ओर देखा। एक क्षण के लिए ऐसा लगा कि वह मुस्करा रही है। मेरा कलेजा तेजी से धड़धड़ाने लगा। पर ऐसी बात नहीं थी। इसके बाद मेज के सामने कुर्सी पर बैठ गया। पहले मैंने शकीला की लिखावट पैन से बुरी तरह काट दी। केवल दस लाइनें लिखी थीं। तब मैंने जल्दी-जल्दी उसके नीचे कुछ लिखा और लिफाफे को जल्दी-जल्दी बंद करके उसके पर पता लिख दिया। खत में जानते हैं मैंने क्या लिखा था? करीब-करीब यही बातें थीं—

''यहाँ सभी मजे में हैं। आपकी कोई भी खबर इधर नहीं मिली। यहाँ सभी मजे में हैं। खास बात यह है कि मैं दो महीने के लिए दफ्तर के काम से दिल्ली जा रहा हूँ। शकीला की तबीयत भी ठीक नहीं रहती, इसलिए सबको अपने साथ लिए जा रहा हूँ। वहाँ दफ्तर की ओर से ठहरने का इंतजाम है। आप कोई खत लिखें तो यहाँ केयर ऑफ पोस्टमास्टर के पते से भेज दें। यहाँ के पोस्ट आफिस से चिट्ठी मेरे पास री-डायरेक्ट हो जाएगी। और सब ठीक है। भगवान आपको मजे में रखे।'''

मनोहर चुप हो गया। उसने अपने चेहरे को दोनों हाथों से ढक लिया। उसका सारा शरीर दो-तीन बार काँपा। मैं दुख से उसको देख रहा था। मेरे पास लोग आते हैं, गिड़गिड़ाते हैं, रुपया-पैसा देने का लालच देते हैं, पर इस तरह दिल खोलकर कोई भी बात नहीं करता। मनोहर के खत का मतलब मैं समझता हूँ, पर मैं उसको क्या ढाँढ़स दे सकता हूँ?

उसने आँखें पोंछ लीं और अपने सिर को उठाया। वह मुस्कराने लगा। फिर अचानक गंभीर होकर बोला, ''बाबू जी, उस खत को मैं लेकर चुपके-से बाहर आ गया। लेटरबाक्स में खत छोड़कर जब मैं वापस आया, शकीला सो रही थी। मैंने सबेरे शकीला को बता दिया कि खत लिखकर छोड़ दिया है। शकीला बहुत खुश हुई। उसके चेहरे की उदासी की कालिमा को जैसे किसी ने भीगे हुए तौलिये से रगड-रगड़कर साफ कर दिया था। वह चेहरा चमकने लगा था। पर मेरा मन रो रहा था। उसके दिल में कोई संदेह न उठे, इसलिए मैं भी मुस्कराने लगा। यह मुस्कराहट मेरे लिए बड़ी अस्वाभाविक थी। शकीला दिन गिनने लगी। वह रोज कहती कि रुपए-पैसे का इंतजाम कर लीजिए। मैं कहता कि सब ठीक हो जाएगा। दिन-पर-दिन बीतने लगे। और इस तरह एक महीना से अधिक दिन निकल गए। और एक दिन सूचना मिली कि मामू की मृत्यु हो गई। मैं चाहता था कि इस खत को छिपा दूँ, जिसको किसी पड़ोसी ने लिखा था। मैं किसी तरह पैसे का इंतजाम करके वहाँ गया। शकीला को साथ ले जाना संभव न हुआ। कोई फायदा भी नहीं था। मुहम्मद अली कंगाली की हालत में मरे थे। जब मैं वापस आया तब मुझे ऐसा महसूस हुआ जैसे किसी ने मेरे कलेजे में छुरा घोंप दिया है और इस घाव से मैं जिंदगी-भर छटपटाता रहूँगा। यह अपराध नहीं तो क्या है? मैं मुहम्मद अली का हत्यारा नहीं हूँ? मैं ऐसी धोखेबाजी नहीं करना चाहता था। मैं एक सच्चा इंसान बनना चाहता था, हँसमुख, मर्दाना! पर यहाँ सबकुछ उलटा हो रहा था। इस दुनिया में मुझसे दुखी कौन होगा? आखिर यह मेरे साथ क्या हो रहा है? कई बार शकीला ने

कहा है कि इस मकान में कोई बात है। जब से इस मकान की छाया के नीचे हम रह रहे हैं, हमारी यह हालत हो रही है। मैं बेहद घबरा और डर गया। कम-से-कम किसी पंडित या ज्योतिषी को दिखाना चाहिए। यहाँ एक अच्छे ज्योतिषी हैं। मैं एक दिन सबेरे-सबेरे शकीला को कुछ बताए बगैर घर से निकल गया। वहाँ बड़ी भीड़ थी। कई कारें खड़ी थीं। भीतर कई मिनिस्टर, व्यापारी, जज और बड़े-बड़े अफसर श्रद्धापूर्वक बैठे थे। उन्होंने जीवन में बहुत-कुछ पाया था, पर इससे उनको संतोष नहीं था और वे कुछ और पाना चाहते थे। मैं पीछे बैठ गया। जब बड़े लोग प्रसन्न होकर चले गए तब कुछ मामूली लोग बच रहे, जिनमें मैं भी था। मेरा नंबर आने पर कलेजा बुरी तरह धड़कने लगा। ज्योतिषी ने मेरी जन्म-तिथि और परेशानी की बात पूछी। फिर मन में एक फूल का नाम लेने को कहा। इसके बाद आँखें मूँदकर उसने कुछ सोचा और अंत में कहा कि तुम्हारे कमरे के नीचे एक कपारचिरवा प्रेत है। बहुत पहले एक व्यक्ति की धन के लालच में कपार पर लोहे की छड़ से मारकर हत्या कर दी गई थी और वहीं दफना दिया गया था। तुम्हारी किस्मत में धन तो बहुत है, पर यह प्रेत हर चीज को खा जाता है, वह कुछ होने नहीं देता। जब तक तुम उस मकान में हो, तुम मजे में नहीं रह सकते। तुम्हारी जान को भी खतरा है। इसलिए जल्दी-से-जल्दी उस मकान को छोड़ दो···।''

''बाबू जी, जब मैं वहाँ से चला तब मैं होश में नहीं था। मेरी जान सूखी हुई थी। ऐसा लगा, जैसे कोई मेरा पीछा कर रहा है। ज्योतिषा ने जो बात कही है वह सच है। आज शाम को मैंने कई मकान देखे, पर वे बड़े महँगे हैं। इसीलिए मैं आपके पास दौड़ा चला आया। बाबू जी, आप ही बताइए, मैं क्या करूँ ?''

उसकी आवाज बिखर गई। मैंने उसको समझाया कि आजकल के जमाने में ज्योतिषी पर विश्वास करना ठीक नहीं। फिर आश्वासन दिया कि इसके बारे में कुछ-न-कुछ सोचा जाएगा और किया जाएगा। मकान के बारे में इससे अधिक किया ही क्या जा सकता है ? वह कुछ देर तक मेरी बातें चुपचाप सुनता रहा। फिर उठकर नमस्कार करने के बाद लड़खड़ाते कदमों से कमरे से बाहर निकल गया।

लड़की की शादी

मेरे चारों ओर घोर अंधकार कुंडली मारकर बैठा है। रात को मुझे देर तक नींद नहीं आती। खाने बैठता हूँ, तो दो कौर मुँह में डालकर उठ जाता हूँ। उत्साह एकत्र कर किसी दूसरे काम में मन को लगाने की चेष्टा करते ही मेरी हालत उस फुटबाल की तरह हो जाती है, जिसकी हवा सहसा निकल जाए। इस दुनिया को मैं मूर्ख समझता रहा, और हर बार अपनी शक्ति और कौशल से उसको अपने पक्ष में कर लेता रहा। परंतु अब लगता है कि इस दुनिया में कुछ नहीं कर सकता।

अपने धन और ख्याति से फूलकर सबसे पहले मैंने एक मंत्री के यहाँ कोशिश की थी। उसका लड़का खूबसूरत था। साथ ही वह एक रोब-दाब की जगह पर काम करता था। काश, कि वह हाथ आ जाता। परंतु, उसका बाप बड़ा होशियार निकला। राज्य की जनता पर शासन करने के अलावा उसने मुझे एक वर्ष तक इतना दौड़ाया कि मेरे पाँवों के जूते घिस गए, और आखिर में माफी माँगते हुए कहा कि अपने एक खास रिश्तेदार की सिफारिश के कारण उसको अपने लड़के की शादी दूसरी जगह करनी पड़ रही है।

इससे भी मेरी आँखें नहीं खुलीं। अब मैं एक कलक्टर के लड़के के लिए कोशिश करने लगा, जो पुलिस-कप्तान के पद के लिए चुन लिया गया था। लड़के को देखकर छींक आती थी। बोलता, तो फूल झड़ते। कई बार बुजुर्ग रिश्तेदारों और प्रभावशाली मित्रों का प्रतिनिधिमंडल लेकर मैं वहाँ पहुँचा। बातें प्रेम के वातावरण में कुछ इस प्रकार होतीं कि कोई खास नतीजा न निकलता, और आगे के लिए उम्मीद काफी बढ़ जाती। अंत में हुआ वही—लड़का अभी शादी के लिए तैयार ही नहीं।

यह सच है कि दो-तीन और संपन्न तथा खूबसूरत लड़कों के लिए मैंने दौड़-धूप की, परंतु उत्तर मुझे दूसरा नहीं मिला। अब मैं एक अनजान जंगल में भटक रहा था। मेरी बुद्धि काँटों पर फन मारनेवाले सर्प की तरह क्षत-विक्षत हो गई थी। साफ बात है, कि मुझसे पहले ही मेरी लड़की की ख्याति पहुँच जाती। वह खूबसूरत नहीं थी। शरीर थुलथुल था, और नाक चिपटी। जनमते ही चेचक से एक आँख जाती रही थी। मैंने सोचा था कि उसको अधिक-से-अधिक पढ़ाऊँगा, और काबिल बनाऊँगा। लेकिन वह इतनी घमंडी, हठी, क्रोधी और आलसी निकली कि इंटर से आगे पढ़ने से उसने इंकार कर दिया। लाड़-प्यार के

कारण वह कोई शऊर-अऊर भी सीख न सकी। खैर, वह मेरी इकलौती संतान थी, और मैं उसको बेहद प्यार करता था। मैंने निश्चय किया था कि जीवन में उसको कोई कष्ट नहीं होने दूँगा, और उसकी अच्छे-से-अच्छे लड़के से शादी करूँगा, क्योंकि मेरा विश्वास था कि सुख स्वयं नहीं आता, बल्कि वह शक्ति, साहस और चतुराई से खरीदा जाता है।⋯ फिर यह कैसे संभव नहीं है कि ऐसे व्यक्ति की लड़की रानी बनकर रहे?

कई दिनों तक मैं बेपनाह दुख और निराशा में झूलता रहा। एक उमस-भरी शाम को जब मैं अपने बगीचे में छाती पर सिर झुकाए, पागल की तरह टहल रहा था, तो मुझे एक नौजवान की याद आई। मुझे बड़ा अचंभा हुआ। इस नौजवान से मेरा कभी परिचय नहीं हुआ था। संभवतः उससे दो या तीन बार रास्ते में आते-जाते मुलाकात हुई थी, और एक बार किसी सार्वजनिक सभा में। सामने आते ही वह काफी आदर के साथ झुककर नमस्कार करता। उसके होंठ मुस्कराहट से फैल जाते। आँखें बाहर निकलकर चमकने लगतीं, गोया कि कुछ कहना चाहता हो। रुखाई से सिर हिलाकर, मैं उसके अभिवादन को स्वीकार करता। आखिर प्रथम बार क्यों मैं उसका ध्यान कर रहा हूँ? शायद मानसिक परेशानी और थकान की हालत में कभी-कभी सर्वथा बेकार और असंबद्ध विचार मन में उठते हैं!

लेकिन दूसरे दिन से ही मैं उस नौजवान की बेचैनी से तलाश करने लगा। क्यों? यह मैं नहीं जानता। बस, उससे मेरी मुलाकात होनी ही चाहिए। हो सकता है कि भेंट होने पर मैं उससे बात न करूँ। शायद मैं उसके चेहरे को फिर से देखना चाहता हूँ। दरअसल मैं कुछ कह नहीं सकता। मुझे उस नौजवान पर बेहद गुस्सा आने लगा। शायद मैं उसको डाँटना-फटकारना चाहता हूँ।

और दो महीने के बाद उससे मेरी ऐसे समय में मुलाकात हुई, जब मैं सारी उम्मीद लगभग खो चुका था। मैं सपरिवार गंगा नहाने गया था। वह अपने कुछ साथियों के साथ एक पंडे की मड़ैया में खड़ा, बालों में कंघी कर रहा था।

अचानक मेरा कलेजा तेजी से धड़कने लगा। पता नहीं, कैसी दहशत ने मुझे दबोच लिया। फिर भी अपनी पत्नी और बेटी को एक दूसरी ही मड़ैया में खड़ा करके, मैं उधर ही धीरे-धीरे बढ़ गया। जब नौजवान की दृष्टि मुझ पर पड़ी, तो उसने फौरन आईना और कंघी पास की चौकी पर रख दी, और तपाक से झुककर नमस्कार किया। उसने धोती को लुंगी की तरह पहन लिया था। ऊपर से कुर्ता। माथे पर चंदन का तिलक। उत्तर में मैं दोनों हाथ जोड़कर, अत्यधिक मिठास से मुस्कराया।

"मजे में ?" मैंने उसकी ओर बढ़कर पूछा।

पहले वह सकपकाया। शायद उसकी मुझसे आत्मीयतापूर्ण व्यवहार की आशा नहीं थी। तत्पश्चात वह एक गीदड़ की तरह लपककर मेरे पास पहुँच गया।

"जी हाँ," उसने सूखी आवाज में कहा।

"नाम भूल रहा हूँ तुम्हारा। ज़रा···" मैंने शेष मंतव्य कनखी के संकेत से प्रकट कर दिया।

"कृष्णमोहन।"

"ठीक, ठीक," मैं इस तरह बोला, जैसे अब उसको पहचान गया हूँ, जबकि हालत उलटी ही थी—"अच्छा, तो भैया कृष्ण मोहन, एक बात और पूछूँगा।··· बात यह है कि मैं बहुत भुलक्कड़ हूँ। अगर मैं इस समय भोजन करूँ, और एक घंटा बाद तुम मुझसे पूछो, तो मैं नहीं बता पाऊँगा कि खाया था या नहीं। मैं जाति-वाति में विश्वास नहीं करता। केवल जानकारी के लिए··· हाँ, तो तुम कौन बिरादर हो ?"

"मेरा पूरा नाम है कृष्ण मोहन चतुर्वेदी। लेकिन मैं भी जाति-वाति में विश्वास नहीं करता।" उसका मुँह काफी लाल हो गया।

"वाह, यह तो बहुत अच्छी बात है। हम हैं भारतीय, और भारतीयता के अलावा हमारी कोई जाति नहीं हो सकती। डाकखाने में हो न ?"

"डाकखाने में ?" पहले वह चौंका, फिर मुस्कराने लगा। शिष्टतापूर्वक बोला, "मैं तो नगर विद्यालय में पढ़ाता हूँ। आपने ही तो वह नौकरी मुझे दिलाई थी।"

मेरा शरीर सनसनाने लगा, सिर चकरा गया, परंतु ऊपर से मैं सौम्य मुद्रा धारण किए रहा।

"जानता हूँ, भाई।··· खूब याद है," मैंने मुस्कराकर, मृदु स्वर में कहा, "बाल-बच्चे मजे में हैं न ?"

"मेरी अभी शादी नहीं हुई," वह देह को ऐंठता हुआ, बेहद शरमाकर बोला, "गाँव में घर के लोग हैं—माँ-बाप, भाई-बहन। पिता जी ने मुझसे कहा था कि शहर में पहुँचकर आपके दर्शन कर आऊँ। बड़ा संकोच होता था।··· मुझमें यह भारी कमजोरी है।"

"कोई बात नहीं। संकोच कैसा ?··· गाँव क़हाँ है ? बुलंदशहर जिले में न ?··· देखो··· मैं भूल रहा हूँ।"

"नहीं। बस्ती जिले में—गंगापुर। मेरे पिता जी का नाम राममोहन

चतुर्वेदी है।''

''बस-बस। तुम तो घर के आदमी हो। कैसा शर्म-संकोच? आधी रात को भी तुम मेरे घर आओ, तो भी तुम्हारा स्वागत होगा। आया करो।... हाँ, ज़रा यहाँ का अपना पता तो लिख दो। कभी इधर से गुजरा तो आऊँगा। कितनी ही बातें पड़ जाती हैं...''

उसका पता मैंने अपनी डायरी में नोट कर लिया। फिर यह प्रदर्शित करने के लिए कि उससे मिलने में मेरा कोई खास मतलब नहीं, और मैं बहुत ही व्यस्त आदमी हूँ, मैंने अचानक अत्यधिक गंभीर और किंचित रूखा चेहरा बनाकर, जिसका मुझे काफी अभ्यास है, वहाँ से चला आया। भीतर-ही-भीतर मैं उत्तेजित था। महीनों से दुख, निराशा और असफलता की जो शिला मेरी छाती पर रखी पड़ी थी, वह सहसा हट गई। शायद दो या तीन वर्ष पहले एक ऐसा वृद्ध देहाती मेरे एक पुराने मित्र का पत्र लेकर आया था, जो काँवर की तरह झुका था, और जिसकी आँखों में कीचड़ भरा था। उसका लड़का बी.ए., एल.टी. था। मुझे याद नहीं कि उसके लिए मैंने क्या किया। शायद स्कूल की कमेटी के अध्यक्ष के पास फोन किया। लेकिन यह सब मैं नहीं सोचूँगा। मुझे चाहिए एकांत, कि मैं अपने दिमाग और कल्पना को उन्मुक्त छोड़ दूँ एक खिलाए-सिखाए फुर्तीबाज घोड़े की तरह।

घर आकर, मैंने जल्दी-जल्दी भोजन किया, और बाहर आराम करनेवाले कमरे में लेट गया। तेज हवा की हहराहट के अलावा चारों ओर खामोशी थी। मेरे सामने उस नौजवान का चेहरा उभर आया। पतला, लंबा शरीर, गोरा रंग, सुडौल नासिका, बड़ी-बड़ी आँखें, ऊँचा ललाट। अच्छी खुराक और आराम से जब उसका शरीर भर जाएगा, और आत्मविश्वास से हीनता गायब हो जाएगी तो वैसा जवान ढूँढे न मिलेगा। परंतु पहले मैं अपने को बधाई देना चाहता हूँ। वही बातें निकलीं, जिनकी मैंने कल्पना की थी। इसीलिए मैं कहता हूँ, कि अपनी मृत्यु के समय का भी मुझको पहले से ही पता चल जाएगा। किसी व्यक्ति को देखकर, या किसी खास परिस्थिति में पड़कर, मेरे दिमाग में अनोखे विचार और कल्पनाएँ उत्पन्न होती हैं। दुनिया जैसी है, उसको देखते हुए, यदि कोई अनजान व्यक्ति मुझको बार-बार नमस्कार करता है, तो इसका मतलब है कि वह मेरे प्रति कृतज्ञ है, या कृतज्ञ होने का आकांक्षी है। इसको कहते हैं विचार! इसीलिए मैं अपने को विचारक और विद्वान कहता हूँ। मैं छोटे-से-छोटे विचार की भी अवहेलना नहीं करता। उसको पालता-पोसता हूँ। और अंत में उस पर सवार होकर इस दुनिया को जीत लेता हूँ। जाहिर है कि

इस दुनिया का शासक घोड़ा या चमगादड़ नहीं हो सकता। इसी से मेरे पास धन है, और शक्ति भी। सोलह वर्ष पहले मैं साधारण कार्यकर्ता था। मैं जनसभाओं और साहित्यिक गोष्ठियों में भाषण देता, और जोशीली कविताएँ करता। कुछ मामूली विचार उठे, और मेरे पास दो ट्रकों के लाइसेंस आ गए। विचार, विचार, विचार! मैं लोगों से कहता कि वे चतुर्मुख क्रांति करें। इसके बाद तो देश-भर के अखबारों में मेरी प्रशंसा निकलने लगी। मेरी साहित्यिक कृतियों और सेवाओं की भी। इसके बाद पाठ्य-पुस्तक-समिति का अध्यक्ष। विचार! और आज नगर की जितनी शैक्षणिक और सांस्कृतिक संस्थाएँ हैं, उनका मैं कोई-न-कोई पदाधिकारी हूँ। राष्ट्रीय महत्व की बहुत-सी सरकारी और गैर-सरकारी समितियों का सदस्य हूँ। मेरे सहयोग के बिना कोई राष्ट्रीय या साहित्यिक आयोजन नहीं होता।

परंतु मैं बहक रहा हूँ। जब तक मुझे सफलता नहीं मिलती, मैं अपनी छोटी-से-छोटी योजना को गुप्त रखता हूँ—अपने से भी। आखिर मुझे क्या हो गया है? ऐसी उत्तेजनापूर्ण दहशत का तो मैंने कभी अनुभव नहीं किया। ऐसा लगता है कि मेरा जीवन, मेरी शक्ति, मेरा धन, मेरी प्रसिद्धि सब व्यर्थ हो जाएगी। मेरे आगे वैसा ही अंधकार अब भी है, और वैसा ही अनिश्चय। यदि इस बार असफलता मिली, तो मैं क्या करूँगा? अधिक संभावना इसी की है। तब शायद मैं आत्महत्या कर लूँ।

डेढ़ महीना मैं पटाए रहा। ये दिन मेरे किस तरह बीते, इसका बयान नहीं कर सकता। फिर सितंबर की एक शाम को, जब आकाश बादलों से घिरा था, और तेज हवा चल रही थी, मैं सफेद खद्दर की धोती, कुर्ता और टोपी पहन, तथा हाथ में छड़ी ले, उसके यहाँ पहुँच गया। मकान खोजने में कठिनाई नहीं हुई। लेकिन वह एक ऐसी पतली और अंधी गली में था कि मुझे उबकाई आने लगी। वह ऊपर की मंजिल में एक कमरा किराए पर लेकर रहता था।

मुझको देखकर उसका चेहरा फक पड़ गया, मुँह लाल हो गया और शर्म-संकोच तथा हीनता के भाव से बदन और हाथ ऐंठने लगा। मैंने बहुत ही स्नेह और आत्मीयता के साथ उसके कंधे पर हाथ रख दिया, और उसको भीतर खींच ले गया।

"अरे, मुझे इतनी जल्दी भूल गए?"

वह बेहद दुबक गया था, और आँखें चुराकर मेरी ओर देख लेता था। एक ओर मामूली-सी बँसखट पड़ी थी, जिस पर दरी और चादर बिछी थी। दूसरी ओर एक बाँस की मेज तथा कुर्सी थी। एक कोने में एक पुराना ट्रंक था, तथा

दूसरे में एक स्टोव और कुछ बर्तन एवं कप-सासर पड़े थे।

मैंने हँसकर, उसे बँसखट पर बिठा दिया, और कुर्सी को उसके पास खींचकर, उस पर स्वयं बैठते हुए बोला, "तुम मेरे लड़के के समान हो। इसलिए संकोच-वंकोच छोड़ो। मैं बहुत ही जरूरी काम से इधर आया था। सोचा कि ज़रा तुम्हारा हाल-चाल लेता चलूँ। यह सच है कि बड़े-बड़े मंत्री और अफसर लोग मुझको अपने यहाँ बुलाकर गौरव का अनुभव करते हैं, लेकिन मुझे तो गरीब की कुटिया में ही आनंद आता है।"

कृष्ण मोहन ने शिष्टाचारवश कुछ बोलने की कोशिश की। लेकिन उसका मुँह खुला-का-खुला रह गया, और उससे कोई आवाज न निकली।

"मैं, भाई, बातें साफ कहता हूँ। जबसे तुमसे मेरी बातचीत हुई है, मुझे तुम्हारे लिए बड़ी चिंता हो गई है। रोज ही मैं सोचता रहा हूँ, कि देखो न, एक होनहार नौजवान इसलिए सड़ रहा है कि सामाजिक व्यवस्था ठीक नहीं। मैं आदमी को देखकर पहचान जाता हूँ। बुद्धिमान और प्रतिभावान मुझको आकर्षित करते हैं। प्रतिभा, कला और संस्कृति को मैं धन और शक्ति से ऊँचा समझता हूँ, इसीलिए, मैं प्रतिभावान नवयुवकों को उत्साहित करता हूँ, उनकी मदद करता हूँ, उनको आगे बढ़ाता हूँ। इसमें जो स्वर्गीय आनंद है, वह कहीं नहीं। मैं तो पहले ही तुम्हारे पास आ गया होता, लेकिन मेरी लड़की कभी-कभी बहुत परेशान करती है..."

मैं जोर से हँस पड़ा। मैं मृदु स्वर में बोल रहा था। कृष्णमोहन का संकोच बहुत हद तक दूर हो गया था, और उसकी आँखें अचंभे और प्रसन्नता से चमकने लगी थीं।

मैं कहने लगा, "बात यह है कि मेरी लड़की को कभी-कभी अजीब झक सवार हो जाती है। एक दिन बोली, "पापा जी, मैं शहर के ऐतिहासिक स्थानों को फिर से देखना चाहती हूँ और आपको भी साथ चलना पड़ेगा।" हारकर उसके साथ जाना पड़ा। क्या करूँ, वह मेरी अकेली संतान है। वह मेरी लाखों की जायदाद की उत्तराधिकारिणी है। उसकी उपेक्षा तो मैं भी नहीं कर सकता। तुमने तो उसको देखा है न? देखने में वह खूबसूरत तो बहुत नहीं है, लेकिन उसका दिल मक्खन की तरह मुलायम है। घमंड उसे छू भी नहीं गया है। गरीबों के लिए तो उसका दिल स्नेह से भरा रहता है। घर में कई नौकर-चाकर हैं, लेकिन सबकुछ वही करती है—गृहस्थी के सारे काम-धाम। और इस व्यस्तता में भी पता नहीं वह कैसे समय निकालकर टैगोर, टालस्टाय, शेक्सपियर, बर्नार्ड शॉ, विवेकानंद, गालिब बगैरा का भी अध्ययन कर लेती

है। उससे बहस करके तुमको आनंद आएगा। अपने तर्कों से वह तुम्हें लाजवाब कर देगी। उसको शान-शौकत और प्रदर्शन पसंद नहीं है। कहते तो संकोच होता है, लेकिन तुम तो निकट के हो—वह शादी एक ऐसे साधारण नौजवान से करना चाहती है, जो गरीब, सीधा-सादा और आदर्शवादी हो। इस प्रश्न पर मेरा-उसका बड़ा झगड़ा होता है। बताओ, मैं ऐसा कैसे होने दूँ? बड़े-से-बड़े मंत्रियों और अफसरों के लड़के मेरी लड़की से शादी करने के लिए लालायित हैं। मैं अपनी इज्जत पर कैसे आँच आने दूँ?''

सहसा चुप होकर, मैं कमरे के बाहर देखने लगा, जैसे किसी के आने की प्रतीक्षा हो, या कोई और महत्त्वपूर्ण बात याद आ गई हो। लेकिन वास्तविकता यह थी कि मैं अपने झूठ से बेहद डर गया था, और मुझे आशंका हुई थी—व्यर्थ में ही—कि कृष्णमोहन मेरे रहस्य को ताड़ गया है। उसका मुँह मूर्खतापूर्ण आश्चर्य के भाव से उसी तरह खुला था, और आँखें श्रद्धा के भाव से भरी थीं।

''हाँ, मैं तुमसे यह पूछने आया हूँ कि क्या तुम किसी दूसरी लाइन में काम करना पसंद करोगे—मेरा मतलब है, टीचरी लाइन को छोड़कर? समझो, कि 800 रुपए तनख्वाह होगी।'' मैंने सिर घुमाकर, उसकी आँखों में साहस के साथ घूरते हुए कहा।

उसकी आँखें बैंगन की तरह निकल आईं। उसने सूखी आवाज में पूछा, ''वह कैसे? मैं तो...''

''यह मुझ पर छोड़ो। मैं किसी मंत्री या अफसर से कह दूँ, तो तुम कल ही मोटरवाले हो जाओ। मैंने हजारों को ऐसा बना दिया है। मैं जिसको प्यार करता हूँ, उसके लिए क्या नहीं कर सकता? साथ ही मुझमें यह खराबी अवश्य है कि जिस पर मैं नाराज हो जाता हूँ, उसको नेस्तनाबूद भी कर देता हूँ। बस, तुम हामी भर दो।''

''जी हाँ।... आपकी कृपा...''

''भैया, कृपा वगैरा की बात न करो। मैं किसी पर अहसान नहीं करता। अहसान करने के लिए मैंने आज तक कुछ किया ही नहीं। मैं तो एक तुच्छ व्यक्ति हूँ।... अच्छा, तो ठीक है न? इस बात को अपने तक ही रखना। बस, चलता हूँ।''

मैं लापरवाही से उठ खड़ा हुआ, और हाथ उठाकर, दरवाजे की ओर बढ़ गया। कृष्णमोहन ने हड़बड़ाकर खड़े होकर, नमस्कार किया। सहसा मैं घूम गया, और माथे पर अँगुली रखते हुए, जैसे कोई भूली बात याद आ गई हो, धीरे-से बोला, ''हाँ भाई, मुझको, एक बात याद आ गई। कोई खास बात

नहीं।… हाँ, इससे तुम्हारा भला जरूर होगा। साफ-साफ बताना। बताओगे न ?"

"जी हाँ।" श्रद्धा एवं कृतज्ञता से जैसे कृष्णमोहन पिघल गया था।

"ठीक है। समझ गया मैं। मुझे पूरी उम्मीद है कि तुम मेरी राय को ठुकराओगे नहीं। अगर तुम मेरे कहे अनुसार चले, तो कुछ ही वर्षों में मैं तुमको बहुत बड़ा आदमी बना दूँगा। हर इन्सान की जिंदगी में एक ही अवसर आता है इस अवसर को बिरले ही पकड़ पाते हैं। जो इस अवसर को पकड़ लेता है, वह बहुत ऊँचा उठता है। जो नहीं पकड़ता, वह जिंदगी-भर रोता है।… तुम्हारे घरवाले तुम्हारी शादी कब करेंगे ?"

"मैं नहीं जानता," उसके मुँह से किसी तरह निकला।

"भाई, ठीक-ठीक बताओ।" मेरे स्वर में रुखाई थी।

"शायद अगले वर्ष गर्मी में।"

"ठीक है। ठीक है।… मैं तुम्हारे संकोच को समझ रहा हूँ। लड़के को ऐसा होना ही चाहिए। उसको अपने माँ-बाप के कहने पर चलना चाहिए। ठीक है।… लेकिन तुम भी जानते हो कि जमाना तेजी से बदल रहा है। लड़के की मर्जी के खिलाफ आज कुछ भी नहीं किया जा सकता। मैं केवल तुम्हारी मंजूरी चाहता हूँ। तुम्हारे पिता जी को तो मैं राजी कर ही लूँगा। मेरे कहने को वह टाल भी नहीं सकते। वह पुरानी नैतिकता और आदर्श में फले-फूले हैं। वह उसकी बात तो जान देकर भी मानेंगे जिसने उनके साथ अहसान किया हो। हालाँकि मैं इसलिए कभी अहसान नहीं करता।…बात यह है कि एक मेरे दोस्त हैं। नाम अभी नहीं बताऊँगा। इस प्रांत के बहुत बड़े आदमी हैं। इसी शहर में बहुत बड़ा बँगला है, कई मकान किराए पर हैं, कई फर्मों में शेयर हैं, बैंक में लाखों का बैलेंस है। अगर वह किसी भी सेठ से तुम्हारे लिए कह दें तो तुम कल ही दो हजार तनखाह झाड़ने लगो। अपनी ही बिरादरी के हैं। तो उनकी एक लड़की है—इकलौती संतान, मेरी ही तरह! भाई, बहुत सुंदर तो नहीं, लेकिन बड़ी काबिल, काफी पढ़ी-लिखी, घर-गृहस्थी में निपुण। सारा परिवार बड़ा ही सरल। …हाँ, तो वह मेरे मित्र पक्के गाँधीवादी हैं। खुद उन्होंने एक बहुत ही गरीब विधवा ब्राह्मणी से शादी की थी। वह तो अपनी लड़की की शादी हरिजन से करने को तैयार हैं। लेकिन मेरे कहने से उनका दिमाग कुछ बदला है।… तुम कहो, तो उस लड़की से मैं तुम्हारी शादी तै करा दूँ।"

मैं बड़ी तेजी से बोल रहा था। मेरे मुँह के कोरों पर गाज आ गया था। कृष्णमोहन का चेहरा तेजी से उतर गया। उस पर जैसे स्याही पुत गई। वह

कुछ बोल न सका, और नीचे देखने लगा।

"भाई, तुम चुप क्यों हो गए?" मैंने कुछ रुखाई से कहा, "मैं तुमसे निश्चित जवाब चाहता हूँ। मैं जानता हूँ कि तुम मेरी बात नहीं टालोगे। इससे मेरे दिल को बड़ा धक्का लगेगा। लेकिन मैं इसकी परवाह नहीं करता। हर व्यक्ति आज स्वतंत्र है। वैसे तुम्हारा जीवन बदल जाएगा। लाखों के मालिक हो जाओगे। पत्नी ऐसी पढ़ी-लिखी मिलेगी कि तुम्हारी गृहस्थी को स्वर्ग बना देगी। तुम्हारे माँ-बाप और परिवार के लोगों का दुख सदा के लिए खत्म हो जाएगा। उनके प्रति भी तो तुम्हारा कर्तव्य है। बस, एक बार 'हाँ' कर दो। फिर मैं सब देख लूँगा।"

"दो दिन का समय चाहता हूँ।" उसका डूबता हुआ स्वर था।

"ठीक है। तीन दिन का समय लो। आज है सोमवार। मंगल, बुध और वृहस्पतिवार तक तुम सोचो, और शुक्रवार को आकर मुझे बता दो। ठीक?"

"जी हाँ।"

मैं चला आया। बाहर आते ही, उस पर मुझको बड़ा गुस्सा आ गया। स्वीकृति को टालने की उसे हिम्मत ही कैसे हुई?

तीन दिन तक मैं धैर्य धारण किए रहा। जब चौथे दिन शाम तक उसका कोई जवाब नहीं आया, तो मैं समझ गया कि उसको प्रस्ताव मंजूर नहीं। शायद वह मेरे पास कभी नहीं आएगा और न उसका उत्तर ही। मुझे लगा कि क्रोध और निराशा से मैं पागल हो जाऊँगा। इस अपमान का बदला मैं जरूर लूँगा। जो मेरी इच्छा को ठुकराएगा, उसको फल भुगतने के लिए तैयार रहना चाहिए। स्कूल की मास्टरी तो कल ही चली जाएगी। लेकिन इतना ही काफी न होगा, कोई कड़ा दंड।

मैं गलती पर था। उसी दिन दस बजे रात को एक अपरिचित नौजवान मुझे एक लिफाफा दे गया। वह कृष्णमोहन का पत्र था। उसमें लिखा था :

'...पिछले तीन दिन मैं जिस परेशानी और उलझन में रहा, उसको बता नहीं सकता। मैं जानता हूँ कि इस दुनिया में आप मेरे सबसे बड़े हितैषी हैं, इसलिए आपसे कुछ छिपाऊँगा नहीं। जब मैं शहर में पढ़ता था, तो एक लड़की से मेरी जान-पहचान हो गई थी। उससे मैंने शादी का वादा किया था। वह एक गरीब घर की मामूली लड़की है। उसी की बातें मुझे याद आती रहीं, और मुझे कष्ट पहुँचाती रहीं। परंतु सबसे बड़ा है इन्सान का कर्तव्य। आपने मेरे और मेरे कुटुम्ब के साथ जो अहसान किया है, उसको मैं भूल नहीं सकता। उस उपकार का बदला नहीं चुकाया जा सकता। मुझे धन से मोह नहीं। उससे

अधिक मैं सिद्धांत और कर्तव्य और आदर्श को प्यार करता हूँ। कर्तव्य-पालन के लिए मैं सारी दुनिया का विरोध कर सकता हूँ, चना-सत्तू खाकर रह सकता हूँ। आपका प्रस्ताव तो मामूली बात थी। यदि आपने जान देने को भी कहा होता, तो मैं उसके लिए तैयार हो जाता...'

पत्र कुछ और लंबा था।

बहरहाल, उसी वर्ष गर्मी में कृष्णमोहन की मेरी लड़की से शादी हो गई बहुत धूमधाम से। इसके पूर्व डेढ़ हजार रुपए मासिक वेतन पर वह एक फर्म में मैनेजर हो गया था। मुझे पक्का विश्वास है कि वह जिंदगी-भर मेरी लड़की का आज्ञाकारी पति बना रहेगा।

मूस

रात-भर तेज पुरवाई गली की धूल और दुर्गंध उड़ाती रही। मूस की नींद बार-बार उचट जाती। वह झोलर बँसखट पर करवटें बदलता रहा। कोई भी खटका होने पर वह चौंक उठता। ऊँट की तरह गरदन उचका-उचकाकर देखता, बाहर जाकर खड़ा हो जाता और खँखारकर गला साफ कर कड़ी, उत्तेजित आवाज में पूछता—कौन है? उसका दिल भूसी में लगी आग की तरह जल रहा था। वह तुल गया था कि आज जो न होना होगा वही होकर रहेगा।

बन्ने मियाँ के मुर्गे बाँग देने लगे तो वह उठकर बैठ गया। रोज की तरह चन्नर ठठेरे की भी लगातार खाँसने की आवाज सुनाई देने लगी थी। उसकी छोटी-छोटी, मलकती आँखें बाहर फैले अंधकार में जैसे कुछ टटोलने लगीं। फिर उसको भी खाँसी आने लगी। उसने कई बार जोर-जोर से खाँसा, जिससे नीचे कच्ची फर्श पर बिछी गुदड़ी पर बेंग की तरह पसरी परबतिया पहले कुनमुनाई और फिर आँखें मलते हुए उठ बैठी और भकुआकर इधर-उधर देखने लगी।

"जिलेबिया के बाबू, नींद नहीं आ रही है न? ससुरे बड़े मच्छर हैं।" फिर अपनी नाक की सीध में देखती हुई जैसे अपने से बोली, "पता नहीं, मुँहझौंसी

आज फिर कहाँ मर-बिला गई !"

पुरवाई के साथ मूस के शरीर की गाँठों का दर्द उभर आया था, इसलिए मुनरी की याद से खीज और चिड़चिड़ाहट और भी बढ़ गई थी। परबतिया की आवाज सुनते ही सारा निरुपाय क्रोध उसी पर दौड़ पड़ा।

"क्या बकरी की तरह में-में कर रही है। चुपचाप टँगरी पसारकर सो ! नींद चाहे आए, न आए, तेरे बाप का क्या जाता है ?"

"ऐ-हे !" जैसे बुझती आग पर किरासिन का तेल पड़ गया हो, इस तरह परबतिया भड़क गई, "मैं देखती हूँ, आजकल दिमाग सातवें आसमान पर रहता है। मुझ पर काहे पिड़िकते हो, बाबा ? यह धौंस उसी पर जमाना जो तुम्हारी लौंडी-बाँदी हो। खेत खाए गदहा और मार खाए जुलाहा। आँख की लकड़ी होगी तुम्हारी, तुम जाकर दीदे फोड़ो, मैं अपनी नींद क्यों खराब करूँ ?"

"चुप, ससुरी !" मूस के मुँह से पटाखा फूटने-जैसी आवाज निकली। फिर उसने फुर्ती से खाट पर लेटकर दूसरी ओर मुँह कर लिया।

परबतिया चीखने-चिल्लाने लगी, "करइत है, करइत ! यह कहने को ही सीधा है, इसके दिल में गज-भर का छुरा है, मौका मिलते ही मारकर घाम में फेंक दे। सराही धिया डोम-घर जाती है !"

मूस का खून खौल रहा था। उसके जी में कई बार आया कि उठकर परबतिया का गला दबा दे। परंतु वह इस तरह चुपचाप पड़ा रहा, जैसे सचमुच उसको नींद आ गई हो।

बाहर गली में कुछ कुत्तों के भौंकने की आवाज समीप आती मालूम हुई, परबतिया दोनों घुटनों पर हाथ देकर असीम घृणा से 'अहं' करती हुई उठी और मूस को बाघिन की तरह घूरती धीरे-धीरे बाहर निकल गई। परंतु ओसारे के नीचे पहुँचते ही वह चौंककर उत्तेजित स्वर में बोली, "कौन है रे ?"

मुनरी अँधेरे में खूँटे के पास साड़ी की फुफ्ती पकड़े ठिठकी खड़ी थी। उसका शरीर ढीला-ढाला नजर आ रहा था और बाल अस्त-व्यस्त थे। उसकी आँखें उड़ी-उड़ी थीं और मुँह पर थकान उतर आई थी। वह अजीब बनावटी, डरी-डरी आँखों से कभी परबतिया को देखती और कभी सिर झुका लेती।

"बोलती क्यों नहीं, रे कुलखौकी ?" परबतिया मुनरी के पास जाकर, उसके मुँह के सामने अपने हाथों को करछुल की भाँति घुमाती हुई बोली, "मुँह में जाबी लगी है ? किस हरामजादे के साथ अब तक मर रही थी ?"

मुनरी बुत बनी रही।

तू नहीं बोलती ?" परबतिया ने लपककर मुनरी का आँचल पकड़ लिया

और उसे ओसारे में खींच ले गई, जिससे मुनरी की साड़ी कमर के ऊपर खुल गई। फिर लड़ाई के मैदान में नंगी तलवार लेकर दौड़ते हुए योद्धा की तरह तेजी से बढ़कर मुनरी के स्तन में अँगुली गड़ाते हुए चीख पड़ी, "तुझ पर बहुत जवानी छाई है? मैं ऐसी जवानी में आग लगाऊँ...।"

मूस अब खाट से उछलकर खड़ा हो गया था और गुस्से से तनकर मुनरी को देख रहा था। उसके ओसारे में आते ही वह पास जाकर परबतिया से बोला, "तू हट यहाँ से। आज मैं इसकी सारी गर्मी झाड़कर रख दूँगा।" इसके बाद मुनरी की ओर मुँह करके गुस्से से काँपते हुए उसने पूछा, "तू कहाँ थी रे अब तक? सच-सच बता, नहीं तो आज मुझसे बुरा कोई न होगा।"

"मुख्तार बाबू के यहाँ सो रही थी।" मुनरी ने उद्धत स्वर में कहा।

"फिर झूठ बोल रही है, ससुरी? उस दिन भी तो तू ललाइन के यहाँ सो रही थी! मैं तेरी सारी खेलकटई जानता हूँ! सच-सच बता, मुख्तार बाबू के यहाँ सो रही थी या कहीं पेड़ू की कमाई खा रही थी?"

"एँ!" मुनरी गुस्से से झनक गई, "जबान सँभालकर बोलना! ऐसी कमाई खाएँ तुम्हारे घरवाले। तुम्हारी माँ-बहनें! मुझसे ऐसी भाखा न बोलना, हाँ, ठीक नहीं होगा।"

"पेड़ू की कमाई तो तू खाती है, रे! नहीं तो तू कौन सदाबरत चला रही थी?" फिर माँ-बाप के बखान से अचानक उत्तेजित हो उसने लपककर कौने में रखी काँवर उठा ली और एक काँवर मुनरी के पैर में जमा दी। अंत में काँवर को तानकर बोला, "बताती है कि नहीं? या दूँ और एक हाथ?"

काँवर से मारना था कि परबतिया 'हाँ-हाँ' करते हुए बीच में आकर मूस को भला-बुरा कहने लगी, "कैसे निर्दयी मनई हो जी! मरद-पुरुस होकर तिरिया पर हाथ उठाते हो? कहीं इस तरह भी मारा जाता है? मेहरारू की बात में तुम क्यों कूदते हो? मैं तो पूछ ही रही थी, तुम क्यों दाल-भात में मूसलचंद की तरह टपक पड़े? यह मरद या तो बोलेगा नहीं और बोलेगा तो जान लेने पर ही उतारू हो जाएगा।"

"अरे,पापी ने मार डाला रे!" मुनरी जमीन पर धम्म-से बैठकर हाथ से छाती पीटते हुए चीखने-चिल्लाने लगी, "यह कसाई है, कसाई! इसका हाथ टूटे! इसके हाथ में घिनही चूए! इसका अंग-अंग गले..."

"तो रोती काहे हो, भाई?" परबतिया अब उसके पास बैठकर पुचकारने लगी, "पहले ही बता देती कि मुख्तार बाबू के यहाँ सो रही थी! मैं तो जिलेबिया के बाबू से कह रही थी कि सुख-दुख का शरीर है, बेचारी थकी-माँदी होगी,

कहीं पड़ रही होगी तो उठने को जी न किया होगा। ...चुप रहो, तुम्हारे लिए तो कहा जाता है। कहीं भी जाओ तो मुझसे बता दिया करो। ... किसी को कुत्ते ने काटा है कि तुमसे कुछ कहने जाएगा।"

मुनरी अब राग बाँधकर रोने लगी।

क्रोध किस चिड़िया का नाम है, यह मूस एक-सवा साल पहले तक जानता भी नहीं था। उसकी देह-धजा में वह शोभा भी नहीं देता था। चार फुट का मरद होने के कारण लोग उसके बारे में खामखाह कह देते, जैसा नाम वैसा गुण। दुबला-पतला शरीर, छोटा चेहरा, बड़ी-बड़ी फरकती मूँछें, छोटी-छोटी मिचमिचाती आँखें और उभरी हुई गाल की हड्डियाँ। पाँच साल पहले उसने चालीस पार कर लिया था। उसके हाथों तथा पैरों में सिकुड़े हुए केंचुए की तरह मोटी-मोटी नसें उभर आई थीं। संभवतः उसकी सीधाई के कारण कभी-कभी लोग उसके नाम के साथ 'भगत' भी जोड़ देते थे, जो किसी हद तक उसके छोटे कद के प्रति सार्वजनिक हास्य का परिचायक था।

करीब बीस वर्ष से मूस इस छोटी, अँधेरी और सीलनदार कोठरी में रहता है। अकाल पड़ने पर वह परबतिया और छः मास की बच्ची जिलेबिया के साथ गाँव छोड़कर बाहर चला आया था। गड़ेरिए की जायदाद के नाम पर कुछ भेड़ें और बकरियाँ थीं, जो भूख से बिलबिलाकर मर गई थीं। तब भी यह गली ऐसी ही कच्ची,टूटी-फूटी, गंदी और बदबूदार थी, जिसमें डोम-चमार से लेकर रिक्शेवाले, खोंचेवाले, मिलों में काम करनेवाले मजदूर और कुछ ठठेरे रहते थे।

आसपास के मोहल्लों में काँवर के साथ मूस की शक्ल वहाँ की टूटी-फूटी सड़कों और गंदी नालियों की तरह चिर-परिचित-सी हो गई थी। छह-सात घरों में वह पानी भरता था। तड़के ही वह महादेव प्रसाद के हाते में घुटनों के ऊपर धोती खूँटे और सिर पर लाल गमछा बाँधे पहुँच जाता। सिर को आगे झुकाकर एक हाथ से काँवर पकड़े और दूसरे हाथ को चील के डैने की तरह फैलाए जब वह चलता तो लगता कि भारी-भारी गगरों के बोझ से ही वह अचानक छोटा हो गया है। रास्ते में दो-तीन जगह काँवर उतारकर वह कुछ देर के लिए दोनों घुटनों पर हाथों को तानकर बैठते हुए या खैनी फटकारते हुए या भरमती-सी आँखों से इधर-उधर देखते हुए सुस्ताता।

मूस का जीवन उस मरियल बैल की तरह था, जो चुपचाप हल में जुतता है,

चुपचाप मार सहता है और चुपचाप नाँद में भूसा खाता है। उसको देखकर यह कहना मुश्किल था कि उसकी कोई इच्छा या अनिच्छा भी है। उसके मुख पर कोई भाव नहीं था और वह ऐसी पुरानी मशीन की तरह लगता, जो वर्षों से काम करते रहने पर भी खराब नहीं होती। एक कोने में दुबककर वह रोटियाँ उस रोगी की तरह निगल जाता, जो मीठी दवाएँ खाने में आपत्ति नहीं करता है। वह काफी मुँह-दूबर था और जरूरत पड़ने पर ही बोलता। मुँह-चोर भी वह परले नंबर का था। बड़े घरों के बाबू-बबुआनों को देखते ही वह झुककर सलाम करता और फौरन खिसक जाता। औरतों की ओर तो वह देखता ही नहीं था। कुछ लोग तो अचंभा करते थे कि उसकी बच्ची कैसे पैदा हो गई। बड़े घरों के लड़कों के सामने वह कभी-कभी अनजान चापलूसी में होंठों में मुस्कराता और उनको 'राम जी-राम जी' कहकर संबोधित करता।

"रास्ते से हट जाएँ, राम जी!" वह सिर को शिष्टाचारपूर्वक हिलाता।

उसकी सारी इच्छा और अनिच्छा परबतिया ही थी। वह मूस से चार बित्ता लंबी, बीमार गाय की तरह हाड़-हाड़, काली-कलूटी और बदसूरत थी। उसके मुख को देखकर आसानी से लखनऊ के हिजड़ों की याद आ जाती। बातूनी, मुँह-छुट्टी और काहिल, वह दमे की मरीज थी। वह महीनों नहीं नहाती और उसके मुँह पर सदा मैल जमा रहता। अक्सर झोंटा खोलकर खबर-खबर अपने बाल खुजलाती। वह एक साथ आठ-दस घरों में बर्तन मलने का काम थाम लेती, लेकिन काहिली, नागा और गंदी मँजाई के कारण अंत में तीन-चार ही हाथ में रह जाते थे। वह लड़ने-झगड़ने में उस्ताद और अव्वल नंबर की लुतरी थी और दो घरों में झगड़ा लगाते उसको देर नहीं लगती थी। वह मकानों के अंदर बेधड़क घुस जाती और उम्र के मुताबिक औरतों से चाची, बुआ, भौजी, बेटी आदि का रिश्ता जोड़ लेती। दरअसल लोग जितना उसके क्रोध से डरते, उतना ही उसके प्रेम से भी। उसकी यहाँ तक प्रसिद्धि थी कि उसने आवारा औरतों को बीड़ीवाले बन्ने मियाँ, ट्रकवाले चौबे जी और गाँव पर बाल-बच्चों को छोड़कर शहर में छुट्टा रहनेवाले बाबुओं के पास पहुँचा-पहुँचाकर काफी पैसे बनाए थे।

मूस ने कभी भी परबतिया को ऐसी-वैसी जबान न कही थी। वह क्या करती है और क्या बोलती है, इसके संबंध में उसने कभी सोचा भी न था। वह जैसा खाना देती, वह सिर झुकाकर खा लेता और डाँटती-फटकारती तो चुपचाप सुन लेता। उसकी गाय में भी हूँ, और उसकी भैंस में भी हूँ! वह इतना दबा-दबा रहता कि परबतिया उससे दो शब्द मीठा बोलना भी जरूरी नहीं

समझती। वह सदा रुखाई से पेश आती। उस समय मूस हल्के-से सिर हिलाकर, होंठों और मूँछों में मुस्कराता, जैसे यह दिखाना चाहता हो कि वह हीन और दया का पात्र है। परबतिया उसको अक्सर 'दो बित्ते का मर्द' कहकर अपनी उच्चता और प्रभुत्व की पुष्टि करती रहती। वह खुद काम में नागा करती, परंतु कभी मूस तबीयत भारी होने के कारण न जाने की इच्छा प्रकट करता तो वह घघोट उठती–

"देखती हूँ, बड़ी मोटइनी छा गई है।"

पेटू होने की वजह से वह अधिकांश रोटियाँ स्वयं चट कर जाती। जब मूस एकाध रोटी माँग बैठता तो तिनक जाती–

"पेट है कि भरसायँ है, बाबा!"

काम-धाम से मूस को लौटने में देर हो जाती तो वह झनकने-पटकने लगती, "बार-बार कह दिया, टेम पर खाना खाकर जहाँ जाना हो जाकर मुँह पिटाओ, पर यह दो बित्ते का मर्द जहाँ जाता है लसरिया जाता है! कौन कमाई कर रहे थे अब तक?"

परंतु मूस की काँवर बेकार हो गई। शहर में तेजी से सड़कें पक्की हो गई थीं, बिजली और नल लग गए थे। यह उस साल की बात है जब जिलेबिया का गौना हुआ था। परबतिया घूम-घूमकर चीखती-चिल्लाती रहती–

"सरकार कोढ़िया पर भर-बोरसी अंगार डालूँ!... बाल-बच्चे नहीं हैं क्या उसके? अब किसी का धरम-करम नहीं बचेगा!... डोम-चमार सभी एक ही घाट पानी पीएँगे।... हैजा-पिलेक से हजारों मनई मरेंगे!... हे गंगा मैया! हे बाबा बलेसरनाथ! जो किसी की रोजी छीने उसकी आँखों में कच्चा बैठे! उसके अंग-अंग में कोढ़ फूटे!..."

देखते-ही-देखते मूस की हालत उस मुर्गी की तरह हो गई, जो कमरे में फँसने पर बाहर निकलने का रास्ता नहीं ढूँढ़ पाती। वह सोच ही नहीं सकता था कि कुएँ से पानी भरने के अलावा भी कोई काम हो सकता है। फिर उसके शरीर के चमड़े चमगादड़ के पंख की तरह झूलने लगे थे और आँखों की ज्योति मंद पड़ गई थी। वह जिस आदत और अभ्यास के कारण एक रास्ते पर चलता रहा था, उसी के अभाव में दूसरे रास्तों पर चलना उसको बहुत कठिन लग रहा था, क्योंकि नया काम नवहे को भी बोझ-सा भारी लगता है।

परंतु आराम करने से थोड़े काम चलनेवाला था? परबतिया की दमे की बीमारी इधर उभर गई थी, उसने और भी हाथ-पैर समेट लिए थे। नागा करने से उसकी मजदूरी कट जाती। हारकर मूस ने कुछ दूसरे काम पकड़े। वह कभी

गल्ले और कभी सब्जी की मंडी पहुँच जाता और वहाँ से सामान इधर-उधर पहुँचाकर कुछ कमा लेता। कभी वह सेठ लोगों के गोलों में मेटियागिरी करने लगता। किसी-किसी दिन उसको काम नहीं मिलता तो फाकेमस्ती करनी पड़ती।

परबतिया थी बहुत दूरदर्शी। इन्हीं दिनों वह अपने नैहर गई तो लल्लू गोंड की लुगाई को देखकर उसके मुँह में पानी भर आया। मुनरी बहुत दुखित थी। उसने रो-रोकर परबतिया को बताया कि लल्लू ने चमार की लड़की घर में बिठा ली है और ताड़ी-शराब पीकर उसको बहुत पीटता है।

''जी छोटा न करो,'' परबतिया ने मीठे स्वर में समझाया था, ''बाबा बलेसरनाथ सब दुख दूर करेंगे! जब मर्द-पुरुष की नीयत बिगड़ जाती है, तभी वह मेहरारू पर हाथ उठाता है। ऐसे मर्द का रहना, न रहना बराबर है। मर्द तो वह है जो तिरिया से दो गाल मीठा बोले, उसके सुख-दुख का खयाल करे।.... तुम समझो, बाबा बलेसरनाथ ने ही तुम्हारे लिए मुझे यहाँ भेजा है, नहीं तो कहाँ मैं रहती हूँ और कहाँ तुम! उनकी किरिया से किसी बात की कमी नहीं, दो-चार आदमी बैठकर खा सकते हैं! जो हम खाते हैं तुम भी खाना, जो हम पहनते हैं तुम भी पहनना। फिर मन-लायक कोई मिल जाए तो हाथ पकड़ लेना।.... शहरी मर्द होते हैं बड़े नेक, मेहरारू को फूल की छड़ी से भी नहीं छूते!''

जिंदगी से ऊबी मुनरी भागकर परबतिया के साथ रहने लगी। परबतिया ने उसको बड़े प्रेम से रखा। वह उससे मीठा बोलती, उसको अपने साथ काम पर ले जाती और उसको बाजार-हाट घुमा लाती।

''इस घर को तुम अपना ही घर समझो!'' कुछ दिनों बाद परबतिया ने मुनरी से कहा, ''जैसी मैं वैसी तुम! अब इस घर को तुम सँभालो। छुट्टी औरत कोई ठीक थोड़े होती है! बड़ा खराब जमाना आ गया है, किसी पर भरोसा करने लायक नहीं। फिर मर्द-पुरुस होता है कुत्ता, उसका कोई ठिकाना नहीं, काम निकल जाने पर पिछाड़ दिखाने लगता है।.... लेकिन जिलेबिया के बाबू देवता हैं। ऐसा मर्द चिराग लेकर ढूँढ़ने से भी नहीं मिलेगा! अभी चालीस के भी तो नहीं हुए। झूठ बोलूँ तो आँखें बैठ जाएँ! तुमसे मुझको नेह हो गया है, नहीं तो अपनी छाती पर मूँग क्यों दलवाती?''

अंधी को चाहिए दो आँखें। मुनरी बहुत खुश हुई। वह अभी तक मन-ही-मन डरी थी कि पता नहीं भविष्य में क्या हो। वह जीवन से सद्-व्यवहार की निश्चितता के अलावा कुछ भी नहीं चाहती थी। परंतु परबतिया की स्कीम दूसरी ही थी। उसके लिए मुनरी कामधेनु गाय थी,

जिसकी पगहिया को वह मूस-जैसे निरीह से बाँधकर अपनी काहिली और असमर्थता और पति की अर्द्ध-बेकारी की समस्या को हल करना चाहती थी।

मुनरी से गँठजोड़ होने पर सबने अचंभे से यही कहा कि मूस देखने में ही बौना, सीधा और बूढ़ा है, परंतु मुनरी बसंत की ताजी और शक्तिदायिनी हवा की तरह आई। सत्ताईस-अट्ठाईस की उम्र, गहरा साँवला चेहरा, गठीला लंबा शरीर, दृढ़ वक्ष, नुकीली नाक···· देखने में वह अच्छी थी। मूस से वह करीब एक फुट ऊँची थी। वह बात-बेबात पर हँस पड़ती और उसके गालों में गड्ढे पड़ जाते और आँखों में बिजली की चमक काँप उठती। वह गुल्ली की तरह छिटककर चलती और खुशी से इधर-उधर देखती जाती। मेहनत से उसकी गलबँहियाँ दोस्ती थी, उसने दस-बारह घरों में चौका-बर्तन का काम थाम लिया। इसके अलावा वह खाना पकाती, घर को लीप-बुहारकर चमाचम रखती तथा और भी सेवा-टहल करती। मूस और परबतिया का रोआँ-रोआँ जुड़ाने लगा।

शुरू-शुरू में परबतिया ने शादी के लिए कहा था तो मूस की समझ में कुछ नहीं आया था। उसने सोचा कि शायद परबतिया किसी बात पर कटाक्ष-व्यंग कर रही है। परंतु विवाह के बाद उसके जीवन में उस बाँगर जमीन की तरह हरियरी छा गई जिसमें प्रथम सिंचाई होती है। मुनरी ने भी सोचा कि करम-करम की बात होती है, करम में मूस लिखा था, तभी जो जवान पति मरखहा और मन-बिगड़ा निकल गया। फिर मूस कितना सीधा-सादा था। एकदम गोरू। वह मूस के पास जाती तो उस पर उसको दया आती। इस दया को वह प्रेम समझती थी। उसमें एक ऐसा उत्साह आया, जो बुरे मालिक से परेशान नौकर में दूसरे व्यक्ति के यहाँ कुछ देर काम करते वक्त देखा जाता है। वह मूस के सिर पर कड़वा तेल चाँप देती, बदन दबा देती, फटी बेवाइयों में गर्म-गर्म तेल चुआ देती। समय पर चिलम-तमाखू चढ़ा देना, समय पर गर्म-गर्म रोटी सेंककर खिलाना, फटे कपड़ों को आग्रहपूर्वक सिलना···· धीरे-धीरे उसको इन सब बातों में बच्चों की तरह खेल का मजा आने लगा। एक मर्द ने उस पर डंडे के बल से शासन किया था, अब दूसरे मर्द को प्रेम के बल पर नचाने में उसको संतोष होता। वह रात में मूस से चुहल करती, रूठती, मचलती, मान करती, देर तक ही-ही, ही-ही करती। मूस के मन-प्राण में नासमझ पशु की तरह खुशी की बेचैनी छा जाती और वह सबकुछ भूल कर मर्द-स्त्री की मिली-जुली-सी आवाजों में कुछ अस्पष्ट-सा बुदबुदा उठता।

मूस को जीवन में पहली बार ऐसा सुख मिला था। उसको पहली बार

अपनी शक्ति और पुरुषत्व का अहसास हुआ था। एक जवान, सुंदर, गुणी और नखरीली औरत उस पर लट्टू है, इस भावना ने झकझोर और गुदगुदाकर उसमें अनंत शक्तियाँ जगा दीं। वह अब साफ-सुथरा रहने की कोशिश करता, देर तक नहाता, दाँतों को मजे में साफ करता, अधपकी मूँछों को तेल से तर करता और उनको अक्सर ऐंठता रहता। वह अब अपना पुरुषत्व प्रदर्शित करने के लिए लालायित रहने लगा। अब तक उसका व्यक्तित्व इतना दबा-दबा था कि उसने प्रेम, सद्व्यवहार और सुख के बारे में सोचने का साहस भी कभी नहीं किया था, परंतु अब यह सब उसको मिला तो उसका व्यक्तित्व माँद में सोए हुए बाघ की तरह जाग पड़ा। उसके हृदय में एक अनजान, अप्रतिरोध्य हिंसा तथा क्रोध की भावना जागरित हुई, जैसे वह सारी दुनिया से अपने अपमान और हेठी का बदला लेना चाहता हो। लोगों से बोल-चाल में उसमें अजीब ऐंठ पैदा हो गई। उसका मुँह रहिले (चने) की तरह टेढ़ा रहता और देह जेंवर (रस्सी) की तरह ऐंठी। दूसरों के प्रति वह खामखाह दुष्ट व्यक्तियों की तरह जलन और घृणा से भरा रहता। वह अब लड़कों को अस्पष्ट स्वर में डाँट-डपट देता और कुत्तों को बिना कसूर बुरी तरह डंडे से पीटने लगता। बड़े घरों के लोगों को देखकर वह उपेक्षा से दूसरी ओर मुँह कर लेता, जिससे उसको सलाम न करना पड़े। औरतों की ओर वह अब साहस से देखता। परबतिया से तो वह सदा जला-भुना रहता, जैसे उसके खिलाफ उसकी सबसे अधिक शिकायत हो। वह उससे छोटी-छोटी बात पर भी लड़ने लगता और देखते-ही-देखते उसको डंडे, काँवर से मारने को तैयार हो जाता। उसकी स्थिति उन त्यागी और अहिंसा-प्रेमी राजनीतिक नेताओं की तरह थी, जो जीवन-भर त्याग करने के बाद बुढ़ौती में पदारूढ़ होने पर अधिकार और मलाल के साथ शक्तिलोलुपता तथा भ्रष्टाचरण का प्रदर्शन करते हैं।

साल-भर बीतते देर न लगी। असाढ़ चढ़ गया था। लेकिन अभी तक वर्षा न हुई थी। आसमान में बादल विजयी सेना के घुड़सवारों की तरह दौड़ लगा रहे थे। कुछ दिनों से सड़क के चौराहे पर फुलौड़ी बेचनेवाला बिसुन मुनरी को देखकर कोई-न-कोई फिकरा कस देता। चौबीस-पच्चीस का नौजवान, साफ चेहरा, आकर्षक आँखें, बड़े-बड़े बाल। वह कैसा लंबा और तंदुरुस्त था, शीशम के सीधे तने की तरह! मुनरी अब बार-बार उधर से गुजरती। उसने कई बार अपने को समझाया कि यह ठीक नहीं है, परंतु उसकी आँखों में बिसुन

का भरा-भरा मुस्कराता चेहरा नाच उठता। उसके पैर स्वत: चौराहे की ओर सरकने लगते।

"कुछ लेते जाओ, कुछ देते जाओ।" बिसुन ने एक बार कहा था।

मुनरी की दृष्टि एक क्षण के लिए बिसुन की चौड़ी छाती और मजबूत बाँहों में उलझ गई थी। वह अनजान में ही मुस्करा उठी थी।

मुनरी इस बार गायब हुई तो फिर न लौटी। काँवर से मारने के बाद मूस ने उसको कितना मनाया था। वह चार-पाँच दिन तक हँसी-खुशी से रही भी थी।

परबतिया ने अपना माथा ठोंक लिया। मुनरी जब पहली बार लापता हुई थी, तब परबतिया को खुशी और चिंता दोनों हुई थी। खुशी इस बात की कि वह मूस के अलावा इधर-उधर भी मन दौड़ाने लगी है। परंतु वह मुनरी से हाथ धोना न चाहती थी। ऐसी पट्टी और मेहनती औरत उसके खोजे न मिलती। उसकी इच्छा थी कि मुनरी अगर रात में गायब हो तो उसकी जानकारी ही में। वह चाहती थी कि मुनरी खूँटे से बँधी रहे, साथ ही पक्की खिलाड़ी भी बन जाए। वह मुनरी का पूरी तरह शोषण करना चाहती था।

कई दिनों तक मुनरी की खोज-खबर नहीं मिली। फिर तेजी से वह अफवाह उड़ी की मूस की लुगाई बिसुन फुलौड़ीवाले के घर बैठ गई है। मूस ने सुना तो उसका खून खौल गया। जो स्त्री उससे संतुष्ट और सुखी थी, उसको जबरदस्ती प्राप्त करने के लिए वह व्याकुल हो उठा। वह उसकी विवाहिता स्त्री थी और उस पर उसका अधिकार था।

सवेरे-सवेरे ही मूस और परबतिया जाकर बिसुन के दरवाजे पर खड़े हो गए। मूस ने धोती खोंट ली थी। उसकी कमर में योद्धा की तरह लाल गमछा बँधा था और हाथ में टीकासने से बड़ा डंडा था।

"अरे बिसुनवा ! मर्द का बच्चा है तो बाहर निकल आ।"... डंडे पर अपनी पकड़ मजबूत करते हुए मूस ललकार उठा।

"निकल आ मरकिलौना।" परबतिया भी हाथ नचाकर चीखने-चिल्लाने लगी, "तुझे नोच-नोचकर गिद्ध को खिलाऊँ।"...

बिसुन अभी सोकर उठा था। आँखें मलता हुआ वह बाहर निकल आया।

"क्या है ?" वह सामने आकर, तनकर बोला।

"दूसरे की लुगाई घर में बैठाकर कहता है, क्या है ? सीधे से लौटा दे, नहीं तो तेरी जो दुर्गति न होनी होगी वही होगी।"

"तुम्हारी कोई लुगाई-वुगाई नहीं है।" बिसुन भड़क उठा, उसका चेहरा तमतमा गया।

अब उनके चारों ओर मुहल्ले की भीड़ इकट्ठी हो गई। सभी कोई गुल खिलने की उम्मीद में उत्साहपूर्वक उनका लड़ना देख रहे थे।

"साफ-साफ बता, नहीं तो बहुत बुरा होगा।" मूस गरज उठा।

"क्या कर लोगे?"

मूस आगे बढ़कर कड़क उठा, "बिसुनवा! आज यहाँ लहास गिर जाएगी। तू नहीं जानता किसके मुँह लग रहा है।"

"खूब जानता हूँ कि डेढ़ हाथ के मूस से लग रहा हूँ। तुम कोई बंदूक नहीं हो कि छूटने लगोगे! और न मैं चटनी हूँ कि उठाकर चाट जाओगे।" बिसुन ने व्यंग्य से मुस्कराकर कहा।

"तू उसको निकालेगा कि नहीं?" मूस भगत का होश-हवास लुप्त हो गया और वह डंडा लेकर बिसुन की ओर दौड़ा।

परंतु बिसुन ने आगे बढ़कर मूस के हाथ से डंडा छीनकर फेंक दिया और एक धक्का ऐसा दिया कि वह गिरकर चारों खाने चित्त हो गया।

परबतिया छाती पीट-पीटकर चीखने-चिल्लाने लगी। वहाँ खड़े लोग जैसे इसी की प्रतीक्षा में थे। उन्होंने दोनों को पकड़-पकड़कर अलग कर दिया।

आसमान में रुई की तरह सफेद बादल के टुकड़े तैर रहे थे। मूस अपनी कोठरी में बँसखट पर पड़ा दरवाजे के रास्ते चुपचाप देख रहा था। वह एक पुरानी, फटी चादर गले तक ओढ़े हुए था। उसके गाल पिचक गए थे, आँखें गड्ढे में धँस गई थीं और मुख पर पीलापन छाया हुआ था। कुछ दूर पर ओसारे में बैठी परबतिया अपने बालों को आगे फैलाकर ढील हेर रही थी और साथ में कुछ बड़बड़ाती भी जा रही थी।

मुनरी के मामले की रिपोर्ट मूस पुलिस में नहीं कर सका था, क्योंकि किसी ने बताया कि नया कानून बन गया है, पुलिस को मालूम हो गया तो उसी को जेहल में डाल देगी। परंतु मूस के दिल में कहीं काँटा अटक गया था। सुख का अहसास होने के कारण उसकी दुख अनुभव करने की सजगता और शक्ति बढ़ गई थी। उसको विश्वास ही न होता कि मुनरी अपने मन से गई है। जो तन और मन से ऐसा सुख दे गई, वह ऐसा कर ही कैसे सकती थी? वह अनमना रहने लगा था। उसका उत्साह और ऐंठ खत्म हो गया था। उसको ठीक से भूख-प्यास भी न

लगती। उस पर लोग अब हँसकर आवाजें कसते तो वह चुपचाप सिर झुकाए चला जाता। परबतिया अब रोज उससे लड़ती और देर तक उसको कोसती रहती।

फिर काम की समस्या सामने आ गई थी। मुनरी के रहने पर वह खुद कितना आलसी हो गया था। मन में आने पर न भी जाता काम पर। परंतु अब वह पहाड़ की तरह टूट पड़ा। परबतिया से तो कुछ न होता। मूस अब उसकी भी बरतन मलने में मदद करता, साथ ही फुरसत मिलने पर राशन की मंडी में जाकर सामान ढोता। परबतिया का दमा कभी-कभी जोर कर देता, तो उसको ही सभी कुछ करना पड़ता था। इसके बाद उसको बुखार और खाँसी रहने लगी।

''पानी,'' उसने कराहकर कहा।

परबतिया झनककर बड़बड़ाती उठी। पानी पीने के बाद मूस चित्त लेट गया। कोठरी की कमजोर धरन पर उसकी आँखें जमी थीं, लेकिन सामने बचपन के कुछ चित्र उभर रहे थे··· पता नहीं क्यों, उसको आजकल बचपन की बहुत याद आती है। उसको लगता कि वह बच्चा है और अपनी माँ के सामने खड़े होकर रोटी-गुड़ के लिए जिद कर रहा है। उसकी माँ उसी की तरह दुबली-पतली और छोटी थी। वह कितना उसको तंग करता था··· मन की बात न होने पर खाने की छिपुली पटक देता, पानी की घइनी (घड़े) में थूक देता, ढेला चलाकर मार देता।··· फिर सबकुछ खत्म हो गया। एक साल के अंतर से माँ-बाप दोनों मर गए थे।··· उसको आभास हुआ कि वह उसी तरह चौखट के पास खड़ा रो रहा है, जैसे माँ की अर्थी जाने के समय रोया था।···

मूस ने चुपके से अपनी आँखें पोंछ डालीं।··· चाचा-चाची ने पाल-पोसकर उसे बड़ा किया। करीब आठ साल का वह था, लेकिन सभी काम उसको करने पड़ते। कोई गलती होने पर चाची रस्सी से बाँधकर मारती। वह खाने के लिए किस तरह तरस जाता था। वह कुत्ते की तरह हर समय दुरदुराया जाता।··· दशहरे के त्यौहार में उसके मामा आए थे तो एक गमछा और चार गंडे पैसे हाथ पर देते गए थे। वह बहुत खुश हुआ था। किस तरह वह उछलता था। परंतु अचानक उसके चाचा उसको पकड़कर बिला कसूर बुरी तरह पीटने लगे थे। उसके सामने अँधेरा छा गया था। कई दिन बाद वह खाट से उठ सका था।··· फिर परबतिया आई।··· मूस ने गौने के समय परबतिया की शक्ल याद करने की कोशिश की, परंतु उसको लगा कि परबतिया शुरू से ही ऐसी है।

खटका होने पर उसने सिर घुमाकर देखा। उसका कलेजा धड़क उठा।

उसने नहीं सोचा था कि मुनरी अब फिर उसके दरवाजे पर आएगी। इस घटना के कुछ दिन बाद ही मुनरी घर से निकलकर अपने चहेते के साथ काम करने लगी थी, परंतु मूस और परबतिया से कभी भी न बोलती थी। वह पहले से कुछ मोटी हो गई थी और उसके गाल मालपुए की तरह फूल गए थे। वह लाल चुनरी और पैरों में कड़ा-छड़ा पहने थी। उसके हाथ में एक पोटली थी। मूस के हृदय में एक अनजान-सा अभिमान मचलने लगा और उसने करवट बदलकर दूसरी ओर मुँह कर लिया।

''पाँव लागूँ, जिलेबिया की माई,'' मुनरी संकोच से ओसारे में बैठ गई, ''सुना था, जिलेबिया के बाबू बहुत दिनों से बीमार हैं। ...कैसा जी है अब ?''

''बैठो,'' परबतिया बोली, ''क्या कहूँ, बाबा बलेसरनाथ ही हमसे नाराज हैं। किस्मत फूट गई है। बीस-पच्चीस दिन से ऊपर हो गए, जिलेबिया के बाबू चारपाई पर पड़े तो उठे नहीं। खाँसी-बुखार छूटता नहीं। तुम तो जानती हो... मेरा जी अलग खराब रहता है। मैं तो अब यही कहती हूँ कि हे गंगा मैया, मुझको उठा लो!''

''दुख न करो, जिलेबिया की माई,'' मुनरी ने दुखपूर्ण स्वर में कहा, ''मैंने जब से सुना, मेरा जी छटपटा गया। मैंने सोचा, चलकर भूल-चूक की माफी माँग आऊँ। तुम लोगों का उपकार क्या भूल पाऊँगी? तुम लोगों ने हाथ न पकड़ा होता तो ये दिन देखने को न मिलते। मैं दूसरे घर चली गई हूँ, पर मेरा मन बदला नहीं है। मैं तुम लोगों के लिए वैसी ही हूँ!'' उसका स्वर आर्द्र हो उठा और वह एक क्षण के लिए रुकी। फिर साड़ी के खूँट से खोलकर एक पाँच रुपए का हरा नोट और पोटली आगे बढ़ाते हुए अनुनयपूर्ण आवाज में बोली, ''यह रख लो; जब हो तो लौटा देना। पोटली में चावल और मूँग की दाल है। जिलेबिया के बाबू को किसी डॉक्टर से दिखाकर इलाज कराओ। ...काली मैया अच्छा कर देंगी! मेरा मांस खाना कि कोई जरूरी बात पड़ने पर मुझसे संकोच करना!''

मूस का जी न मालूम कैसा होने लगा। उसको लगा कि अगर उसने उस दिन मुनरी को काँवर से मारा न होता तो वह उसे छोड़कर कभी न जाती। उसके हृदय में एक असहाय पीड़ा और आकांक्षा उमड़-घुमड़कर उसको बेचैन करने लगी।

दोपहर का भोजन

सिद्धेश्वरी ने खाना बनाने के बाद चूल्हे को बुझा दिया और दोनों घुटनों के बीच सिर रखकर शायद पैर की उँगलियाँ या जमीन पर चलते चींटे-चींटियों को देखने लगी। अचानक उसे मालूम हुआ कि बहुत देर से उसे प्यास लगी है। वह मतवाले की तरह उठी और गगरे से लौटा-भर पानी लेकर गट-गट चढ़ा गई। खाली पानी उसके कलेजे में लग गया और वह 'हाय राम' कहकर वहीं जमीन पर लेट गई।

आधे घंटे तक वहीं उसी तरह पड़ी रहने के बाद उसके जी में जी आया। वह बैठ गई, आँखों को मल-मलकर इधर-उधर देखा और फिर उसकी दृष्टि ओसारे में अध-टूटे खटोले पर सोए अपने छह वर्षीय लड़के प्रमोद पर जम गई। लड़का नंग-धड़ंग पड़ा था। उसके गले तथा छाती की हड्डियाँ साफ दिखाई देती थीं। उसके हाथ-पैर बासी ककड़ियों की तरह सूखे तथा बेजान पड़े थे और उसका पेट हँड़िया की तरह फूला हुआ था। उसका मुख खुला हुआ था और उस पर अनगिनत मक्खियाँ उड़ रही थीं।

वह उठी, बच्चे के मुँह पर अपना एक फटा, गंदा ब्लाउज डाल दिया और एक-आध मिनट सुन्न खड़ी रहने के बाद बाहर दरवाजे पर जाकर किवाड़ की आड़ से गली निहारने लगी। बारह बज चुके थे। धूप अत्यंत तेज थी और कभी एक-दो व्यक्ति सिर पर तौलिया या गमछा रखे हुए या मजबूती से छाता ताने हुए फुर्ती के साथ लपकते हुए-से गुजर जाते।

दस-पंद्रह मिनट तक वह उसी तरह खड़ी रही, फिर उसके चेहरे पर व्यग्रता फैल गई और उसने आसमान तथा कड़ी धूप की ओर चिंता से देखा। एक-दो क्षण बाद उसने सिर को किवाड़ से काफी आगे बढ़ाकर गली के छोर की तरफ निहारा, तो उसका बड़ा लड़का रामचंद्र धीरे-धीरे घर की ओर सरकता नजर आया।

उसने फुर्ती से एक लोटा पानी ओसारे की चौकी के पास नीचे रख दिया और चौके में जाकर खाने के स्थान को जल्दी-जल्दी पानी से लीपने-पोतने लगी। वहाँ पीढ़ा रखकर उसने सिर को दरवाजे की ओर घुमाया ही था कि रामचंद्र ने अंदर कदम रखा।

रामचंद्र आकर धम-से चौकी पर बैठ गया और फिर वहीं बेजान-सा लेट

गया। उसका मुँह लाल तथा चढ़ा हुआ था, उसके बाल अस्त-व्यस्त थे और उसके फटे-पुराने जूतों पर गर्द जमी हुई थी।

सिद्धेश्वरी की पहले हिम्मत नहीं हुई कि उसके पास आए और वहीं से वह भयभीत हिरनी की भाँति सिर उचका-घुमाकर बेटे को व्यग्रता से निहारती रही। किंतु, लगभग दस मिनट बीतने के पश्चात भी जब रामचंद्र नहीं उठा, तो वह घबरा गई। पास जाकर पुकारा–'बड़कू, बड़कू!' लेकिन उसके कुछ उत्तर न देने पर डर गई और लड़के की नाक के पास हाथ रख दिया। साँस ठीक से चल रही थी। फिर सिर पर हाथ रखकर देखा, बुखार नहीं था। हाथ के स्पर्श से रामचंद्र ने आँखें खोलीं। पहले उसने माँ की ओर सुस्त नजरों से देखा, फिर झट-से उठ बैठा। जूते निकालने और नीचे रखे लोटे के जल से हाथ-पैर धोने के बाद वह यंत्र की तरह चौकी पर आकर बैठ गया।

सिद्धेश्वरी ने डरते-डरते पूछा, "खाना तैयार है। यहीं लगाऊँ क्या?"

रामचंद्र ने उठते हुए प्रश्न किया, "बाबू जी खा चुके?"

सिद्धेश्वरी ने चौके की ओर भागते हुए उत्तर दिया, "आते ही होंगे।"

रामचंद्र पीढ़े पर बैठ गया। उसकी उम्र लगभग इक्कीस वर्ष की थी। लंबा, दुबला-पतला, गोरा रंग, बड़ी-बड़ी आँखें तथा होंठों पर झुर्रियाँ।

वह एक स्थानीय दैनिक समाचार पत्र के दफ्तर में अपनी तबीयत से प्रूफ़रीडरी का काम सीखता था। पिछले साल ही उसने इंटर पास किया था।

सिद्धेश्वरी ने खाने की थाली सामने लाकर रख दी और पास ही बैठकर पंखा करने लगी। रामचंद्र ने खाने की ओर दार्शनिक की भाँति देखा। कुल दो रोटियाँ, भर-कटोरा पनियाई दाल और चने की तली तरकारी।

रामचंद्र ने रोटी के प्रथम टुकड़े को निगलते हुए पूछा, "मोहन कहाँ है? बड़ी कड़ी धूप हो रही है।"

मोहन सिद्धेश्वरी का मँझला लड़का था। उम्र अट्ठारह वर्ष थी और वह इस साल हाईस्कूल का प्राइवेट इम्तहान देने की तैयारी कर रहा था। वह न मालूम कब से घर से गायब था और सिद्धेश्वरी को स्वयं पता नहीं था कि वह कहाँ गया है।

किंतु सच बोलने की उसकी तबीयत नहीं हुई और झूठ-मूठ उसने कहा, "किसी लड़के के यहाँ पढ़ने गया है, आता ही होगा। दिमाग उसका बड़ा तेज है और उसकी तबीयत चौबीस घंटे पढ़ने में ही लगी रहती है। हमेशा उसी की बात करता रहता है।"

रामचंद्र ने कुछ नहीं कहा। एक टुकड़ा मुँह में रखकर भरा गिलास पानी पी

गया, फिर खाने लग गया। वह काफी छोटे-छोटे टुकड़े तोड़कर उन्हें धीरे-धीरे चबा रहा था।

सिद्धेश्वरी भय तथा आतंक से अपने बेटे को एकटक निहार रही थी। कुछ क्षण बीतने के बाद डरते-डरते उसने पूछा, ''वहाँ कुछ हुआ क्या ?''

रामचंद्र ने अपनी बड़ी-बड़ी भावहीन आँखों से अपनी माँ को देखा, फिर नीचा सिर करके कुछ रुखाई से बोला, ''समय आने पर सब ठीक हो जाएगा।''

सिद्धेश्वरी चुप रही। धूप और तेज होती जा रही थी। छोटे आँगन के ऊपर आसमान में बादल में एक-दो टुकड़े पाल की नावों की तरह तैर रहे थे। बाहर की गली से गुजरते हुए एक खड़खड़िया इक्के की आवाज आ रही थी। और खटोले पर सोए बालक की साँस का खर-खर शब्द सुनाई दे रहा था।

रामचंद्र ने अचानक चुप्पी को भंग करते हुए पूछा, ''प्रमोद खा चुका ?''

सिद्धेश्वरी ने प्रमोद की ओर देखते हुए उदास स्वर में उत्तर दिया, ''हाँ, खा चुका।''

''रोया तो नहीं था ?''

सिद्धेश्वरी फिर झूठ बोल गई, ''आजा तो सचमुच नहीं रोया। वह बड़ा ही होशियार हो गया है। कहता था, बड़का भैया के यहाँ जाऊँगा। ऐसा लड़का...''

पर वह आगे कुछ न बोल सकी, जैसे उसके गले में कुछ अटक गया। कल प्रमोद ने रेवड़ी खाने की जिद पकड़ ली थी और उसके लिए डेढ़ घंटे तक रोने के बाद सोया था।

रामचंद्र ने कुछ आश्चर्य के साथ अपनी माँ की ओर देखा और फिर सिर नीचा करके कुछ तेजी से खाने लगा।

थाली में जब रोटी का केवल एक टुकड़ा शेष रह गया, तो सिद्धेश्वरी ने उठने का उपक्रम करते हुए प्रश्न किया, ''एक रोटी और लाती हूँ ?''

रामचंद्र हाथ से मना करते हुए हड़बड़ाकर बोल पड़ा, ''नहीं-नहीं, ज़रा भी नहीं। मेरा पेट पहले ही भर चुका है। मैं तो यह भी छोड़नेवाला हूँ। बस, अब नहीं।''

सिद्धेश्वरी ने जिद की, ''अच्छा आधी ही सही।''

रामचंद्र बिगड़ उठा, ''अधिक खिलाकर बीमार डालने की तबीयत है क्या ? तुम लोग ज़रा भी नहीं सोचती हो। बस, अपनी जिद। भूख रहती तो क्या ले नहीं लेता ?''

सिद्धेश्वरी जहाँ-की-तहाँ बैठी ही रह गई। रामचंद्र ने थाली में बचे टुकड़े

से हाथ खींच लिया और लोटे की ओर देखते हुए कहा, "पानी लाओ।"

सिद्धेश्वरी लोटा लेकर पानी लेने चली गई। रामचंद्र ने कटोरे को उँगलियों से बजाया, फिर हाथ को थाली में रख दिया। एक-दो क्षण बाद रोटी के टुकड़े को धीरे-से हाथ से उठाकर आँख से निहारा और अंत में इधर-उधर देखने के बाद टुकड़े को मुँह में इस सरलता से रख लिया, जैसे वह भोजन का ग्रास न होकर पान का बीड़ा हो।

मँझला लड़का मोहन आते ही हाथ-पैर धोकर पीढ़े पर बैठ गया। वह कुछ साँवला था और उसकी आँखें छोटी थीं। उसके चेहरे पर चेचक के दाग थे। वह अपने भाई ही की तरह दुबला-पतला था, किंतु उतना लंबा न था। वह उम्र की अपेक्षा कहीं अधिक गंभीर और उदास दिखाई पड़ रहा था।

सिद्धेश्वरी ने उसके सामने थाली रखते हुए प्रश्न किया, "कहाँ रह गए थे बेटा? भैया पूछ रहा था।"

मोहन ने रोटी के एक बड़े ग्रास को निगलने की कोशिश करते हुए अस्वाभाविक मोटे स्वर में जवाब दिया, "कहीं तो नहीं गया था। यहीं पर था।"

सिद्धेश्वरी वहीं बैठकर पंखा डुलाती हुई इस तरह बोली, जैसे स्वप्न में बड़बड़ा रही हो, "बड़का तुम्हारी बड़ी तारीफ कर रहा था। कह रहा था, मोहन बड़ा दिमागी होगा, उसकी तबीयत चौबीसों घंटे पढ़ने में ही लगी रहती है।" यह कहकर उसने अपने मँझले लड़के की ओर इस तरह देखा, जैसे उसने कोई चोरी की हो।

मोहन अपनी माँ की ओर देखकर फीकी हँसी हँस पड़ा और फिर खाने में जुट गया। वह परोसी गई दो रोटियों में से एक रोटी कटोरे की तीन-चौथाई दाल तथा अधिकांश तरकारी साफ कर चुका था।

सिद्धेश्वरी की समझ में नहीं आया कि वह क्या करे। इन दोनों लड़कों से उसे बहुत डर लगता था। अचानक उसकी आँखें भर आईं। वह दूसरी ओर देखने लगी।

थोड़ी देर बाद उसने मोहन की ओर मुँह फेरा, तो लड़का लगभग खाना समाप्त कर चुका था।

सिद्धेश्वरी ने चौंकते हुए पूछा, "एक रोटी देती हूँ?"

मोहन ने रसोई की ओर रहस्यमय नेत्रों से देखा, फिर सुस्त स्वर में बोला, "नहीं।"

सिद्धेश्वरी ने गिड़गिड़ाते हुए कहा, "नहीं बेटा, मेरी कसम, थोड़ी ही ले

लो। तुम्हारे भैया ने एक रोटी ली थी।''

मोहन ने अपनी माँ को गौर से देखा, फिर धीरे-धीरे इस तरह उत्तर दिया, जैसे कोई शिक्षक अपने शिष्य को समझाता है, ''नहीं रे, बस, अव्वल तो अब भूख नहीं। फिर रोटियाँ तूने ऐसी बनाई हैं कि खाई नहीं जातीं। न मालूम कैसी लग रही हैं। खैर, अगर तू चाहती ही है, तो कटोरे में थोड़ी दाल दे दे। दाल बड़ी अच्छी बनी है।''

सिद्धेश्वरी से कुछ कहते न बना और उसने कटोरे को दाल से भर दिया।

मोहन कटोरे को मुँह से लगाकर सुड़-सुड़ पी रहा था कि मुंशी चंद्रिका प्रसाद जूतों को खस-खस घसीटते हुए आए और राम का नाम लेकर चौकी पर बैठ गए। सिद्धेश्वरी ने माथे पर साड़ी को कुछ नीचे खिसका लिया और मोहन दाल को एक साँस में पीकर तथा पानी के लोटे को हाथ में लेकर तेजी से बाहर चला गया।

दो रोटियाँ, कटोरा-भर दाल, चने की तली तरकारी। मुंशी चंद्रिका प्रसाद पीढ़े पर पालथी मारकार बैठे रोटी के एक-एक ग्रास को इस तरह चुभला-चबा रहे थे, जैसे बूढ़ी गाय जुगाली करती है। उनकी उम्र पैंतालीस वर्ष के लगभग थी, किंतु पचास-पचपन के लगते थे। शरीर का चमड़ा झूलने लगा था, गंजी खोपड़ी आईने की भाँति चमक रही थी। गंदी धोती के ऊपर अपेक्षाकृत कुछ साफ बनियान तार-तार लटक रही थी।

मुंशी जी ने कटोरे को हाथ में लेकर दाल को थोड़ा सुड़कते हुए पूछा, ''बड़का दिखाई नहीं दे रहा?''

सिद्धेश्वरी की समझ में नहीं आ रहा था कि उसके दिल में क्या हो गया है—जैसे कुछ काट रहा हो। पंखे को ज़रा और जोर से घुमाती हुई बोली, ''अभी-अभी खाकर काम पर गया है। कह रहा था, कुछ दिनों में नौकरी लग जाएगी। हमेशा, 'बाबू जी, बाबू जी' किए रहता है। बोला, बाबू जी देवता के समान हैं।''

मुंशी जी के चेहरे पर कुछ चमक आई। शरमाते हुए पूछा, ''ऐं, क्या कहता था कि बाबू जी देवता के समान हैं? बड़ा पागल है।''

सिद्धेश्वरी पर जैसे नशा चढ़ गया था। उन्माद की रोगिणी की भाँति बड़बड़ाने लगी, ''पागल नहीं है, बड़ा होशियार है। उस जमाने का कोई महात्मा है। मोहन तो उसकी बड़ी इज्जत करता है। आज कह रहा था कि भैया की शहर में बड़ी इज्जत होती है, पढ़ने-लिखनेवालों में बड़ा आदर होता है और बड़का तो छोटे भाइयों पर जान देता है। दुनिया में वह सबकुछ सह सकता है,

पर यह नहीं देख सकता कि उसके प्रमोद को कुछ हो जाए।''

मुंशी जी दाल-लगे हाथ को चाट रहे थे। उन्होंने सामने की ताक की ओर देखते हुए हँसकर कहा, ''बड़का का दिमाग तो खैर काफी तेज है, वैसे लड़कपन में नटखट भी था। हमेशा खेल-कूद में लगा रहता था, लेकिन यह भी बात थी कि जो सबक मैं उसे याद करने को देता था, उसे बर्राक रखता था। असल तो यह कि तीनों लड़के काफी होशियार हैं। प्रमोद को कम समझती हो?'' यह कहकर वह अचानक जोर से हँस पड़े।

मुंशी जी डेढ़ रोटी खा चुकने के बाद एक ग्रास से युद्ध कर रहे थे। कठिनाई होने पर एक गिलास पानी चढ़ा गए। फिर खर-खर खाँसकर खाने लगे।

फिर चुप्पी छा गई। दूर से किसी आटे की चक्की की पुक-पुक आवाज सुनाई दे रही थी और पास की नीम के पेड़ पर बैठा कोई पंडूक लगातार बोल रहा था।

सिद्धेश्वरी की समझ में नहीं आ रहा था कि क्या कहे। वह चाहती थी कि सभी चीजें ठीक से पूछ ले। सभी चीजें ठीक से जान ले और दुनिया की हर चीज पर पहले की तरह धड़ल्ले से बात करे। पर उसकी हिम्मत नहीं होती थी। उसके दिल में जाने कैसा भय समाया हुआ था।

अब मुंशी जी इस तरह चुपचाप दुबके हुए खा रहे थे, जैसे पिछले दो दिनों से मौन-व्रत धारण कर रखा हो और उसको कहीं जाकर आज शाम को तोड़नेवाले हों।

सिद्धेश्वरी से जैसे नहीं रहा गया। बोली, ''मालूम होता है, अब बारिश नहीं होगी।''

मुंशी जी ने एक क्षण के लिए इधर-उधर देखा, फिर निर्विकार स्वर में राय दी, ''मक्खियाँ बहुत हो गई हैं।''

सिद्धेश्वरी ने उत्सुकता प्रकट की, ''फूफा जी बीमार हैं, कोई समाचार नहीं आया।''

मुंशी जी ने चने के दानों की ओर इस दिलचस्पी से दृष्टिपात किया, जैसे उनसे बातचीत करनेवाले हों। फिर सूचना दी, ''गंगाशरण बाबू की लड़की की शादी तय हो गई। लड़का एम. ए. पास है।''

सिद्धेश्वरी हठात चुप हो गई। मुंशी जी भी आगे कुछ नहीं बोले। उनका खाना समाप्त हो गया था और वे थाली में बचे-खुचे दानों को बंदर की तरह बीन रहे थे।

सिद्धेश्वरी ने पूछा, ''बड़का की कसम, एक रोटी देती हूँ। अभी बहुत-सी हैं।''

मुंशी जी ने पत्नी की ओर अपराधी के समान तथा रसोई की ओर कनखी से देखा, तत्पश्चात किसी छँटे उस्ताद की भाँति बोले, "रोटी ? रहने दो, पेट काफी भर चुका है। अन्न और नमकीन चीजों से तबीयत ऊब भी गई है। तुमने व्यर्थ में कसम धरा दी। खैर, कसम रखने के लिए ले रहा हूँ। गुड़ होगा क्या ?"

सिद्धेश्वरी ने बताया कि हँडिया में थोड़ा-सा गुड़ है।

मुंशी जी ने उत्साह के साथ कहा, "तो थोड़े गुड़ का ठंडा रस बनाओ, पीऊँगा। तुम्हारी कसम भी रह जाएगी, जायका भी बदल जाएगा, साथ-ही-साथ हाजमा भी दुरुस्त होगा। हाँ, रोटी खाते-खाते नाक में दम आ गया है।" यह कहकर वे ठहाका मारकर हँस पड़े।

मुंशी जी के निबटने के पश्चात सिद्धेश्वरी उनकी जूठी थाली लेकर चौके की जमीन पर बैठ गई। बटलोई की दाल को कटोरे में उड़ेल दिया, पर वह पूरा भरा नहीं। छिपुली में थोड़ी-सी चने की तरकारी बची थी, उसे पास खींच लिया। रोटियों की थाली को भी उसने पास खींच लिया। उसमें केवल एक रोटी बची थी। मोटी-भद्दी और जली उस रोटी को वह जूठी थाली में रखने जा रही थी कि अचानक उसका ध्यान ओसारे में सोए प्रमोद की ओर आकर्षित हो गया। उसने लड़के को कुछ देर तक एकटक देखा, फिर रोटी को दो बराबर टुकड़ों में विभाजित कर दिया। एक टुकडे को तो अलग रख दिया और दूसरे टुकड़े को अपनी जूठी थाली में रख लिया। तदुपरांत एक लोटा पानी लेकर खाने बैठ गई। उसने पहला ग्रास मुँह में रखा और तब न मालूम कहाँ से उसकी आँखों से टप-टप आँसू चूने लगे।

सारा घर मक्खियों से भनभन कर रहा था। आँगन की अलगनी पर एक गंदी साड़ी टँगी थी, जिसमें पैबंद लगे हुए थे। दोनों बड़े लड़कों का कहीं पता नहीं था। बाहर की कोठरी में मुंशी जी औंधे मुँह होकर निश्चितता के साथ सो रहे थे, जैसे डेढ़ महीने पूर्व मकान-किराया-नियंत्रण विभाग की क्लर्की से उनकी छँटनी न हुई हो और शाम को उनको काम की तलाश में कहीं जाना न हो…।

हत्यारे

क्वार की एक शाम को पान की एक दुकान पर दो युवक मिले। आकाश साफ, नीला और खुशनुमा था और हवा आनेवाले मौसम की स्मृति में चंचल। एक युवक गोरे रंग का, लंबा, तगड़ा और बहुत सुंदर था, यद्यपि उसकी आँखें छोटी-छोटी थीं। वह सफेद कमीज और आधुनिक फैशन की एक ऐसी तंग पैंट पहने था, जिसको फाड़कर उसके बड़े-बड़े और सुडौल चूतड़ बाहर निकलना चाहते थे। पैरों में जूते थे, किंतु मोजे नहीं थे और बाल उलटे फिरे थे। दूसरा युवक साँवला, ठिगना और तंदुरुस्त था। उसकी दाढ़ी-मूँछ अपने साथी की तरह ही सफाचट थी, पोशाक भी उसी ढंग की थी, किंतु सिर पर कश्मीरी टोपी थी, पैंट का रंग चाकलेटी न होकर भूरा था और कमीज की दो बटनें खुली होने के कारण बनियान साफ दिखाई दे रही थी।

"हलो, डियर!"

"हलो, सन!" गोरा पास आकर खड़ा हो गया।

"इतना लेट क्यों, बेटे?"

"भई, बोर हो गए!"

"कोई खास बात?"

"यही नेहरू है, यार! आज उसका एक और पत्र मिला है।"

"आई सी!" साँवले की आँखों और होंठों के कोरों में हास्य की हल्की सिकुड़नों पैदा होकर विलीन हो गईं।

"हाँ, डियर, यह आदमी मुझको परेशान कर रहा है। मैंने बार-बार कहा कि भाई मेरे, भारत की प्राइम मिनिस्ट्री किसी दूसरे व्यक्ति को दो, मेरे पास बड़े-बड़े काम हैं। लेकिन मानता ही नहीं।"

"क्या कहता है?"

"वही पुराना राग। इस बार लिखा है—अब मैं थक गया हूँ। गाँधी जी देश का जो भार मुझे सौंप गए, उसको मैं आपके मजबूत कंधों पर रखना चाहता हूँ। इस अभागे देश में आज आपसे काबिल और समझदार दूसरा कोई भी नहीं है!"

दो लट्टू तेजी से नाचकर सहसा गिर गए हों, इस तरह वे कुछ क्षण हँसकर गंभीर हो गए।

"और भी तो नेता हैं?" साँवले ने पूछा।

"नेहरू देश के और सभी नेताओं को निकम्मा और बातूनी समझता है। तुमको तो मालूम है न कि लास्ट टाइम जब मैं दिल्ली गया था तो नेहरू ने अशोक होटल में आकर मुझसे मुलाकात की थी?"

"नहीं! तुम हरामी की औलाद हो, कोई बात बताते भी तो नहीं!" साँवले की आँखें बटन की तरह चमकने लगीं।

"नेहरू हाथ पकड़कर रोने लगा। बोला, आज देश भारी संकट से गुजर रहा है। सभी नेता और मंत्री बेईमान और संकीर्ण विचारों के हैं। जो ईमानदार हैं, उनके पास अपना दिमाग नहीं है। मेरी लीडरशिप भी कमजोर है। मेरे अफसर मुझको धोखा देते हैं। जनता की भलाई के लिए मैंने पाँचसाला योजनाएँ शुरू कीं, लेकिन ब्लाकों के सरकारी कर्मचारी अपने घरों को भरने में लगे हैं। मैं जानता हूँ कि सारे देश में कुछ लोग लूट-खसोट मचाए हुए हैं, लेकिन मैं उनके खिलाफ कोई कार्रवाई नहीं कर सकता।"

"अरे!"

"किसी से कहना मत, साले!" उसने अंत में कहा—देश को आज केवल आपका ही सहारा है। आप ही पूँजीपतियों, मंत्रियों और अफसरों के षड्यंत्र को खत्म करके समाजवाद कायम कर सकते हैं!"

"अब तुम क्या सोच रहे हो?"

"ऐसे छोटे-मोटे काम माबदौलत नहीं करते।"

"यार, तुमको देश की खातिर कुछ तो झुकना ही चाहिए!"

"नहीं, बे! मैं सिद्धान्तों का आदमी हूँ। नेहरू को ट्रंक कॉल करके आ रहा हूँ, इसीलिए तो देर हुई।"

"अच्छा?"

"हाँ! मैंने साफ-साफ कह दिया—भैया, देश की प्राइम मिनिस्ट्री मुझे मंजूर नहीं। मेरे सामने बहुत बड़े-बड़े सवाल हैं। सबसे पहले तो मुझे विश्वशांति कायम करनी है!"

दोनों दाँत खोलकर हँसने लगे।

"तुम्हारा सोचना एक तरह से ठीक ही है। हाँ, मुझको भी एक मामूली-सी बात याद आ गई। कल मुझको भी अमेरिका के प्रेसीडेंट केनेडी का एक तार मिला था।"

"क्या लिखता है?" गोरे की आँखें सिकुड़ गईं।

"मुझको अमेरिका बुला रहा है। उसने लिखा है—आप-जैसा साहसी व्यक्ति आज संसार में कोई दूसरा नहीं। आप आ जाएँगे तो अमेरिका निश्चित

रूप से रूस को युद्ध में हरा देगा।"

"तुमने कोई जवाब दिया?"

"मैंने भी केबुल कर दिया कि मैं राष्ट्रीय विचारों का युवक हूँ और इस घोर संकट के समय किसी भी हालत में अपने देश को छोड़कर किसी दूसरी जगह नहीं जा सकता।"

"अच्छा किया। वैसे वह शख्स है बहुत सीधा-सादा। मेरी तो बड़ी इज्जत करता है। मैंने ही उससे तुम्हारी सिफारिश कर दी थी!"

इस पर वे एक ही साथ इस तरह सिर नीचा करके हँसने लगे, जैसे अपनी निकली छातियों को देखकर खुश हो रहे हों। परंतु बगल में खड़े एक पैंटधारी सज्जन की खिलखिलाहट सुनकर फौरन गंभीर हो गए। उनकी आँखें सिकुड़ गईं, होंठों में दृढ़ता आ गई और गर्दनें तन गईं। इसके बाद गोरे ने अजीब शान से आगे बढ़कर पानवाले से कैप्स्टन का डिब्बा ले लिया। फिर दोनों ने एक-एक सिगरेट सुलगाई और अंत में शंटिंग करनेवाले रेल के इंजन की तरह लापरवाही से धुआँ छोड़ते हुए वहाँ से चलते बने।

एक चौड़ी और साफ-सुथरी तारकोल की सड़क के दोनों ओर भव्य दुकानें थीं। अगल-बगल दोनों फुटपाथों पर हर उम्र, पेशा और रंग-रूप के स्त्री-पुरुषों की उत्साही भीड़ें विपरीत दिशाओं को सरक रही थीं। वे बाईं पटरी से आगे बढ़ रहे थे। उनके कूल्हे खूब मटक रहे थे। उनके हाथ कुछ फैलकर इस तरह आगे-पीछे हो रहे थे, जैसे वे खड़े होकर तैर रहे हों। वे अक्सर अपने दाएँ और बाएँ अत्यधिक नाराजी से घूरते थे। एक बार जब भड़कीले वस्त्रों से सज्जित कुछ छात्राओं का एक दल सुगंध उड़ाता हुआ बगल से गुजरा तो उन्होंने होंठ सिकोड़कर चुंबन की आवाजें पैदा कीं। जब वे बाजार के दूसरे छोर पर पहुँच गए तो उन्होंने सरदार की दुकान के सामने खड़े होकर बादाम का शर्बत पिया. बनारसी पानवाले के यहाँ जाकर चार-चार बीड़े मगही पान खाए और अंत में बाईं पटरी से वापस लौटने लगे।

"उस लौंडिया को पहचान रहे हो?"

"नहीं," साँवले ने पीछे घूमकर एक दुबली-पतली लड़की को जाते हुए देखा।

"तुम साले गदहे हो। जब मैं प्रधानमंत्री बनूँगा तो तुमको सेक्रेटेरियट का भंगी बनाऊँगा! बेटे, यह है चंद्रा सिनहा। एम. ए. इंगलिश टॉप करके अब रिसर्च कर रही है। वह मुझको अपना पति मान चुकी है।"

"या पुत्र?"

''मजाक नहीं, डियर ! कई बार चरण पकड़कर रो चुकी है । लेकिन तुम तो जानते ही हो कि मैं बाल-ब्रह्मचारी रहने की प्रतिज्ञा कर चुका हूँ !''

''तुम्हारे बाप भी तो बाल-ब्रह्मचारी ही थे !''

दोनों के मुँह कानों तक फैल गए ।

''यार, तुम हर बात को नॉनसीरियस बना देते हो ! मैं देश की कोटि-कोटि जनता के कल्याण के लिए अपील करता हूँ कि तुम गंभीर बनो और अनुशासन में रहो !''

''अच्छा, फरमाइए, हुजूर शाहंशाह हरामी-उल-मुल्क ।''

''तो हे अर्जुन, सुनो ! एक रोज प्रोफेसर दीक्षित मेरे पास आकर गिड़गिड़ाने लगे ।''

''इंगलिश डिपार्टमेंट के हेड ?''

''हाँ बे, और कौन प्रोफेसर दीक्षित हैं इस अखिल विश्व में ?''

''गलती हुई, सरकार !''

''आते ही हाथ जोडकर बोले, ''इस संसार में आप ही मेरी मदद कर सकते हैं । चंद्रा सिनहा के बिना मैं एक क्षण भी जिंदा नहीं रह सकता । वह मामूली स्टूडेंट थी, लेकिन मैंने ही उसको टॉप कराया । मैंने उससे कई बार कहा है कि तुमको दो वर्ष में ही डॉक्टरेट दिला दूँगा । मैंने हर दर्जे के लिए पाठ्य-पुस्तकें और कुंजियाँ लिखकर जो लाखों रुपए कमाए हैं, उनको चंद्रा के चरणों पर न्यौछावर करने को तैयार हूँ । लेकिन वह तो मेरी ओर देखती भी नहीं । वह आपके ही नाम की माला जपती रहती है । आप समझा देंगे तो कहना मान जाएगी !''

''तुम तो, बेटा, फिर डरे होंगे ? तुम्हारा एक पीरियड वह लेता जो है !''

''हुश ! सारा देश जिसकी पूजा करता है वह उस पिद्दी से डरेगा ? मैंने डाँटकर उससे पूछा—बच्चू, पाठ्य-पुस्तकों का रोब तो बहुत दिखाते हो, लेकिन क्या तुम इससे इनकार कर सकते हो कि तुम्हारी सभी पुस्तकें तुम्हारे शिष्यों की लिखी हुई हैं ?''

''फिर क्या बोलिस ?''

''बोलता क्या ? थर-थर काँपने लगा । मेरे चरण पकड़कर प्रार्थना करने लगा कि मैं यह बात किसी से न कहूँ ! मैंने कड़ककर उत्तर दिया—मैं जानता हूँ कि तुम बड़े-बड़े अफसरों और मंत्रियों की चापलूसी करते हो । तुमने अनगिनत लड़कियों की जिंदगी इसी तरह चौपट की है । चंद्रा सती-साध्वी नारी है, अगर आइंदा तुमने उसको बुरी नजर से देखा तो मुझे बाध्य होकर देश की

शिक्षा-पद्धति में आमूल परिवर्तन करना पड़ेगा !"

सहसा एक बुकस्टाल ने उनका ध्यान आकर्षित किया, जिसके सामने एक जवान, गोरी और सुंदर महिला खड़ी थी। उसका जूड़ा सर्प की कुंडली की तरह पीछे बँधा था और उसके पुष्ट शरीर पर गेरुए रंग की एक रेशमी साड़ी सयत्न लापरवाही के साथ लिपटी थी, जिससे वह कोई बौद्ध भिक्षुणी की तरह दिखाई दे रही थी। वह 'ईव्स वीकली' को ध्यानपूर्वक उलट-पुलटकर देख रही थी, परंतु उसके मुख पर इस आशा का भाव था कि लोग उसको अत्यधिक आधुनिक और प्रबुद्ध समझें। वे भी मुँह से धीरे-धीरे सीटी की आवाजें निकालते हुए निकट आकर खड़े हो गए और कुछ पत्र-पत्रिकाओं को उलटने-पुलटने लगे। उन्होंने बारी-बारी से 'रेखा', 'गोरी', 'रीडर्स डाइजेस्ट', 'इलस्ट्रेटेड वीकली', 'लाइफ', 'मनोहर कहानियाँ', 'फिल्म फेयर', जासूस महल' आदि पत्रिकाएँ देखीं। बीच-बीच में वे उस महिला को घूरते जाते थे और कोई बात कहके जोर से हँस पड़ते थे।

"यार, लास्की भी अजीब आदमी था," गोरे ने कहा।

"क्यों ?"

"तुम तो जानते ही हो कि 'ग्रामर ऑफ पॉलिटिक्स' लिखने के पहले वह मुझसे मिलने आया था !"

"कुछ-कुछ याद आ रहा है," साँवला महिला की ओर तिरछी दृष्टि से देखकर जोर से हँस पड़ा।

"वह एक रात को चुपके-से मेरे घर पहुँचा। गिड़गिड़ाकर बोला—जब तक आप मदद न करेंगे मेरी किताब लिखी नहीं जाएगी ! मुझे दया आ गई कि आदमी शरीफ है और इसके लिए कुछ कर देना चाहिए। मैंने कहा—भाई, मेरे पास इतना समय तो नहीं कि तुम्हारे लिए पूरी पुस्तक लिख दूँ। हाँ, रोज मैं रात को दो घंटे बोल दूँगा और तुम नोट कर लेना।"

"तैयार हुआ ?"

"अरे, बड़ा खुश हुआ ! मैंने दस दिन में ही पूरी किताब डिक्टेट करा दी। वह कहने लगा कि पुस्तक के असली लेखक आप ही हैं और उस पर आपका ही नाम जाना चाहिए, लेकिन मैंने जवाब दिया कि मैं सत्य और अहिंसा के देश का रहनेवाला हूँ और मेरी सेवाएँ सदा निस्वार्थ होती हैं !"

उस महिला ने शान से गर्दन घुमाकर उनकी ओर घूरती नजर से देखा। फिर वह 'ईव्स वीकली' खरीदकर उपेक्षापूर्ण भाव प्रकट करती हुई चली गई। दोनों ने जोर का ठहाका लगाया। फिर साँवला शीघ्र ही गंभीर होकर गुनगुनाने

लगा–मुझे पलकों की छाँव में रहने दो ···

उन्होंने बाजार के दो और चक्कर लगाए। तब तक अँधेरा छा गया था। सभी दुकानें रंग-बिरंगी रोशनियों से जगमगाकर रहस्यमय स्वप्नलोक की तरह प्रतीत हो रही थीं। वे फिर उसी पान की दुकान पर आकर खड़े हो गए। इस बार साँवले ने सिगरेट खरीदी।

"डियर, हम काफी विदेश भ्रमण कर चुके। अब हमको प्यारे स्वदेश की भी सुध लेनी चाहिए।" गोरा जमुहाई लेकर बोला।

"हाँ। मेरी भी पवित्र आत्मा स्वदेश के लिए छटपटा रही है।"

"लेट अस गो!"

कुछ दूर चलकर वे 'दी प्रिन्स' में घुस गए। काउंटर पर बड़ी-बड़ी मूँछोंवाला एक अधेड़ व्यक्ति अत्यधिक तटस्थ और विनम्र भाव से बैठा था। उसने झुककर उनको सलाम किया। दाहिनी ओर चार केबिन बने हुए थे। पहले में चार व्यक्ति बैठे हुए थे और जोर-जोर से बातें करके ठहाके लगा रहे थे, जिनको देखते ही वे दोनों अत्यधिक गंभीर हो गए और उनके चेहरों पर उच्चता और उपेक्षा के भाव अंकित हो गए। वे अंतिम केबिन में जाकर बैठ गए।

"क्या लोगे?" गोरे ने पूछा।

"देश का सामाजिक और नैतिक स्तर ऊँचा करना है, ब्रांडी ही चलने दो।"

"एक अद्धा और साथ में अभी ··· उबले हुए अंडे," गोरे ने आर्डर दिया।

जब बैरे ने सामान लाकर मेज पर रख दिया तो गोरे ने दो गिलासों में बराबर-बराबर मात्रा में शराब ढाली। साँवले ने चुपके से अपने गिलास की कुछ शराब गोरे के गिलास में उँडेल दी और अंत में झेंपकर हँसने लगा।

"साले! तुम कायर हो।" गोरा बिगड़ गया, "मैंने सोचा था कि प्राइम मिनिस्टर होने पर मैं तुमको भ्रष्टाचार-निवारण-समिति और जातिभेद-उन्मूलन-समिति का अध्यक्ष बना दूँगा। लेकिन जब तुम इतनी पी नहीं सकते तो अवसर आने पर घूस कैसे लोगे, जालसाजी कैसे करोगे, झूठ कैसे बोलोगे? फिर देश की सेवा क्या करोगे, खाक?"

दोनों जोर-जोर से ठहाके लगाने लगे। फिर उन्होंने सिगरेट सुलगा ली। वे शराब की चुस्की लेने के बाद अंडे खाकर कुछ देर तक अपनी नाक की सीध में महत्त्वपूर्ण और बुजुर्गाना ढंग से देखते थे और बाद में सिगरेट के गहरे कश खींचकर धुआँ छोड़ने लगते थे।

जब वे बाहर निकले तो उनके चेहरे तमतमा रहे थे। फुटपाथों पर की भीड़ें

हल्की पड़ गई थीं। गोरे ने हाथ ऊँचे करके अपने शरीर को तोड़ा।

"तुम्हारी लीडरशिप का मजा न आया। आज तो कुछ रचनात्मक कार्य होना चाहिए।"

"तो तैयार हो जाओ। मैं देश के चौमुखी विकास और विश्वशांति की स्थापना के लिए जो कदम उठाने जा रहा हूँ, उसमें तुम्हारे-जैसे नौजवान की मदद चाहिए ! अगर तुम हिम्मत से काम लोगे तो माबदौलत खुश होकर तुमको होम मिनिस्टर बना देंगे !"

"जो आज्ञा, हुजूर !"

"तो आओ, बेटा, रिक्शे पर बैठो।"

कुछ देर बाद उनका रिक्शा एक छोटी-सी बस्ती के पास रुका, जिसमें खपड़ैल और फूस के पंद्रह-बीस छोटे-छोटे मकान थे। उस बस्ती में चौका-बर्तन करनेवाले कमकर, कुछ रिक्शा-चालक और इसी किस्म के मजदूर रहते थे। वह स्थान विश्वविद्यालय से लगभग एक मील दूर शहर की सीमा पर स्थित था, इसलिए दूर तक कोई अन्य बस्ती नहीं दिखाई देती थी। नुक्कड़ पर पान की एक ऐसी दुकान थी, जिसमें अन्य छोटे-मोटे सामान भी मिलते थे। झोंपड़ियों से मद्धिम मटमैली रोशनियाँ झाँक रही थीं। रात अँधेरी थी, परंतु मौसम बहुत सुहावना था और निःशब्द चलनेवाली पवित्र, स्वच्छ और शीतल हवा शरीर और मन को पुलक से भर देती थी।

वे पहली झोंपड़ी में ही घुसे। बाहर छोटे-से बरामदे में बाईं ओर दीवार से सटकर नाव की तरह गहरी एक पुरानी बँसखट पड़ी हुई थी। दाहिनी तरफ एक कोने में एक औरत चूल्हे के सामने बैठी खाना बना रही थी। वह चौंककर खड़ी हो गई, परंतु गोरे को तत्क्षण पहचानकर सज्जनतापूर्वक हँसने भी लगी, जिससे उसके गालों के बीच में गड्ढे पड़ गए। उसकी उम्र चौबीस-पच्चीस की होगी। रंग करीब-करीब काला था, परंतु शरीर मजबूत था और वह देखने में बुरी भी नहीं थी। वह एक मैली-कुचैली साड़ी पहने थी और आँचल की अस्त-व्यस्तता के कारण उसके उन्नत और पुष्ट उरोज दिखाई दे रहे थे। वह एक सीधी-सादी और सरल स्वभाव की स्त्री प्रतीत होती थी।

"बहुत दिन के बाद दरसन दिया ? बैठिए।"

"यहाँ बैठकर क्या होगा, जी ?" गोरा हँस पड़ा।

"तो भीतर चलिए !"... वह भी हँसने लगी।

"आज तुम्हारी सेवा में विश्व के एक महान नेता को लाया हूँ।"

"मुझे तो आपकी बात समझ में नहीं आती। कौन हैं ये ?" उसने अदा के

साथ साँवले की ओर देखा।

''ये अखिल विश्व लोफर संघ के अध्यक्ष हैं। इनको हर तरह से तुम्हें खुश करना है।''

''मेरे लिए तो सभी बराबर हैं। किसी तरह की शिकायत की बात नहीं मिलेगी।'' वह फिर हँसने लगी।

''तुम्हारा दोपाया जानवर कहाँ है?''

''कहीं घास चरने गया होगा।'' वह खिलखिला पड़ी।

''तो क्या देर है?''

''कुछ नहीं। दाल चुरती रहेगी।''

वह सहसा व्यस्त होकर चूल्हे के सामने बैठ गई। उसके होंठ अनजान में ही एक शिष्ट, हल्की मुस्कराहट से फैल गए थे। उसने एक लकड़ी निकालकर आँच धीमी कर दी, बटलोई की दाल को करछुल से चलाया और अंत में आश्वस्त होकर उठ खड़ी हुई।

गोरा बाहर बँसखट पर बैठा ऊँघता-सा रहा। थोड़ी देर बाद औरत तेजी से बाहर आई और बटलाई को चूल्हे पर से उतारकर पुनः कोठरी में चली गई। अब बाहर बैठने की बारी साँवले की थी। इस बीच बरामदे के ताक पर रखी ढिबरी की रोशनी किसी बीमार की फीकी मुस्कराहट की तरह टिमटिमाती रही।

''दो-दो रुपए हुए न?'' बाहर निकलकर गोरे ने हँसकर पूछा।

''आज तो चार-चार लूँगी! बड़ा परेशान किया है आप लोगों ने!'' वह आँखें मटकाकर बोली।

''तुम तो पूँजीपति हो! तुमको किस बात की कमी है? अच्छा, आठ-आठ आना और। लेकिन दस रुपए का नोट है।''

''रुपए तो मेरे पास नहीं हैं।''

''पानवाले से भुना लेते हैं।''

''लाइए, मैं ले आती हूँ।''

''अरे, तुम देश की महान कार्यकर्त्री हो, तुम कहाँ कष्ट करोगी? अभी आते हैं।''

''अच्छी बात है,'' वह हँसने लगी।

वे झोंपड़ी से बाहर निकलकर पान की दुकान की ओर बढ़े। वह औरत बरामदे में खड़ी उनको देख रही थी।

''साले, जूते निकालकर हाथ में ले लो।'' गोरे ने दुकान के निकट पहुँचकर

फुसफुसाहट के स्वर में कहा।

"क्यों?" साँवला चौंक उठा।

"मेरे आदेश का चुपचाप पालन कर। आज समय आ गया है कि हमारे नवयुवक बुद्धिमानी, मौलिकता, साहस और कर्मठता से काम लें। मैं पूर्ण अहिंसात्मक तरीके से उनका पथ-प्रदर्शन करना चाहता हूँ।"

दोनों ने झटपट अपने जूते उतारकर अपने हाथों में ले लिए।

"भाग साले! आर्थिक और सामाजिक क्रांति करने का समय आ गया है!"

वे सरपट भाग चले। साथ में वह ही-ही हँसते भी जा रहे थे। वह औरत झोंपड़ी के बाहर निकल आई थी और छाती पीट-पीटकर विलाप करने लगी थी, "अरे, लूट लिया हरामी के बच्चों ने! उन पर बज्जर गिरे...."

झोंपड़ियों से कुछ व्यक्ति निकलकर युवकों के पीछे दौड़े। तारकोल की सड़कें जन-शून्य थीं। दोनों युवक अरबी घोड़ों की तरह दौड़ रहे थे। वे कभी बाएँ घूम जाते और कभी दाएँ। पीछा करनेवालों में से एक फुर्तीबाज व्यक्ति तीर की तरह उनकी ओर बढ़ा जा रहा था। वह समीप आता गया। अब वह समय दूर नहीं था जब वह आगे लपककर साँवले रंग के युवक को पकड़ लेता, जो पीछे पड़ गया था। परंतु सहसा गोरा रुककर एक ओर खड़ा हो गया। उसने पैंट की जेब में से एक छुरा निकालकर खोल लिया, जो उसके हाथ में चमक उठा। फिर फुर्ती से आगे बढ़कर उसने छुरा उस व्यक्ति के पेट में भोंक दिया, जो 'हाय मार डाला' कहके लड़खड़ाकर गिर पड़ा।

इसके बाद दोनों पुनः तेजी से भाग चले। जब बिजली का खंभा आया तो रोशनी में उनके पसीने से लथपथ ताकतवर शरीर बहुत सुंदर दिखाई देने लगे। फिर वे न मालूम किधर अँधेरे में खो गए।

घुड़सवार

मुझे एक दिन जिलाधीश का हुक्मनामा मिला। इसकी सपने में भी उम्मीद नहीं थी। उसमें लिखा था कि दो महीने बाद घुड़सवारी की परीक्षा होगी। मुझे लगा, गोया ताड़ के वृक्ष पर चढ़ते-चढ़ते फिसलकर जमीन पर गिर गया होऊँ। यह

मेरी नौकरी का चौथा वर्ष था। उसके पहले मैं बहुत परेशान रहा था। लेकिन सौभाग्य से धर्मवाद, जातिवाद आदि मूँगफली की तरह लोकप्रिय थे। तो मैं विभिन्न धाराओं में कभी चित्त, कभी पट और कभी खड़िया तैरने लगा और चल निकला। उसके बाद मस्ती कटने लगी। गाँवों में लोग मुझे बहुत ऊँचा अफसर समझकर खातिर करते थे और शहर में विद्वान। मैं शादी-बारात, पार्टियों और समारोहों में अनिवार्य रूप से बुलाया जाता। मैं सुग्गे की तरह टाएँ-टाएँ बोलना भी सीख गया और अंतिम सत्य की मणि को मुट्ठी में लेकर लोगों को उनकी जरूरत के अनुरूप ज्ञान की बातें बताने लगा। किंतु दाल-भात में यह ऊँट का घुटना कहाँ से आ गया! मैं बेहद डर गया।

"अजीब घनचक्कर है।" मैं बुदबुदाया।

यह सच है कि हाड़-मांस के जीवित घोड़े पर मैं आज तक कभी चढ़ा ही नहीं था, यद्यपि इंसान होने के नाते घोड़े से कुछ संबंध होना स्वाभाविक ही है। बचपन में लाठी पर बैठकर कुछ ऐतिहासिक लड़ाइयाँ जीती थीं और बड़ा होकर कल्पना के घोड़े दौड़ाने में दक्ष हो गया था। लेकिन एक तरह से मैं अपने को घुड़सवार भी समझता था—ठीक उसी तरह, जैसे हर व्यक्ति अपने को अच्छा अभिनेता और अच्छा निर्देशक समझ लेता है। दोस्तों से यदि इस विषय पर कभी बात चलती, तो मैं ऐसी कुशल अस्पष्टता का कमाल दिखाता कि वे मुझे अच्छा घुड़सवार समझ लेते। और मैं ईमानदारी से सोचता भी था कि मौका आने पर घुड़सवारी कर लूँगा। उसमें है ही क्या, बस रकाब पर पैर रखकर चढ़ जाना है और एड़ लगाकर मुस्तैदी से बैठे रहना है।

सहसा मुझे गुस्सा चढ़ आया। यह भी कोई न्याय है! यह ठीक है कि ब्रिटिश जमाने से चले आते एक बहुत पुराने नियम के अनुसार 'कलेक्शन नायब तहसीलदारों' को भी घुड़सवारी में दक्ष होना चाहिए। कानूनी नियम तो बहुत होते हैं और होने भी चाहिए, क्योंकि उनकी एक महान राष्ट्रीय शोभा होती है, लेकिन उनके परिपालन में मानवीय महत्त्व की गूढ़ बातों पर भी सोचना-विचारना पड़ता है। आखिर कानून बड़ा है या इंसान? यदि बाबू बलवीर को घुड़सवारी का सर्टीफिकेट मिल ही जाएगा, तो कौन इससे खाद्य-समस्या नहीं हल होगी? इसके पहले तो जिलाधीश सर्टीफिकेट दे ही देते थे! मैं इसके खिलाफ लड़ूँगा और सुप्रीम कोर्ट तक।

मैं जरूरत से अधिक उत्तेजित होकर उठ खड़ा हुआ और कमरे में टहलने लगा। खिड़की के बाहर शहर की इमारतें और वृक्ष आँखें चबकानेवाली धूप में

चमक रहे थे और स्टेशन की ओर से किसी इंजन का धुआँ उठकर आकाश में भूरा-भूरा फैल रहा था।

'यह सब यहाँ नहीं चलेगा।' मैंने मन-ही-मन कहा और मुझे अपने शहर पर गर्व हुआ, जिसके दक्षिण सीमांत पर गंगा नदी बहती है। जब नियुक्ति के बाद मेरी पहली पोस्टिंग यहीं पर हुई, तो मैं कितना प्रसन्न हुआ था! हमारे शहर का एक खास व्यक्तित्व है। यह है बहुत चुनमुनिया, जहाँ मच्छरों और शीशम के वृक्षों की भरमार है। सबसे मुख्य बात यह है कि सन 1942 के आंदोलन में यहाँ के लोगों ने ब्रिटिश हुकूमत को जबरदस्त चुनौती दी थी। इस वजह से तथा कुछ अन्य कारणों से भी हम अपने को दूसरों से कुछ श्रेष्ठ ही समझने के अभ्यस्त हैं। यहाँ हर सार्वजनिक सभा के आरंभ में ही यह उद्‌घोष सुनाई देता है, 'यह वही पवित्र भूमि है, जिसने कि...' लगभग हर व्यक्ति के पास उस जमाने के किस्से, व्यक्तिगत अनुभव एवं त्यागपूर्ण दावे हैं। और मैं भी इस संबंध में किसी से पीछे नहीं रहता। यह हो सकता है कि हमारी बातों को सुनकर ऐसा आभास हो, गोया हमने अंतिम सफलता प्राप्त कर ली हो और सारे देश को हमारा कृतज्ञ होना चाहिए। लेकिन इसके लिए हम क्या करें कि बाहर के लोग भी जब यहाँ आते हैं, तो अजीब ही प्रशंसापूर्ण गद्‌गद दृष्टि से देखकर जबान चटपटाते हुए कहते हैं, "खैर साहब, यहाँ की और ही बात है। आप लोगों ने कमाल कर दिखाया..."

तो हम एक वीर शहर के हैं और यहाँ बड़ों-बड़ों के छक्के छूट जाते हैं। साफ बात है कि हम दूसरे जिलों एवं क्षेत्रों के लोगों को अधिक लिफ्ट नहीं देते और उनसे अलग-अलग रहते हैं तथा अपनी हर चीज व आदत को श्रेष्ठ समझते हैं। हमारी वीरता की कुछ अन्य परंपराएँ भी हैं। हमारे यहाँ वीरता के लिए बिना टिकट यात्रा की जाती है और हर दो-चार महीने पर टी.टी.ई. को पीट दिया जाता है। इसीलिए ही फुटबाल या हाकी मैचों में किसी बाहरी टीम के जीतने पर उसके सर्वोत्तम खिलाड़ी के हाथ-पाँव तोड़ दिए जाते हैं और दफ्तरों में समय से न जाना, बीच में किसी जरूरी काम का बहाना करके चलते बनना और रोकने पर लड़ना या अफसर को अँधेरी गली में बोरा ओढ़ाकर पिटवा देना भी ऐसे ही कार्यों में शामिल है।

हमको गोष्ठी और बैठकी जमाने में बड़ा मजा आता है और उनमें खूब गप्पें लगती हैं और हँसी होती है। किसी भी बैठकी में बातचीत यात्राएँ करके अंत में अपने शहर और जिले पर केंद्रित हो जाती हैं। सर्वप्रथम इसकी चर्चा

होगी कि कब कौन अफसर पीटा गया और किस मानववादी गुंडे ने पुलिस की नाक में दम कर रखा था। फिर इसकी गणना शुरू हो जाएगी कि यहाँ के कौन-कौन से व्यक्ति दूसरे प्रदेशों में ऊँचे पद पर विराजमान होकर इस शहर की ख्याति और रौब को फैला रहे हैं। इस बीच उस गणितज्ञ का अनिवार्य रूप से उल्लेख होगा, जो अपनी प्रतिभा के बल पर विलायत गया था और एक महान अन्वेषक बनते-बनते रह गया था। और उस विदेशी छात्र का भी, जो यहाँ भ्रमण करने आया था और जिसको कुछ स्थानीय छात्रों ने घुमाते समय हँस-हँसकर हिंदी में इसलिए चुनी-चुनी गालियाँ दी थीं कि वह हिंदी ज़रा भी नहीं समझता था। हमको अपनी हर वस्तु पर अभिमान है और क्यों न हो! अपने चौक पर और अपनी लाई-मूढ़ी पर भी। पहले शाम-सवेरे नाश्ते पर लाई-मूढ़ी खूब चलती थी, जिसको अब गरीब लोग ही अधिक खाते हैं, लेकिन टोस्ट-मक्खन उड़ानेवाला भी उसकी श्रेष्ठता को सिद्ध करने से बाज नहीं आएगा, 'यह चीज कितनी उत्तम है। यह सस्ती भी है और इससे पेट भी भरता है—खाकर अटंड हो गए। इसमें विटामिनों की भी भरमार है। दूसरे लोग कहाँ पाएँ इसे? अंडा-वंडा तो चाहे जितना खाया जाए, वह पेट में चिपका ही रह जाता है...'

"और यहाँ के मच्छरों को कम समझते हैं? वे भी सबसे आगे हैं।" कोई खुश होकर कह देता है।

लेकिन इतना सब सोचने पर भी मेरा उत्साह और क्रोध पता नहीं कब खिसक गए और मैं अपने को एक बीमार गीदड़ की तरह महसूस करने लगा। यदि पहले का जमाना होता, तो मैं भी देख लेता। मैं अपने तरकश में दो-चार बेजोड़ तीर हमेशा रखे रहता हूँ, लेकिन इस अजीब से नाटे, पागल और भौं-सिकोड़ू जिलाधीश के सामने मेरी भी हिम्मत नहीं खुलती। इस युग में घुड़सवारी आदि की बातें कैसी अवास्तविक लगती हैं? कौन इतना परिश्रम करेगा और किसमें इतना धैर्य है? आज हर चीज के आसान, मानवीय रास्ते निकाल लिए गए हैं। नहीं, चुप बैठने से काम नहीं चलेगा!

मैं कपड़े पहनकर बाहर निकल गया और शहर में दौड़ने लगा। कई लोगों से मिला और उनसे आश्वासन प्राप्त किए। अंत में पहुँचा एक स्थानीय नेता 'मधुर जी' के पास, जिनसे गाहे-बगाहे कुछ काम निकल जाता है। वह सोकर उठे थे और शर्बत-वर्बत पी रहे थे।

"आओ जी, आओ," वह देखते ही बोले, "सुनाओ, क्या हाल है ?"

मैंने सारी बात उगल दी। वह हँसे, "अरे कुछ नहीं... मैं कह दूँगा, वह तो मुट्ठी में है।"

"लेकिन...।"

"लेकिन-वेकिन कुछ नहीं। मैं सब ठीक कर लूँगा। अजीब कच्चे लोग भेज दिए जाते हैं। एक नौजवान मस्ती के साथ देश की सेवा कर रहा है और उसकी टाँग में रस्सी फँसाई जा रही है। मैं आज ही मिलने जानेवाला हूँ, जाते ही फटकारूँगा और हाथ पकड़कर मनचाहा लिखवा भी लूँगा। लोग कहते हैं कि वह किसी की नहीं सुनता, पर मैं उससे अब तक पचास काम करवा चुका हूँ—ठीक पच्चास! आदमी ज़रा झक्की है, पर है नेक।" फिर वह मेरी ओर झुककर बोले, "कल शाम को तुम भी उसके पास चले जाना, पाँच मिनट के लिए, इससे अच्छा रहता है।"

मैं वहाँ से निकला, तो मेरी अधिकांश शंकाएँ दूर हो चुकी थीं और मेरे पाँव फुर्ती से पड़ रहे थे। सिर्फ थोड़ी-सी गड़बड़ी जिलाधीश की बातें सोचकर ही हो रही थी। जब वह आया, तो किसी को कोई आशंका नहीं थी, बल्कि उसके नाम के आगे जातिसूचक शब्द न लगा होने के कारण बहुत-से लोगों ने उसको अपनी-अपनी जाति का ही समझा। लेकिन कुछ दिनों बाद उसने एक अजीब ही रुख अख्तियार कर लिया। उसने कहा कि दफ्तरों में लोग समय से आएँगे-जाएँगे, सड़कों पर मवेशी खुले नहीं छोड़े जाएँगे और शहर से होकर बहनेवाले नाले को पक्का कराया जाएगा। उसने अचंभा प्रकट किया कि वर्षों से यह नाला टूटी-फूटी अवस्था में पड़ा है, उसका पानी जगह-जगह जमकर काला और बदबूदार हो गया है, लेकिन क्या बात है कि उसकी ओर किसी का ध्यान नहीं गया, यह हमारे नागरिक जीवन के आलस्य और लापरवाही को प्रकट करता है। इसी नाले की वजह से शहर का पानी खराब हो गया है और मलेरिया, फाइलेरिया, घेघा, फीलपाँव आदि रोग यहाँ फैले हैं। जब लोग अपने भाग्य को सुधारने की चिंता नहीं करते, तो वे बहुत-सी गलत बातों के अभ्यस्त हो जाते हैं और उनको ही अपनी शक्ति समझने लगते हैं।

उसकी यह खरी-खरी बातें लोगों को बहुत बुरी लगीं। विशेष रूप से लापरवाही और आलस्य का आरोप। जब बड़े-से-बड़े नेता और विद्वान यहाँ आकर इस शहर की तारीफ कर जाते हैं, तो एक अदना-से अफसर की यह हिम्मत? बहुत ही जल्दी आटा-दाल का भाव मालूम हो जाएगा! शुरू-शुरू में यहाँ आकर रंगबाजी सभी झाड़ते हैं! लेकिन उसने जल्दी ही तेजी से कार्यवाही

शुरू कर दी।

वह स्वयं सरकारी दफ्तरों में पहुँच जाता और एक-एक बात का निरीक्षण करता। वह दल-बल के साथ शहर का राउंड लगाना भी न भूलता। अब सरकारी कर्मचारी और अफसर बहुत व्यस्त नजर आते। कई लोगों के खिलाफ डिपार्टमेंटल कार्यवाही की गई और बहुत-से मवेशी पकड़कर मवेशीखाने में बंद कर दिए गए। एक आरामदेह, निर्श्चित और ढली-ढलाई जिंदगी में खलल पड़ने लगा। लेकिन सबसे अधिक बवंडर उस समय खड़ा हो गया, जब नाले की मरम्मत शुरू हो गई। नाले पर जहाँ-तहाँ पत्थर की पट्टियाँ रखकर दुकानें खड़ी कर ली गई थीं। क्या इन दुकानों को हटाना पड़ेगा? यह राष्ट्रीय व्यापार-धंधों पर एक धोखा-भरा प्रहार है। इसको बरदाश्त नहीं किया जाएगा। कई प्रतिनिधिमंडल जिलाधीश से मिले। कई सभाएँ हुईं। दो-तीन जुलूस भी निकले। सरकार के पास कागजी घोड़े प्रेषित किए जाने लगे। अखबारों में कुछ आक्रोश-भरे पत्र छपे। लेकिन वह कुछ नहीं बोला और चुपचाप दृढ़तापूर्वक काम बढ़ाता गया।

कुछ ही दिनों में सड़कें साफ नजर आने लगीं और दफ्तरों में काम-धाम भी होने लगा। इसके बाद साधारण लोगों में उसकी तारीफें भी होने लगीं और उसकी दिलेरी के कुछ अजीब-अजीब किस्से भी उडने लगे। प्रशंसक तो मैं भी हूँ, लेकिन कानून के एक-एक नियम को बिना सोचे-समझे कार्यान्वित करना कहाँ की अक्लमंदी है?

खैर, मैं दूसरे दिन जिलाधीश से मिलने कचहरी की तरफ गया। बड़ी मस्त हवा चल रही थी। कचहरी के अहाते में मैंने एक नाटे और तगड़े व्यक्ति को बेंत हिलाते हुए एक बकरी को दौड़ाते हुए देखा, जो भीतर घुसकर फूल-पत्तियों को चर रही थी। मुझे हँसी आ गई। मैंने गौर करके उस आदमी को देखा और मेरे शरीर का खून अचानक सूख गया। वह जिलाधीश ही था। पता नहीं कैसे, यह खयाल मेरे दिमाग में उत्पन्न हुआ कि यह पागल आदमी कहीं लपककर मेरी पीठ पर दो-चार बेंत न जमा दे।

मेरे मुँह से धीरे-से एक कराह की पतली आवाज निकल गई, "ऊँह!"

मैं प्रशंसनीय फुर्ती से छिटककर सड़क की दूसरी पटरी पर चला गया और दुबककर लौट चला। मैं बेहद घबरा गया और मेरे हाथ-पाँव फूलने लगे। काश, आज मैं घुड़सवारी जानता या उसको सीख सकता! लेकिन कोई काम परिश्रमपूर्वक सीखने-समझने की मेरे पास न हिम्मत है, न इच्छा। मैंने जीवन को दूसरे ढर्रे पर चलाया है और खूब चलाया है! जब सारी दुनिया यही कर रही

है, तो आज मैं घोड़े-टट्टू पर चढ़ने जाऊँ ? मैं दौड़ा-दौड़ा मधुर जी के पास फिर पहुँचा। मैंने झूठ-मूठ कहा कि जिलाधीश से मुलाकात नहीं हुई और वह मुझको लेकर उनके पास चलें।

"मैंने कह दिया है। पूरी बातचीत हो चुकी है। रस्मी तौर पर मामूली टैस्ट होगा और सर्टिफिकेट दे दिया जाएगा। तुम इतना घबराए हुए क्यों हो ? तुम घुड़सवारी तो जानते हो न ?"

'नहीं जानता हूँ,' यह कहना हेठी की बात लगी। मैंने टीप छोड़ी, "आती है, पर इधर कुछ भूल-सी गई है।"

"भूल गई है ? खैर, किसी मामूली घोड़े पर दो-चार दिन चढ़कर अभ्यास कर लो। घोड़े पर चढ़ने में है क्या ? बस, थोड़ी हिम्मत चाहिए। खैर, मैं तो कह ही चुका हूँ, मैं हर हालत में तुम्हारा काम करा दूँगा।"

मैं निश्चिंत हो गया। इसके बाद फिर दिन मस्ती में कटने लगे। जब तीन-चार दिन रह गए, तो मैंने बनिया के एक लद्दू घोड़े पर रात के अँधेरे में अभ्यास करने की कोशिश की। मेरा नौकर घोड़े की लगाम पकड़कर आगे-आगे चल रहा था। बस काम चलाने के लिए काफी है। रविवार के दिन घुड़सवारी की परीक्षा हुई, जिसके लिए मेरा एक और साथी भी बुलाया गया था। वह बहुत प्रसन्न था। उसने हँसकर कहा कि उसके जीजा जी सब-इंस्पेक्टर ऑफ पुलिस हैं और उनके घोड़े पर उसने लंबी-लंबी सैर की है।

"मैं वह आदमी हूँ कि बदमाश से बदमाश घोड़े को बैल की तरह सीधा और हुक्मपरस्त बना दूँ," उसने दृढ़ विश्वास प्रकट किया।

आकाश पर हल्के बादल जमे थे और शीतल हवा चल रही थी। दुर्भाग्य की बात यह थी कि अशोक वृक्षों के नीचे कुछ ऐसे दर्शक एकत्रित हो गए थे, जिनको मनोरंजन की सदा जरूरत रहती है। जिलाधीश कचहरी के एक बरामदे में दो-तीन अफसरों के साथ खड़े थे। सामने एक बड़ा मैदान था, जिसकी बाईं ओर एक झाड़ी थी और उसके आगे काँटेदार तार लगा था। मेरी घबराहट उस समय और बढ़ गई, जब मैंने घोड़े का दर्शन कर लिया। एक पुलिस के सिपाही ने लगाम पकड़कर जिलाधीश के सामने उसको लाकर खड़ा कर दिया था। घोड़ा क्या, पूरा जिराफ था, जिसके दोनों ओर रकाब झूल रहे थे। हे असरण-शरण, आज क्या होगा ?

"मिस्टर अवधेशचंद्र !" जिलाधीश ने पुकारा।

मेरा साथी उठकर फुर्ती से इस तरह बढ़ा, गोया ओलंपिक की प्रतियोगिता में भाग लेने के लिए मैदान में जा रहा हो। वह सचमुच रकाब पर पैर रखकर झटपट चढ़ गया। फिर उसने एड़ लगाई या क्या किया कि घोड़ा दौड़कर मैदान में पहुँचा और पिछली दोनों टाँगों पर खड़ा होने के बाद दाहिनी ओर भाग चला तथा कुछ ही क्षणों में दृष्टि से ओझल हो गया। लगा, जैसे फिल्म के पर्दे पर कोई सकपकाया हुआ डाकू घोड़ा दौड़ाते हुए निकल गया हो। जिलाधीश आँखें फाड़कर उधर देखता रह गया। यह सहज कल्पना की जा सकती है कि उस समय मेरी हालत क्या हुई होगी। पता नहीं किस बुरी साइत में इस नौकरी में आया। इससे तो अच्छा था कि मैं किसी दफ्तर में कलम घिसटता होता या बेकार ही रहता!

"देखो, घोड़ा किधर गया है?" जिलाधीश ने कहा।

इसके बाद पुलिस के दो नौजवान सड़क की ओर दौड़ते हुए गए और लगभग आधा घंटे बाद घोड़े का लगाम पकड़कर ले आए। मेरा साथी अब भी युद्ध में हारे किसी ऐतिहासिक राजा की तरह उस पर सवार था। उसका मुँह एक खूब पके हुए टमाटर की तरह लाल था और वह एक शब्द भी नहीं बोला।

"मिस्टर बलवीर!"

मैं मन में जल्दी-जल्दी महावीर जी का जाप कर रहा था, लेकिन जब घोड़े की ओर चलने लगा, तो यह भी भूल गया। मेरा शरीर अकड़ गया था और छाती निकल आई थी, गोया मैं बहुत मशहूर घुड़सवार हूँ। पहले मैंने घोड़े की लगाम पकड़कर रकाब पर पैर रखने की कोशिश की, लेकिन घबराहट में वह धुँधला-धुँधला-सा नजर आया और उस पर पैर जमा नहीं, जिससे वह पेंडुलम की तरह हिलने लगा। मैं अब एक शिकारी के पोज में इंतजार करने लगा कि रकाब स्थिर हो, तो उस पर फिर पैर जमाऊँ। मैंने जब फिर कोशिश की, तो फिर वैसा ही हुआ और अबकी मेरा पैर जमीन पर थप-से नीचे गिर गया। मैं पसीना-पसीना हो गया और मेरा चेहरा बेहद गर्म महसूस होने लगा, गोया बटलोई से भाप निकल रही हो। जब दो बार और ऐसा प्रयास करने पर रकाब न सँभला, तो मेरे साथी ने अधिक अनुभवी होने का फायदा पहुँचाने के लिए घोड़े की दूसरी ओर जाकर तथा हाथ से पकड़कर उधर के रकाब का स्थिर कर दिया। इस पर मुझमें पता नहीं कैसा विश्वास उत्पन्न हो गया और मैं रकाब पर अपना पैर जमाने में सफल हो गया।

"मैदान में जाकर घोड़े को पंद्रह मिनट तक दौड़ाइए ठीक सामने।" जिलाधीश ने आदेश दिया।

उस समय मुझे ऐसा लग रहा था, मानो मुझे एवरेस्ट की चोटी पर बिठा दिया गया हो। समस्या यह थी कि लगाम खींचने के अलावा मैं क्या करूँ! और जोर से खींचना या कोई और अनुभवहीन हरकत करना भी खतरे से खाली नहीं था। यदि घोड़ा सरपट भाग चला, तो मैं यहीं रह जाऊँगा और वह अकेला ही नजर से गायब हो जाएगा। खैर, गनीमत यही थी कि मेरे होंठ असाधारण विश्वास के प्रदर्शन के लिए एक-दूसरे से काफी मजबूती से सटकर आगे की ओर निकल गए थे। पर घोड़ा चल क्यों नहीं रहा है?

मैंने कनखी से जिलाधीश की ओर देखा। वही पत्थर की मूर्ति! मैंने धीरे-से घोड़े को पुचकारा और टिक-टिक किया, पर वह अब भी जहाँ-का-तहाँ खड़ा रहा, जैसे वह मेरी स्थिति से पूरी तरह वाकिफ हो और मुझसे मन-ही-मन सहानुभूति कर रहा हो। यदि सचमुच ही ऐसी बात है तो मैं इसके लिए उसका कृतज्ञ था।

मैंने लगाम को सँभालकर थोड़ा और खींचा। पैरों को भी हिलाया। अबकी घोड़ा धीरे-धीरे आगे बढ़ा कबूतर की तरह, लेकिन दस कदम ही चलकर वह कचहरी की दीवार से सटकर खड़ा हो गया। उसका मुँह दीवार सूँघ रहा था और मेरा पैर घोड़े और दीवार के बीच में बुरी तरह दब गया था, जैसे चक्की के दो पाटों के बीच में कोई गाजर। कोई दूसरा अवसर होता, मैं चिल्ला पड़ता, मगर इस समय मैंने सराहनीय सहनशीलता का परिचय दिया।

घोड़ा अब टस-से-मस होने का नाम ही नहीं ले रहा था। मैंने उसे बहुत पुचकारा और लगाम हिलाई, पर बेकार। फिर मैं बहुत ही सँभलकर उसकी लगाम की बाईं रस्सी को ढील देने के बाद दाईं रस्सी को धीरे-धीरे अपनी ओर खींचता गया, जब तक कि उसका मुँह पीछे घूम न गया और वह स्वयं भी घूमने को मजबूर न हो गया।

वह फिर धीरे-धीरे शरीफ व्यक्ति की तरह चलने लगा। मैंने अब अपनी मुस्तैदी और कुशलता का आभास देने के लिए अपनी रानों को घोड़े की पीठ पर दबाने की कोशिश की जिससे मेरा बायाँ पैर पहले रकाब पर दबकर फैल गया। उसका फैलना था कि दायाँ पैर भी उसी अनुपात में दूसरी तरफ फैल गया। और इसके एक क्षण बाद ही मेरे दोनों हाथ भी रस्सियों-सहित वैसी ही दूरियाँ बनाते हुए दोनों ओर डैनों की तरह फैल गए। यह सब अपने से हो गया और इस पर मेरा कोई वश नहीं था। उस समय ऐसा प्रतीत हो रहा था, जैसे मैं

किसी सर्कस के एरिना में घोड़े की पीठ पर बैठकर कोई विश्व-दुर्लभ कमाल दिखा रहा होऊँ !

"शाबाश !" अशोक के वृक्षों के नीचे से कोई चिल्लाया।

घोडा उसी चाल से चलता रहा। उसने मैदान पार किया और अशोक एक वृक्ष के नीचे आकर इस तरह खड़ा हो गया कि मेरा पूरा मुँह एक झुकी हुई डाली की पत्तियों में छिप गया। सिर यथाशक्ति पीछे ले जाने पर भी स्थिति में विशेष परिवर्तन की गुंजाइश नहीं थी। खैर, यह तो मैं अवश्य कहूँगा कि ऐसा दयावान घोड़ा मैंने कभी नहीं देखा, अन्यथा उसके आगे बढ़ने पर मेरे मुँह की जो दशा होती, इसकी सहज ही कल्पना की जा सकती है।

मेरी नाक कुछ देर तक पत्तियों की गंध खींचती और निकालती रही। आसपास से शोर उठ रहा था। इसके बाद फिर मैंने लगाम को पहले की तरह पीछे की ओर खींचा, जिस पर घोड़ा घूमकर फिर उसी चाल से चलने लगा। अबकी वह झाड़ी के पास पहुँचकर उससे सटकर चलने लगा। मेरा बायाँ पैर झाड़ी के नुकीले डंठलों एवं तार के काँटों से घिसटने लगा। पता नहीं किस जन्म का बैर यह घोड़ा निकाल रहा था। मेरी पैंट कई जगह फट गई और जाँघ में एक-दो काँटे भी गड़ गए।

कुछ दूर चलकर वह चुपचाप खड़ा हो गया। मैंने उसकी लगाम खींची। अबकी वह घूमकर जिलाधीश की ओर बढ़ा और कुछ ही देर में उसके सामने खड़ा हो गया। मेरा सिर झुका हुआ था। मैंने कुछ देर तक इंतजार किया कि जिलाधीश आदेश दे तो उतरूँ, लेकिन वह सीधा खड़ा रहा। जब पाँच मिनट तक आदेश नहीं आया, तो मैंने स्वतंत्र व्यक्तित्व का परिचय देने का निश्चय करके बाएँ पैर को रकाब पर जमाकर दाएँ पैर को उठाकर नीचे उतारना चाहा कि जिलाधीश चिल्लाया–

"डोंट गेट डाउन !"

मैंने फौरन ही इस आदेश का पालन करने का फैसला कर लिया और उसके लिए उठे हुए दाएँ पैर को फिर वापस ले जाना चाहा, लेकिन धनुष से छूटे बाण की तरह वह आश्चर्यजनक गति से नीचे आ गया और मैं जमीन पर खड़ा नजर आया।

जिलाधीश ने बहत धीरे-से कहा, "आप दोनों अब जा सकते हैं।"

मैंने सोचा था कि वह फटकारेगा, लेकिन इस स्वर ने मुझमें अनंत आशाएँ जगा दीं। मुझे मधुर जी की बातें याद आ गईं और मुझे पूर्ण विश्वास हो गया कि मैं पास हो गया। अपने साथी के बारे में मैं निश्चित रूप से कुछ नहीं कह

सकता। किंतु दो दिन बाद ही जिलाधीश का एक पत्र मिला, जिसमें मेरी असफलता की सूचना देने के बाद फिर दो महीने बाद परीक्षा लेने की घोषणा की गई थी।

मेरी निराशा का अंत नहीं था। दुख इसी बात का था कि मैं अभी तक कभी भी असफल नहीं हुआ था। लेकिन भगवान जिसकी रक्षा करना चाहता है, उसको कोई नहीं मार सकता। दो महीने बीतने के पहले ही पता नहीं क्यों, जिलाधीश का अचानक तबादला कर दिया गया। दूसरे जिलाधीश ने बिना परीक्षा के ही मुझे एक बहुत प्यारा सर्टीफिकेट दिया, जिसमें एक वाक्य यह था–'वे एक मँजे हुए घुड़सवार हैं।' इसको कहते हैं सूझबूझ। मैं फूलकर कुप्पा हो गया। शाम को दावत उड़ी। रात में भी कुछ देर खूब सुख की नींद आई। लेकिन बाद में मैंने एक अजीब सपना देखा : कचहरी के मैदान में खड़ा हूँ। अचानक मैं एक घोड़ा बन जाता हूँ। इसके पश्चात वही नाटा और भौंसिकोड़ू जिलाधीश मेरे पास आता है और फुर्ती से मेरी पीठ पर बैठ जाता है। मैं सरपट भाग चलता हूँ...

इसके बाद मेरी नींद खुल गई और मैं हड़बड़ाकर बैठ गया। मैं पसीने में नहाया हुआ था। मेरी साँस फूल रही थी। मैंने अपनी देह को छुआ और इधर-उधर देखा। नहीं, कुछ नहीं था। कैसा गलत, वाहियात और असंभव सपना है!

बस्ती

वह एक साधारण आदमी था। अब वह कविताएँ भी नहीं लिखता था। काव्य-उत्साह में उसने कभी अपना उपनाम रख दिया था 'आत्मानंद'। इसके बाद वह नून-तेल-लकड़ी के फेर में पड़ गया। वह ठिगना और दुबला-पतला था। उसके चार टेढ़े-तिरछे बच्चे थे, जैसे शिव जी के बाराती। वह सीधा और सरल था और दूसरों पर जल्दी ही विश्वास कर लेता था। उस समय एक सीलन-भरे बदबूदार मकान में रहता था, जहाँ चौबीसों घंटे अँधेरा रहता था। उसके मकान में एक ही कोठरी थी, जिसमें वह सपरिवार इस प्रकार निवास

करता था, जैसे पुराने सामानों का एक कंजास अंदर ठूँस दिया गया हो।

मकान-मालिक हर वर्ष किराया बढ़ा देता, ऊपर से वह रोब भी गालिब करता था। जब किराया देने में थोड़ा भी विलंब हो जाता, तो ऊपर से नीचे आँगन में कूड़े गिरने लगते और बिजली की लाइन काट दी जाती। मकान-मालिक इस तरह उसको फटकारता, मानो वह कोई चोरी करते पकड़ा गया हो। मकान-मालिक की बातों को वह हँसकर बरदाश्त कर जाता था, क्योंकि उसके पास और कोई उपाय भी नहीं था। शहर में और भी बहुत-से लोग ऐसी ही जिंदगी व्यतीत कर रहे थे।

आसमान फटना चाहता है। न मालूम कब से बादल जमे हुए हैं। अँधेरी रात। रामलाल उसी समय बाँकेलाल के साथ आ पहुँचे थे। आत्मानंद बाँकेलाल से परिचित नहीं था। रामलाल एक लंबे खूबसूरत व्यक्ति थे। उनकी गर्दन किसी दृढ़-संकल्प-भावना से शानदार ढंग से लोच खाए हुए थी। उन्होंने कोठरी में बिछी चारपाई पर बैठते ही चाय के लिए मना कर दिया। इसके बाद गंभीर स्वर में कहा, ''क्या हमारी जिंदगी गुलामों से बदतर नहीं है?'' आत्मानंद उनको चौंककर देखने लगा। वह कुछ डर भी गया, क्योंकि वह वास्तविकता को टाल जाने का आदी हो चुका था। रामलाल ने कहा, ''संघर्ष ही मुक्ति का उपाय है। हम सबको संगठित होकर यह माँग बुलंद करनी चाहिए कि हमारे लिए एक नई बस्ती बनाई जाए।'' वह धराप्रवाह बोलते गए। आत्मानंद के हृदय में न मालूम कैसा तूफान उठ खड़ा हुआ। रामलाल का स्वर कभी-कभी उत्तेजना से काँपने लगता। किराए के रद्दी मकानों में रहनेवाले लोगों के दुख-दैन्य का वर्णन करते हुए वह रोने लगे। जब उन्होंने आँखें पोंछ लीं तो आत्मानंद ने उनमें एक अद्‌भुत चमक देखी, जैसे रात का अँधेरा सुबह होते ही फट जाता है।

आत्मानंद को एक रास्ता नजर आने लगा। इसीलिए उसको अपनी अपमान-भरी जिंदगी सहसा बरदाश्त के बाहर हो गई। उसके हृदय में मुक्ति की एक तीव्र आकांक्षा उत्पन्न हुई, जिसके लिए वह रामलाल का अत्यधिक कृतज्ञ था। वह आंदोलन में खुशी-खुशी शामिल हो गया। वह अधिक-से-अधिक परिश्रम और त्याग करके अपनी आकांक्षा और कृतज्ञता प्रकट करने के लिए उत्सुक हो उठा। वह जुलूस और सभाओं में भाग लेता। शहर में घूम-घूमकर वह अपने-जैसे लोगों से मिलता, उनको समझाता और उनको आंदोलन में खींच लाता। खबरें छपवाने के लिए वह अखबारों के दफ्तरों का

चक्कर लगाता। सभाओं में दरी बिछा देता, कुर्सियाँ लगा देता और लोगों को ठीक ढंग से बिठाता। दौड़-धूप का काम करने को वह झट तैयार हो जाता। वह बहुत उत्साहित था, क्योंकि वह सोचता था कि एक अच्छे और पवित्र काम के लिए उसकी बेकार ज़िंदगी का उपयोग हो रहा है। उसको ख्याति और प्रशंसा नहीं चाहिए थी और न वह अपने को इस योग्य ही समझता था। आंदोलन के प्रति उसका लगाव इतना गहरा था कि वह काम करके पीछे हट जाता, ताकि अपने त्याग का उसको अधिक-से-अधिक अहसास हो सके।

दो वर्ष का तेज़ आंदोलन। उसके बाद अधिकारियों को झुकना पड़ा। सफलता का कारण था एकता, परिश्रम और निःस्वार्थ भावना। फूट डालने की कोशिशें, पत्थर की शिला तोड़ने के लिए समुद्र की प्रबल लहरों के प्रहारों की तरह, खंड-खंड हो गई थीं। शहर जहाँ खत्म होता था, वहाँ एक मैदान था। उसी में बस्ती बनकर तैयार हो गई। बस्ती से कुछ ही दूरी पर एक पलाश का वन था। सभी मकान पक्के, मजबूत और एक ही तरह के थे। बगल में ही एक पार्क था और एक खेल का मैदान भी। मकानों की दो लंबी कतारें थीं, जिनके बीच एक गली चली गई थी। वह पक्की थी और उसकी ईंटों पर सीमेंट की टिपकारी की गई थी। पार्क से गली को देखने से ऐसा लगता था, गोया एक लंबी दरी मकानों के बीच में बिछा दी गई हो।

देखते-देखते वह वीरान जगह चहचहाने लगी। मकान उन्हीं लोगों को दिया गया, जिन्होंने अपने अधिकार के लिए आंदोलन किया था। लोगों में कैसी खुशी और उमंग थी, मानो किसी पहाड़ से कोई सोता फूट आया हो—ऐसी खुशी, जो महान परिश्रम के बाद सफलता मिलने पर ही दृष्टिगोचर होती है। दीवाली के दो दिन पहले एक समारोह किया गया, जिसमें एक मंत्री भी शामिल हुए। वह खद्दर की धोती, एक लंबा कुर्ता तथा एक तिकोनी टोपी पहने थे, जैसे सिर पर एक पतली डोंगी उलट दी गई हो। उनका भाषण समुद्र से उठनेवाले बादलों की तरह ऊँचा उठता गया।

उन्होंने पहले विजय पर खुशी प्रकट की और सबको बधाई दी। इसके बाद कहा कि यह सफलता साधारण लोगों के परिश्रम, एकता और त्याग की वजह से मिली है। वह बोलते गए, "यह बस्ती हमारी न्यायसंगत आकांक्षाओं की साकार प्रतिमा है। इसकी एक-एक ईंट हमारे संघर्ष और दृढ़ इच्छा-शक्ति की कहानी कहती है। इन्हीं गुणों से कोई जाति तरक्की करती है।"

अपने हाथों को नचाते हुए उन्होंने कहा, "पर हर विजय के साथ कुछ गंभीर दायित्व आ जाते हैं। हम खुशी में अपने महान आदर्श को न भूलें,

क्योंकि सफलता मिलने से लोग निश्चित हो जाते हैं। हम पहले की तरह ही मेल-मुहब्बत और एकता से रहें। पहले की तरह ही लगन और परिश्रम से कार्य करें। अपने घर को साफ रखें, साथ ही दूसरों के घरों को गंदा न करें। बाहर कोई कूड़ा न फेंके। आपके मकान के पीछे एक गली है। कितनी खूबसूरत है वह। उसकी एक-एक ईंट एक-दूसरे से मजबूती से जुड़ी हुई है। ऐसी ही एकता से मजबूती आती है। यह गली केवल ईंटों की ही एक मामूली गली नहीं है, बल्कि यह हमारी सभ्यता, संस्कृति एवं उच्चादर्शों का प्रतीक है। एक सुंदर और साफ-सुथरी गली वहाँ के निवासियों की चेतनशीलता को प्रकट करती है। इसलिए गली को साफ-सुथरा रखें और उसकी एक ईंट को भी उखड़ने न दें। यदि उखड़ जाए तो फौरन जोड़ दें। हमको सारे शहर के सामने एक उच्चादर्श प्रस्तुत करना है ··· ।'

कैसे ऊँचे खयाल थे, जैसे पहाड़ की एक चोटी आकाश में उठती गई थी। आत्मानंद का मुँह उत्साह से फूल गया था। भावनाओं की अकल्पनीय ऊँचाई पर पहुँचकर रामलाल की आँखों से झर-झर आँसू गिरने लगे। चारों ओर सन्नाटा छा गया। कुछ औरतें आँखों पर आँचल रखकर सुबकने लगीं। बहुत-से लोग नाक सुड़कने लगे। सबके चेहरों पर एक दृढ़ संकल्प भावना। आत्मानंद ने उसी समय मन-ही-मन एक प्रतिज्ञा कर ली ···

सारी बस्ती पर आम के बौरों की तरह एक नई उमंग छा गई। सबके घरों के सामने अहाते बन गए, जिनमें फूल-पौधे आदि लगा दिए गए। वे रोज अहाते की सफाई करते, क्यारियों को गोड़ते और पौधों की सिंचाई करते। इसके साथ ही वे अपने पीछे की गली को बेहद प्यार करने लगे। सचमुच वह केवल गली ही नहीं थी, बल्कि वह शीघ्र ही उनकी सहकारी और चेतनशील जिंदगी की एक मजबूत कड़ी बन गई। सबने अपने आँगन में एक टीन का कनस्टर रख लिया। वे उन कनस्टरों में कूड़ा इकट्ठा करते, जिनको सवेरे जमादार आकर उठा ले जाता। जमादार के अलावा वे स्वयं अपने-अपने मकान के सामने गली की सफाई करते। उसकी ईंटों को पानी डाल-डालकर चमचमाया जाता। जाड़े में तो उस गली में एक अनोखी चहल-पहल व्याप्त हो जाती, गोया कोई बाजार या मेला लगा हो। दोपहर में एक चटक धूप वहाँ पसर जाती। औरतें काम-धाम करके वहाँ चारपाइयाँ डाल देतीं और बैठकर धूप खातीं। वे बातें भी करती जातीं और साथ ही कोई हल्का-फुल्का काम भी। स्वेटर बुने जा रहे हैं। कढ़ाई हो रही है। कोई थाली में चावल-दाल ही लेकर बीनने बैठ जाती। किसी को

खाट पर चुपचाप चित्त लेटने में मजा आ रहा है। जब गप्पें छिड़ जातीं, उनका ताँता न टूटता। कभी मैके की और कभी अपने पति की तारीफ। कभी किसी दुख पर अश्रु-प्लावन। कभी-कभी कोई सोंधी मूँगफली मँगा लेती। उनकी देखा-देखी अन्य भी ऐसा ही करती थीं, क्योंकि सभी के बच्चे थे। जो नहीं मँगाती, उसको पासवाली स्त्री ललकारती थी।

"आइए बहिन जी।"

"अरे, खाइए।"

"वाह, यह कैसे होगा? आइए तो।"

इस तरह चह-चह और हा-हा-ही-ही शाम तक मची रहती। जब तक वे बैठी रहतीं, उनके छोटे-छोटे बच्चे खूँटों में बँधे बछड़ों की तरह किलकारियाँ मारते हुए दौड़-दौड़कर कुछ दूर जाते थे और फिर अपनी माँओं के पास लौट आते थे।

धीरे-धीरे एक स्वस्थ्य सामाजिक जीवन विकसित होने लगा। लोग धूमधाम से अपने सामाजिक और धार्मिक त्यौहार मनाते। जब कोई बड़ा त्यौहार आता तो सबसे चंदा माँग लिया जाता और समारोह का बहुत अच्छा प्रबंध हो जाता। किसी भी त्यौहार में सभी घरों के लोग मदद देते और शामिल होते। हिंदू लोग कीर्तन भी करते थे जिसके लिए चंदे से ढोलक, मंजीरा और हारमोनियम खरीद लिए गए। जिसके यहाँ कीर्तन होता, वह किराया देकर हारमोनियम, ढोलक आदि ले जाता। दूसरे अवसरों पर भी इसी नियम का पालन करके ये सामान ले जाए जा सकते थे। इस तरह प्राप्त रकम सामूहिक कोष में जमा कर ली जाती। साल में दो नाटक होते थे। कई बार फिल्में दिखाई जाती थीं। कभी खेल-कूद प्रतियोगिता हो रही है। कभी फुटबाल या क्रिकेट मैच हो रहे हैं। कभी शिशु-प्रदर्शनी। इन सभी आयोजनों के लिए विभिन्न समितियाँ बन गईं तथा उनके कोष स्थापित कर दिए गए जिनके अध्यक्ष रामलाल ही बनाए जाते, क्योंकि उनके प्रति लोगों की अगाध श्रद्धा थी। हर समारोह में रामलाल का अवश्य भाषण होता, जो कहते कि यह महान बस्ती है और शहर के अन्य मुहल्लों और बस्तियों के सामने एक आदर्श प्रस्तुत करती है।

इसी तरह दुख-संकट में सभी लोग शरीक होते थे। किसी के बीमार पड़ते ही लोग दौड़ पड़ते। कोई डाक्टर को बुला लाता। यदि हालत गंभीर होती तो आधी रात ही क्यों न हो, लोग उसको अस्पताल पहुँचा देते। औरतें मिल-जुलकर घर को सँभाल देतीं। दोनों जून चौका-बर्तन कर देतीं। खाना बना देतीं। बच्चे को खिला-पिला देतीं और पहना-ओढ़ा देतीं। यदि किसी के

यहाँ कोई मर जाता तो लोग पहुँच जाते और शमशान घाट या कब्रिस्तान तक हर तरह की मदद करते। किसी के पैसा न होने पर चंदे द्वारा अंत्येष्टि का सारा प्रबंध कर दिया जाता। इसी तरह अन्य संकटों में लोग जुट पड़ते थे। किन्हीं बाहरी तत्वों से झगड़ा होने पर सारी बस्ती कमर कसकर बाहर निकल जाती थी। इसी एकता, सतर्कता और कुर्बानी की भावना के कारण चोर-चाई, लफंगों की बस्ती में फटकने की हिम्मत नहीं होती थी। संक्षेप में यह कहा जा सकता है कि लोग अपने प्रिय नेता और पथ-प्रदर्शक रामलाल के आदर्शों में अपने को ढालने का अधिकाधिक प्रयास कर रहे थे।

आत्मानंद इन सभी कार्यों में महत्त्वपूर्ण हिस्सा लेता। कभी वह इस काम के लिए दौड़ रहा है और कभी उस काम के लिए। उसकी मेहनत और जवाँमर्दी के लोग अभ्यस्त हो गए थे। उसके पहुँचते ही लोगों को विश्वास हो जाता कि कार्य बहुत अच्छे ढंग से संपन्न हो जाएगा। आत्मानंद जितना परिश्रम करता, उससे उसको उतनी ही प्रसन्नता होती थी, क्योंकि बस्ती और गली से उसका गहरा लगाव हो गया था।

सारी धरती फूलों से महक रही थी। बसंत का महीना। पलाश के वन में लाल-लाल फूल बिछ गए थे, गोया वन में आग लग गई हो। बस्ती को बने चार वर्ष बीत गए थे। एक दिन सवेरे लोगों ने देखा कि दक्षिण के इलाके में गली की बहुत-सी ईंटें गायब हैं। यह एक विचित्र घटना थी। चारों ओर तहलका मच गया। एक बड़ी भीड़ इकट्ठी हो गई। लोगों के चेहरे क्रोध से दमकने लगे। जिस गली को लोग इतना प्यार करते थे और जिसकी अपने पवित्र आदर्श की तरह रक्षा करते थे उसकी यह बरबादी उनको बरदाश्त नहीं हुई। किसी को शंका हुई कि यह बगल के मोहल्ले की कार्रवाई है। इस पर सभी उस मोहल्ले की ओर कूच करने को तैयार हो गए। इसी समय रामलाल आ गए।

रामलाल ने अत्यधिक शांत वाणी में कहा, "हमको इतना अधिक उत्तेजित होने की जरूरत नहीं है। हमें जल्दबाजी में कुछ ऐसा नहीं करना चाहिए जिससे खून-खराबा या मनमुटाव पैदा हो। इंसान से बढ़कर कुछ भी नहीं है। गली की समस्या तो एक मामूली समस्या है। ये ईंटें मनुष्य से बढ़कर नहीं हैं, हम गली को और खूबसूरत बना सकते हैं, पर यदि एक भी आदमी मरता है तो उसको लौटाया नहीं जा सकता। आप शांत रहिए और सारा मामला मुझ पर छोड़ दीजिए। मैं इस मामले का पूरी तरह पता लगाऊँगा, फिर कार्रवाई निश्चित करूँगा..."

लोगों ने अचंभे से रामलाल को देखा। गली की समस्या एक मामूली समस्या है! यह बात उनके कलेजे में बाण की तरह बिंध गई। पर वे फौरन आश्वस्त भी हो गए। रामलाल पर वे किसी प्रकार का संदेह कर ही नहीं सकते थे।

दिन-पर-दिन बीतने लगे और गली का वह हिस्सा उसी तरह उजड़ा पड़ा रहा। लोग रामलाल के निर्णय की बेचैनी से प्रतीक्षा करते रहे। पर रामलाल बहुत व्यस्त नजर आते। किसी से मिलने पर दूसरी समस्या के बारे में बात करने लगते। कभी वह बड़ी रुखाई से बोलते। रामलाल को क्या हो गया है? ऐसे तो वह कभी भी नहीं थे। कम-से-कम सामूहिक कोष में से पैसा निकालकर गली की मरम्मत नहीं हो सकती थी?

कुछ दिनों के बाद एक हवा उठी। उठकर वह बस्ती में धीरे-धीरे फैल गई। हर जगह खुसुर-फुसुर। बाँकेलाल एक दिन आत्मानंद के यहाँ पहुँचा। वह रामलाल का खास आदमी समझा जाता था। वह बहुत ही गंभीर था। उसने धीरे-से पूछा, "जानते हो, इन ईंटों की किसने चोरी की है?"

आत्मानंद आँखें फाड़-फाड़कर उसको देखने लगा।

"तुम किस दुनिया में रहते हो?" बाँकेलाल ने क्रोध में कहा, "यह सारी कार्रवाई रामलाल की है। उन्होंने उन ईंटों से अपने आँगन में एक छोटा-सा गुसलखाना बनवा लिया है।"

"झूठ! एकदम झूठ! यह हो ही नहीं सकता।" आत्मानंद ने तड़पकर कहा। उसका चेहरा गुस्से से लाल हो गया था।

"हो ही नहीं सकता? पर ऐसा हुआ है। रामचंद्र तिवारी रात में पेशाब करने उठा था। उसने देखा कि रामलाल, उनकी बीवी और लड़के सभी ईंटें ढोकर घर पर ले जा रहे हैं। यह है आदर्श! जिस आदर्श की दुहाई दी जा रही है, उसी की हत्या!"

"तिवारी ने टोका क्यों नहीं?"

"रामलाल की इतनी इज्जत है ... दुख और आश्चर्य से वह बोल नहीं पाया।

"वह आखिर ऐसा क्यों करेंगे? इन ईंटों की कीमत ही क्या है?"

"कीमत? भले आदमी, दृष्टि की बात होती है। जब आदमी की नीयत खोटी हो जाती है तो वह छोटा-से-छोटा काम करने को तैयार हो जाता है। तब

वह सबसे पहले अपने आदर्श का ही गला घोंटता है। आदर्श खत्म होने पर वह एक पैसे के लिए भी कुछ भी कर सकता है। तुम तो सीधे-सादे हो, पर मैं रामलाल को नजदीक से देखता रहा हूँ। तुम ही बताओ, पहले के रामलाल और आज के रामलाल में कोई फर्क नहीं है? सफलता और निर्द्वंद्व इज्जत से उनको घमंड हो गया है। वह अब अपने को बहुत ऊँचा सभझने लगे हैं और अपने साथियों को नीचा। बातें भी वह दूसरे ढंग से करते हैं। उनके घर जांकर देखो। यह खुशहाली कहाँ से आती है, जबकि वह नौकरी वही करते हैं, जो हम करते हैं। रोज दावतें होती हैं। बड़े-बड़े लोग आते हैं। बस्ती के किसी को भी नहीं पूछा जाता। तुमको कभी दावत मिली है? सारी समितियाँ और उनका सारा कोष उनकी जेब में रहता है। कभी पैसे का हिसाब वह देते हैं? मैं इसका विरोध करूँगा, क्योंकि मैं अपने महान आदर्शों की हत्या होते नहीं देख सकता। मैं तुम्हारे-जैसे ईमानदार और कर्मठ व्यक्ति के पास मदद के लिए आया हूँ... ।"

बाँकेलाल के जाने के बाद आत्मानंद बहुत देर तक सन्न बैठा रह गया। इसके बाद उठकर वह तिवारी के पास गया। तिवारी ने बाँकेलाल की बात का समर्थन किया। वापस आकर आत्मानंद अपनी खाट पर मुँह ढँककर लेट गया। उसको लगा कि उसके दिल के दो टुकड़े कर दिए गए हैं और वे नीचे गिरकर धूल में मिल गए हैं।

बाँकेलाल की बातों में तलवार की धार की तेजी थी। इसके बाद बस्ती दो टुकड़ों में बँट गई। हर संस्था और समिति दो हिस्सों में विभक्त हो गई। जहाँ ऐसा नहीं हुआ, वहाँ प्रतिद्वंद्वी संस्था बना ली गई। अब दोनों दलों की ओर से हर त्यौहार, ड्रामा, समारोह आदि मनाए जाते। ऐसे अवसरों पर दोनों समारोहों में जोर-जोर से लाउडस्पीकर बजाकर अपनी-अपनी विजय की घोषणा की जाती। दोनों ही दलों के लोग अपने को श्रेष्ठ, पवित्र और महान कहते थे और दूसरे को नीच और भ्रष्टाचारी। दोनों ही अपने-अपने को गली के एकमात्र रक्षक और उसको अपने आदर्शों का प्रतीक घोषित करते थे। दोनों ही दलों के मुख्य-मुख्य व्यक्तियों के विरुद्ध व्यक्तिगत आक्षेप और आचरण के खिलाफ कहानियाँ गढ़कर प्रचारित की जाती थीं।

बाँकेलाल बहुत ही गर्म और जोशीला भाषण देता था। खूब जोर-जोर से चिल्लाना वह अपनी महानता सिद्ध करने के लिए बहुत जरूरी समझता था। रामलाल जितना लंबा कुर्ता पहनते थे, उससे वह अधिक लंबा कुर्ता पहनता

था। रामलाल से अपने खत भी वह लंबे रखता था। उसकी टोपी रामलाल से अधिक पतली और नुकीली थी। उसके भाषणों में 'आत्मा', 'नैतिकता', 'शहादत', 'क्रांति', 'रक्त', आदि शब्दों की भरमार होती थी। बीच-बीच में वह ललकारकर कहता था, ''मैं चेतावनी देता हूँ कि...।'' उसका विश्वास था कि इस तरह चेतावनियाँ देने से लोग उसको रामलाल से अधिक बहादुर, त्यागी और गंभीर तथा विद्वान समझेंगे। वह गरजकर ऐलान करता कि 'आइंदे यहाँ कोई भ्रष्टाचार की घटना हुई तो जनता उसको बरदाश्त नहीं करेगी।'

आत्मानंद अब बाँकेलाल के साथ हो गया था। वह बाँकेलाल के दल को संगठित करने में अपना सारा समय देता। वह उसी ईमानदारी और परिश्रम से काम करता। रामलाल की बातों से उसे घृणा हो गई थी, पर उसको विश्वास था कि बाँकेलाल के मार्ग पर चलकर एक दिन अवश्य इस बस्ती में एक आदर्श समाज की स्थापना होगी। वह अब प्रसन्न रहने लगा। और उसकी निराशा समाप्त हो गई। उसको उन दिनों की याद आई जब वह उस रद्दी मकान में पशु की तरह जिंदगी बिता रहा था। इसके बाद मुक्ति के आंदोलन में शामिल होकर उसका सारा व्यक्तित्व ही बदल गया। तब उसने समझा कि उपयोगी और सार्थक जीवन का क्या अर्थ है और अच्छे उद्देश्य के लिए कठोर कर्म से बढ़कर कुछ भी नहीं है। वह कैसा दिन होगा जब लोग स्वार्थों से मुक्त हो जाएँगे! ऐसा दिन अवश्य आएगा... अवश्य आएगा...।

पर इस विभाजन तथा परस्पर आरोप-प्रत्यारोप का यह परिणाम हुआ कि बस्ती के लोगों में पहले-जैसा उत्साह नहीं रहा। उनमें आपस में संदेह, ईर्ष्या-डाह की भावनाएँ पनपने लगीं। आपस में लड़ाई-झगड़े खड़े होने लगे। गली में दो-चार जगह और भी ईंटें उखड़ गईं। ये ईंटें रात में उखाड़ ली जाती थीं। कोई उनसे चबूतरा बना लेता और कोई हौदियाँ। रात-ही-रात में यह काम हो जाता था। कहने पर लोग कहते थे बाजार से ईंटें खरीदी गई हैं या बहुत पहले का ही बना है। लोग अब पहले की तरह गली को साफ-सुथरा नहीं रखते थे; क्योंकि ईंटों के प्रति उनके दिल में जो श्रद्धा-भाव था, वह कम होता जा रहा था।

आत्मानंद को कुछ खटका मालूम हुआ। गली से खट-खट की आवाज आ रही थी। शायद कुछ पगध्वनियाँ भी। अँधेरी रात थी और उसको नींद नहीं आ रही थी। उसने टार्च लिया और धीरे-से किवाड़ खोला। तीन आदमी नाली में झुककर कुछ उखाड़ रहे थे।

''कौन है?'' आत्मानंद ने बुलंद आवाज में पूछा।

आवाज सुनकर उन तीनों ने पीछे मुड़कर देखा। फिर वे भाग चले। आत्मानंद ने टार्च जलाई। क्या बाँकेलाल ? दो अन्य व्यक्ति पहचाने नहीं जा सके। बाँकेलाल यहाँ क्या कर रहा है ? वह गली में घूम-घूमकर तथा टार्च जलाकर देखने लगा, पर कुछ विशेष समझ में नहीं आया। वह बहुत देर तक अँधेरे में ही खड़ा रह। फिर घर में आकर लेट रहा कि सबेरे बाँकेलाल से पूछेगा।

किंतु सबेरे बस्ती-भर में एक खलबली मची हुई थी। गली में नालियों में जो लोहे की जालियाँ थीं और मेनहोल के जो ढक्कन थे वे सभी शुरू से आखिर तक गायब थे। किसने किया यह ?

आत्मानंद निराशा की अनंत गहराई में लुढ़कता गया। उसको अत्यधिक शर्म, अपमान और तुच्छता का अनुभव हो रहा था। उसके दिल के जैसे असंख्य टुकड़े कर दिए गए हों। क्या दुनिया ऐसी है ? क्या विश्वास का यही फल मिलता है ? कितना बेवकूफ उसे बनाया गया है ! उसकी जिंदगी का क्या महत्त्व है ? उसने क्या पाया अभी तक ? न उसे ख्याति ही मिली और न धन ही। उसने काम के पीछे अपने बाल-बच्चों पर ध्यान नहीं दिया। अपनी घर-गृहस्थी सुधारने की भी उसने कोशिश नहीं की। वस्तुतः वह पहले रामलाल की गुलामी करता रहा, उसके बाद बाँकेलाल की।

बस्ती की हालत दिन-पर-दिन खराब होती गई। गली में अब किसी की दिलचस्पी नहीं रह गई थी। गली की काफी ईंटें उखड़ चुकी थीं। ईंटों को उखाड़कर घर में ले जाना लोग सबसे होशियारी की बात समझते। सबके सामने रामलाल और बाँकेलाल का आदर्श था। अब लोग अलग-अलग गिरोह बनाकर अपना स्वार्थ-साधन करने लगे। कोई जाति के आधार पर गिरोह बना लेता, कोई धर्म के आधार पर और कोई क्षेत्र के आधार पर। आपस में तनाव बढ़ गया और नये-नये प्रकार के झगड़े खड़े होने लगे। गली में खूब कूड़े गिरने लगे और कई जगह कूड़ों के टीले बन गए। स्त्रियों में वाक्-युद्ध शुरू होता और इसके बाद झोंटा-झोंटव्वल भी होने लगती। सबके दिल पर ईर्ष्या और स्वार्थ की छाया मँडराने लगी थी। बाहर के लोग भी अब आकर बची-खुची ईंटें उखाड़कर चलते बनते। बाहर के गुण्डे और बदमाश बस्ती में घूमने लगे, क्योंकि एक गिरोह दूसरे को नीचा दिखाने के लिए उनको बुला लाता था। किसी को दुखी और अपमानित देखकर दूसरे बहुत प्रसन्न होते। वे घर में चुपचाप बैठे

रहते और मदद को नहीं निकलते ।

आत्मानंद जैसे जड़ हो गया । उसने लोगों से मिलना-जुलना छोड़ दिया । वह चुपचाप सिर झुकाकर घर से बाहर निकल जाता । शाम को दफ्तर से आने के बाद वह सिर नीचा करके घर के अंदर घुस जाता । वह अक्सर चारपाई पर लेटकर या कुर्सी पर बैठकर अपने सामने एकटक देखा करता । उसके दिमाग में अनोखे विचार उठा करते । कभी वह क्रोध, घृणा और विद्रोह की भावना से काँपने लगता, कभी ईर्ष्या एवं महत्त्वाकांक्षाओं की लहरों पर झूलने लगता, कभी व्यर्थता और उदासीनता से ग्रस्त । कभी-कभी उसके सामने कई विचार और रास्ते उभर आते लेकिन उसकी समझ में नहीं आता कि सत्य क्या है । आखिर सत्य क्या है ?

पलाश के फूल

नए मकान के सामने पक्की चहारदीवारी खड़ी करके जो अहाता बनाया गया है, उसमें दोनों ओर पलाश के पेड़ों पर लाल-लाल फूल छा गए थे ।

रायसाहब अहाते का फाटक खोलकर अंदर घुसे और बरामदे में पहुँच गए । धोती, कुर्ता, गाँधी टोपी, हाथ में छड़ी... हाथों में मोटी-मोटी नसें उभर आई थीं, गाल भुने हुए बासी आलू के समान सिकुड़ चले थे, मूँछ और भौंहों के बालों पर हल्की सफेदी...

"बाबू हृदय नारायण !... ओवरसियर साहब !" बाहर किसी को न पाकर दरवाजे के पास खड़े होकर उन्होंने आवाज दी ।

कुछ ही देर में लुंगी और कमीज में गंजी खोपड़ीवाला एक दुबला-पतला और साँवला व्यक्ति बाहर निकल आया । उसको देखकर रायसाहब के मुँह पर आश्चर्य के साथ प्रसन्नता फैल गई । उन्होंने रहस्यमय ढंग से पूछा, "मुझको पहचाना ?" और जब हृदय नारायण ने कोई उत्तर न देकर संकुचित आँखों से घूरना ही उचित समझा, तो वह बोले, "कभी आप यहाँ गवर्नमेंट स्कूल में पढ़ते

थे ? अरे, मुझे भूल ही गए क्या ? मेरा नाम नवलकिशोर राय···"

दोनों सहपाठी गले मिले। फिर वहीं बरामदे में कुर्सी पर आमने-सामने बैठे वे नाश्ता करते हुए बातों में खो गए, जो अपने स्कूल के अध्यापकों की विचित्रताओं से आरंभ होकर बाल-बच्चों, जमाने और इंसान की चर्चा से गुजरती हुई आसानी से परमात्मा से संबंधित विषयों पर आ गईं।

"ब्रदर, स्त्री माया है !" सामने शून्य में एक क्षण खोए-खोए-से देखने के बाद रायसाहब बोले, "उसमें शैतान का वास होता है, वही भरमाता, चक्कर खिलाता और नरक के रास्ते पर ले जाता है।···पर, भाई जान, मैं सिर्फ एक बात जानता हूँ, उसके सामने किसी की नहीं चलती, जो कुछ होता है, उसी के इशारे से होता है। वह चाहता है, तभी हम चोरी, डकैती, हत्या, जना, बदकारी, सबकुछ करते हैं, और जहाँ उसकी मेहर हुई, सब मिनटों में छूट जाता है।"

"उसकी बड़ी कृपा है, नहीं हम तो कीड़ों-मकोड़ों से भी गए-बीते हैं।" हृदय नारायण ने भक्ति-गद्गद स्वर में कहा।

"गए-बीते कहते हो, अरे एकदम गए-बीते हैं ! मैं तो भई, अपने को जानता हूँ, मेरे-जैसा झूठा, बेईमान, नीच, घमंडी, बदकार कोई नहीं होगा। परतु मुझ पापी को भी सरकार ने चरणों में थोड़ी जगह दे दी है···"

नौकर पान की तश्तरी लिए आ खड़ा हुआ था। दोनों मित्रों ने दो-दो बीड़े जमाए, फिर रायसाहब ने कहना आरंभ किया, "तुम तो नहीं जानते न, बिहार के तराई-इलाके में सौ बीघा जमीन खरीदने के बाद ही पिता जी का स्वर्गवास हो गया था, यहाँ भी डेढ़ सौ बीघा जमीन थी। घर-गृहस्थी का सारा बोझ अचानक मेरे कंधों पर आ पड़ा। लेकिन मुझे कोई चिंता नहीं थी···कैसा शरीर था मेरा, याद है तुम्हें न ? ताकत, जिद और क्रोध, तीनों मुझमें थे। सच कहता हूँ, जब अपने बँगले के सामने खड़ा हो जाता, तो लगता, किसी किले के सामने खड़ा हूँ, ऊँचाई दो पोरसा अधिक बढ़ गई है, सिर में पक्का दस सेर लोहा भर गया है··· किसी को अपने पैरों की धूल के बराबर तो समझता नहीं था। लोग मुझसे डरते और उनसे मुझे बेहद क्रोध और नफरत होती। मारने-पीटने, तंग-परेशान करने, जब इच्छा हो वसूली-तहसीली करने में ही तबीयत लगती। मामूली रोब नहीं था अपना···मेज-कुर्सी लगी है, अफसरान आ रहे हैं। गप्पें लड़ रही हैं, दावतें उड़ रही हैं, नौकर-चाकर दौड़-दौड़कर हुक्म बजा रहें हैं" आवाज अचानक धीमी पड़ गई, "और वह शैतानवाली बात कही न ! बिरादर, कसम खाकर कहता हूँ, पता नहीं क्या हो गया था ! जहाँ किसी जवान स्त्री को देखा नहीं, पागलपन सवार हुआ ! खास तरह से इसका मजा बिहारवाले इलाके में

खूब था। वहाँ के लोग बहुत गरीब और पिछड़े हुए थे। मैं साल में आठ-नौ महीने तो वहीं रहता और ऐश करता। बीच में वैसे कभी कुछ दिनों के लिए आकर बाल-बच्चों और यहाँ की गृहस्थी की खोज-खबर ले जाता। एक तो मैं खुद खासा जवान था, इस पर पैसा और शक्ति ··· न मालूम कितनी ही ··· लेकिन, बाबू हृदय नारायण, ठीक बयालीस वर्ष की उम्र में शैतान की चपेट में इस तरह आ गया कि क्या बताऊँ! जानते हो, कौन था? पंद्रह-सोलह वर्ष की एक लड़की!''

''लड़की?'' हृदय नारायण चौंक पड़े, जैसे उनको ऐसी उम्मीद न हो।

''हाँ, लड़की!'' रायसाहब हास्यपूर्ण मुँह बनाकर इस तरह बोले, जैसे बहुत साधारण बात हो, ''वह भी एक मामूली किसान की! फसल की कटाई के समय मैं अपने बिहार के इलाके में पहुँचा था। वहाँ मेरा बँगला एक छोटे मैदान में है, जिसके दक्षिण में खास गाँव है और उत्तर में ग्वालों का टोला। वह लड़की इसी टोले की थी। ··· उधर ही मेरा बगीचा पड़ता है। एक दिन खाना खाने के बाद टहलते हुए बगीचे तक गया। वहीं उस लड़की को देखा। वह दो और लड़कियों के साथ टिकोरे बीन रही थी। मुझको देखकर पहले तीनों भागीं। फिर वही लड़की पेड़ के नीचे छूटी खँचोली को लेने वापस आई, तो एक क्षण ठिठककर शंकित आँखों से उसने मुझे देखा, जैसे पक्षी दाना चुगने के पहले बहेलिया को देखता है और आखिर में खँचोली लेकर भाग गई। मैं तो दंग रह गया था। यह कैसी हैरत की बात थी कि इस गाँव में ऐसी खूबसूरत लड़की बढ़कर तैयार होती है और मैं जानता तक नहीं!'' और जैसे वह अपने मन के भाव ठीक से व्यक्त न कर पा रहे हों, इस तरह होंठों पर अँगुली रखकर कुछ देर तक सोचते से रहे, ''क्या बताऊँ? ··· शाम को वकीलों के डेरों के सामने मुवक्किल लोग बाटी बनाने के लिए उपलों का जो अंगार तैयार करते हैं, उसको तो देखा ही है तुमने, उसी तरह वह दमक रही थी। कहीं खोट नहीं। भरी-पूरी। कुदरत ने जैसे पीठ और कमर पर हाथ रखकर उसके शरीर को पहले तोड़ा, ऐंठा और ताना, फिर किसी जादू के बल से बड़ा और जवान कर दिया था। बड़ी-बड़ी रसीली आँखें, छोटा मुँह ··· बड़ा भोलापन था उसमें!''

सूरज डूब गया था। आँगनों से उठनेवाले धुएँ और सड़क की धूल से चारों ओर कुहासा-सा छा गया था। सामने से कभी कोई एक्का या रिक्शा गुजर जाता। कभी घर के अंदर से छोटे बच्चों का गिरोह पास आता, उनको कौतुक से देखता, चीख-चिल्लाकर खेलता और चला जाता। और वे हर चीज से बेखबर बात करने में इस तरह मशगूल थे, जैसे कई दिनों का भूखा सब सुध-बुध खोकर

खाने पर टूट पड़े।

''समझे, भाई हृदय नारायण, उस लड़की की सूरत ध्यान पर क्या चढ़ी कि खाना-पीना सबकुछ हराम हो गया!'' रायसाहब का कथन जारी था, ''इतनी उम्र हो गई थी, लेकिन किसी स्त्री के लिए ऐसी बेकरारी कभी महसूस नहीं हुई थी। उसको पाने के लिए मैं क्या नहीं कर सकता था! उसका बाप भुलई मेरा ही आसामी था, सीधा-सादा किसान, जिसे पेट भरने के लिए खेती के अलावा इधर-उधर मजदूरी भी करनी पड़ती। मैंने अँजोरिया को—लड़की का यही नाम था—अकेले में पाकर एक-दो बार छेड़ा भी, पर वह नई घोड़ी की तरह बिदककर भाग जाती। मुझमें अब इंतजार और बरदाश्त करने की शक्ति नहीं रह गई थी। हारकर एक दिन मैंने चार आदमियों को लगाकर रात के अँधेरे में भुलई को खूब अच्छी तरह पिटवा दिया ···''

''भुलई को पिटवा दिया? क्यों?''

''नहीं जानते?··· अरे, हमारे देहातों में यह आम रिवाज था। जब बाबू लोगों को किसी गरीब की बहू-बेटी पसंद आ जाती, तो वे उसको तंग-परेशान करते, मारते-पीटते, खेतों से बेदखल कर देते, और सफलता न मिलने पर बुरी तरह पिटवा देते। फिर रात में उसके घर में घुसकर या किसी दूसरे तरीके से उल्लू सीधा करते। यह बहुत ही कारगर तरीका समझा जाता। मैंने भी सभी फन इस्तेमाल किए।··· भुलई के हाथ-पैर बेकाम हो गए थे, सिर फट गया था, शरीर में और भीतर घाव थे सो अलग।··· अब भी नहीं समझे?··· फिर मैं ही उसके आड़े वक्त काम आया। उसकी दवा-दारू के लिए मैंने ही पैसे उधार दिए, खाने के लिए गल्ला भिजवा दिया। भुलई की स्त्री हाल ही में मरी थी, एक लड़की और दो छोटे-छोटे बच्चों को छोड़कर, कोई नहीं था घर में। वह भारी मुसीबत में था और मुझे वह देवता समझने लगा। मैंने उसको राजी करवा लिया कि वह अँजोरिया को मेरे यहाँ भेज दिया करे, वह घास या चारा काट दिया करेगी ··· खाने-भर को निकल आएगा।''

''फिर लड़की आने लगी होगी,'' जैसे कोई उत्सुकता न हो, इस तरह हृदय नारायण ने प्रश्न किया।

''आती नहीं तो जाती कहाँ?'' रायसाहब बोले, ''बस, सुनते जाओ!···हाँ, तो वह आकर काम करने लगी। मैं बेवकूफ नहीं था, जिंदगी-भर यही किया था, जल्दीबाजी से मामला बिगड़ जाता।···चिड़िया को मैंने परचने दिया। रोज मौका देखकर उससे बात करता, उसके बाप की तकलीफ के लिए सहानुभूति प्रकट करता, मुझसे दूसरों का कष्ट देखा नहीं जाता, इसकी चर्चा करता और

उसके हाथ पर मजदूरी से अधिक पैसे रख देता। वह बड़ी भोली थी, कुछ न बोलती और मेरी ओर टुकुर-टुकुर देखती रहती। खैर, धीरे-धीरे उसकी झटक खुलने लगी!… एक दिन दोपहर में जब लू चल रही थी और चारों तरफ सुनसान था, मैंने उसको अपने कमरे में बंद कर दिया… '' उन्होंने मित्र के आश्चर्य-विमुग्ध मुख को एक क्षण गौर से देखा और बात का प्रभाव पड़ रहा है, इससे आश्वस्त और संतुष्ट होकर आगे कहा, ''तो ब्रदर, किवाड़ बंद करते ही उसका मुँह सूख गया। रोनी शक्ल बनाकर वह बाहर जाने की जिद करने लगी। जब मैंने आगे बढ़कर उसका हाथ पकड़ लिया, तो सचमुच रोने लगी। मेरे शरीर में अजीब झनझनाहट और सनसनाहट हो रही थी, मैं बेकाबू होने लगा। मैंने उसको बहुत पुचकारा और समझाया। कसमें खाईं कि मेरा प्रेम सच्चा है और उसके लिए अपनी जमीन-जायदाद, जान, सबकुछ कुर्बान कर सकता हूँ। आखिर मैं इतना उतावला हो गया कि नीचे झुककर उसके पैर पकड़ लिए। यह मेरे लिए अजीब बात थी, क्योंकि औरत से इस तरह विनती करने का मैं आदी नहीं था, परंतु पता नहीं क्या हो गया था!… वह रोती और सुबकती रही…''

अँधेरा फैलने लगा था। सड़क की बिजली और बाईं ओर कुछ ही दूरी पर हलवाई की दुकान की गैसबत्ती जल चुकी थी। रायसाहब कभी ऊँची आवाज में और कभी फुसफुसाकर बोलते और अक्सर कनखी से चौखट वा अहाते की ओर देख लेते।

''भैया, अब देखिए, क्या होता है!… वह रोज आने लगी।'' रायसाहब कुछ देर तक अपने दाहिने हाथ को विचारपूर्ण दृष्टि से देखने के बाद बोले, ''शुरू-शुरू में वह बहुत उदास और दुखी रहती, पर मुझे होश-हवाश नहीं था। लगता, इसको जितना प्यार करने लगा हूँ, उतना कभी किसी को नहीं करता था।… देर तक उसके बालों पर हाथ फेरता, अपने प्रेम की सच्चाई की दुहाई देता। कभी-कभी पागल की तरह उसके पैरों को चूमने लगता। उसको हमेशा देखता रहूँ, यही इच्छा बनी रहती। वह खुश रहे, ऐसी हमेशा कोशिश करता। अपने हाथ से रोज मिठाई खिलाना, अच्छी-अच्छी साड़ियाँ, साबुन-कंघी, इत्र-फुलेल, रुपए-पैसे देना… धीरे-धीरे उसकी तबीयत लगने लगी। कुछ दिनों बाद चहकने लगी। और मेरे देखते-ही-देखते वह भोली-भाली लड़की इतराना, नखरे करना और रूठना-मचलना सीख गई। मुझे देखते ही उसकी आँखें चमक उठतीं… दौड़कर मुझसे चिपट जाती। उसे मजाक करना भी आ गया था, मेरी पकड़ से छिटक-छिटक जाती और खूब

हँसती। पर उसका भोलापन कहीं नहीं गया। उसे मैं जब और जहाँ बुलाता, वह बिना हिचक आ जाती। उसकी खुशी का अंत नहीं था और वह कहती कि मेरे यहाँ छोड़कर उसकी कहीं तबीयत नहीं लगती। खास तरह से उस समय उसकी हालत देखने लायक होती, जब मैं कुछ दिनों के लिए बाहर चला जाता और वापस लौटता। मुझे देखते ही वह बहुत उत्तेजित हो जाती और सिसक-सिसककर रोने लगती। कभी मेरी तबीयत ढीली होती, तो वह बहुत चिंतित और परेशान हो जाती। ···सच कहता हूँ, वह मेरे पीछे पागल हो गई थी, उसे किसी बात का गम नहीं था, जान देने के लिए भी कहता, तो वह खुशी-खुशी दे देती। उसे क्या हो गया था? मैंने सपने में भी नहीं सोचा था कि ऐसा भी होगा··· लेकिन जानते हो, सीधी गाय ही खेत चरती है··· और इस तरह पूरे तीन वर्ष बीत गए··· ''

''माया का चक्कर था!'' बहुत देर हृदय नारायण अपने को जब्त किए हुए थे, मौका पाकर उन्होंने अपनी सम्मति प्रकट कर दी।

''मामूली चक्कर था? मुझे घर-गृहस्थी, बाल-बच्चों, किसी की कुछ परवाह नहीं थी। जानता था, गाँववाले खुसुर-पुसुर करते, पर मुझसे सभी काँपते, मेरी प्रजा जो थे। रुपए के बल से भुलई का मुँह बंद था। फिर अँजोरिया किसी की नहीं सुनती। उसकी शादी हो गई थी, उसका पति अभी बच्चा था और एक बार ससुराल जाकर दो ही दिन में वह भाग आई थी। फिर वह नहीं गई। वह इस बीच जल में भीगे गुलाब की तरह खिल गई थी। उसका यौवन गदरा गया था। ··· ये तीन वर्ष नशे में बीत गए थे। ··· और एक दिन उसने क्या कहा, जानते हो?'' प्रश्न-सूचक दृष्टि से उन्होंने हृदय नारायण की ओर देखा और बोले, ''बरसात की काली अँधेरी रात थी। वह आई। बहुत दुखी और उदास दिखाई दे रही थी। मैंने कारण पूछा। उसने मिन्नत-भरे स्वर में कहा, मुझे कहीं लेकर भाग चलो! उसकी लंबी, काली आँखें मेरी आँखों में खो गई थीं।

'' क्या बात है?'' मैंने पूछा।

'' 'नहीं, मैं यहाँ नहीं रहूँगी!' उसने मचलते हुए-से कहा, 'लोग न मालूम कैसी-कैसी बातें कहते हैं! ··· कोई ठीक से नहीं बोलता। मुझे काशी ले चलो, वहाँ कोई मकान ले लेना, मैं उसी में रहा करूँगी।'

''उसने गाँव के बालकृष्ण मिश्र का उदाहरण दिया, जिन्होंने अपनी प्रेमिका के लिए बनारस में एक मकान खरीद दिया था और खुद वह अक्सर वहीं रहते थे। उसकी बात से मैं चौंका और घबरा गया। मैंने उसे समझाने की कोशिश

की कि जब तक मैं जिंदा हूँ, उसको डरने की जरूरत नहीं, उसका कोई बाल-बाँका नहीं कर सकता, वह लोगों के नाम बताए, मैं उनकी खाल खिंचवा लूँगा। पर वह कुछ बोली नहीं और रोने लगी!... कुछ दिनों बाद उसने कहा, 'मुझे रखैल रख लो, मैं कहीं नहीं जाऊँगी, तुमको छोड़कर मुझे कुछ अच्छा नहीं लगेगा।'... मैं बहुत हैरत में था। आखिर वह क्या चाहती थी? तीन वर्ष तक उसने कोई ऐसा सवाल नहीं उठाया, अब कौन-सी ऐसी बात हो गई थी? जब वह चली गई, तो मैं देर तक सोचता रहा। अब देखिए, अचानक मुझमें क्या परिवर्तन होता है!... भैया, ऐसा लगा कि मेरे दिमाग में एक रोशनी जल उठी है। सबकुछ साफ होता गया। मेरे अंदर कोई कह रहा था, नवलकिशोर, तुम आज तक शैतान के चक्कर में रहे, वही शैतान तुम्हारी इज्जत, जमीन-जायदाद, बाल-बच्चे, सभी कुछ छीनकर तुम्हें बरबाद करना चाहता है!... और बात सच थी! तुम्हीं बताओ, हृदय नारारयण, एक फाहशा औरत में ऐसी ईमानदारी और लगाव का कारण क्या हो सकता है? उसने पहले अपने रूप के जादू से मुझे वश में किया, फिर अपना प्यार जताकर मुझे उल्लू बनाती रही, मेरा रुपया-पैसा बरबाद करती रही... माया का असली रूप यहीं देख सकते हो!... तो मैं ज्यों-ज्यों सोचता गया, मुझमें उस औरत के लिए नफरत-सी भरती गई। मैं देर तक पश्चाताप की आग में जलता रहा और रोता रहा..."

"यही भगवान है!" हृदय नारायण का मुख उत्तेजना से चमक रहा था।

"और किसको भगवान कहा जाता है," रायसाहब छूटते ही बोले, "तुमने देखा, मेरे-जैसा नीच कोई नहीं होगा, पर उनकी कृपा से सारी नीचता छूमंतर करके भाग गई। अब मेरा हृदय एकदम पवित्र था। मैं चाहता था कि उस लड़की से किसी तरह छुटकारा मिले। पर उसके सामने कुछ कहने की हिम्मत नहीं होती थी। और एक रोज, भैया, मैंने सोचा कि अभी तक मुझ पर शैतान का असर है, जब तक मैं यहाँ से टलता नहीं, वह खत्म नहीं होने का।... तुम समझ रहे हो न? सब भगवान सोचवा रहा था।... अब देखिए कि मैं एक रोज वहाँ से चुपके से घर के लिए रवाना हो जाता हूँ!... फिर मैं वहाँ कभी नहीं गया। अपने भाई और लड़कों को भेजता रहा," कुछ देर तक वह चुप रहे, जैसे कोई मंजिल तय कर ली हो। फिर गहरी साँस छोड़कर बोले, "तब से मेरा जीवन ही बदल गया।... अब सारा जीवन सरकार के चरणों में अर्पित है। मैं अच्छी तरह समझ गया कि सब उन्हीं की लीला थी! वह चाहते थे कि मैं शैतान के चक्कर में फँसूँ, जिससे मेरी आँखे खुलें! अब मैं सवेरे नहा-धोकर चौकी पर पूजा करने बैठ जाता हूँ, तो घंटों सुध-बुध नहीं रहती। शाम को भी ऐसा ही चलता है।

चौबीसों घंटे मन उन्हीं में रमा रहता है," उनकी आँखे चमक रही थीं, "और तब से उनकी बड़ी कृपा रही। जानते हो, जब मैं बिहार से भाग आया, उसके कुछ ही दिनों बाद जमींदारी टूटी थी। मैंने दौड़-धूप की, रुपए खर्च किए और किसी तरह करीब पचहत्तर बीघे जमीन खुदकाश्त करवा ली। बताओ, अगर उसकी दया न होती, तो सारी जमीन चली न जाती? ··· कहाँ तक गिनाऊँ? छोटा लड़का आवारा निकला जा रहा था, मैंने मिल-मिलाकर दो-तीन ठेके दिलवा दिए ··· अब हजारों पीटता है। बड़ा लड़का बनारस में कमिश्नरी में वकील है। गाँव में आटा की चक्की और चीनी का कारखाना खुल गया है। पिछले साल से पंचायत का सभापति भी हो गया हूँ ··· सच पूछो तो रोब-दाब में कमी नहीं आई है। और यह किसकी बदौलत? सब सरकार की कृपा का फल है!" वह कुछ उदास-से हो गए, "तुम्हारी दुआ से मुझे किसी बात की कमी नहीं, जमीन-जायदाद, बाग-बगीचे, इज्जत-आबरू, बाल-बच्चे सबकुछ हैं··· पर सच कहता हूँ, मुझे किसी से कोई मतलब नहीं। भैया, इस जीवन में कोई सार नहीं ···"

वह सहसा चुप हो गए और उनकी दृष्टि शून्य में खो गई। अँधेरे में पलाश के फूल बिहँस रहे थे।

●●●